Cat Lewis wurde 1990 in Brandenburg geboren, lacht viel und gerne und liebt es zu reisen. Gemeinsam mit ihrem Mann und ihrem Sohn lebt sie in der Nähe von Frankfurt am Main. Schon als Kind hat sie ihre Freizeit lieber in fremden Welten verbracht und spannende Abenteuer erlebt. 2015 hat sich Cat Lewis endlich an die Öffentlichkeit gewagt und als Autorin ihr erstes Buch veröffentlicht. Seitdem ist das Schreiben aus ihrem Leben nicht mehr wegzudenken. Ob es sich dabei nun um märchenhafte Settings, Rockstar Romances oder Urlaubsromane handelt – sie alle haben etwas gemeinsam: Sie handeln von der großen Liebe.

CAT LEWIS

Lebkuchenmänner Küssen Besser

Vorwort

Schon immer hatte das Weihnachtsfest für mich etwas Magisches an sich. Als Kind konnte ich die schönste Zeit des Jahres gar nicht erwarten – und auch heute versetzt mich der Dezember in vorfreudige Aufregung. Weihnachtsfilme, Weihnachtsmusik, Plätzchenbacken, leuchtende Kinderaugen, Zeit mit der Familie, viel zu viel Lebkuchen, Zimtsterne und Spekulatius essen ... Ja, ich bin durch und durch ein Weihnachtsfan. Und genauso sehr liebe ich es, Weihnachtsbücher zu lesen und zu schreiben.

Die Geschichte von Nick und Caroline hat mich einige Jahre begleitet, ehe ich sie endlich zu Papier habe. Die beiden haben mir reichlich Freude bereitet und bedeuten mir persönlich viel.

Die letzten drei Jahre waren für uns alle nicht einfach und so, wie es aktuell aussieht, wird sich die Lage in nächster Zeit nicht bessern. An keinem geht diese Zeit spurlos vorbei und ich wünsche mir von Herzen, dass wir alle weiterhin gemeinsam und friedlich der Zukunft entgegenschauen können. Vielleicht gelingt es mir ja, euch mit diesem kleinen Weihnachtsbuch für ein paar Stunden von der Realität abzulenken und in eine Welt zu entführen, die euch mit einem Lächeln auf den Lippen zurücklässt.

Ich wünsche euch viel Spaß mit Lebkuchenmänner
küssen besser.
Eure Cat Lewis

Drei Wochen zuvor

Matty

Es gibt viele Dinge, in denen sich die Menschen einig sind. Geschenke zum Beispiel. Jeder bekommt gerne Geschenke. Oder Heiße Schokolade. Gibt es irgendjemanden auf der Welt, der nicht gerne Heiße Schokolade trinkt? Wenn es jedoch um *Last Christmas* von *Wham!* geht, sind die Menschen immerzu unterschiedlicher Meinung. Wann ist der richtige Zeitpunkt, um die Weihnachtszeit mit diesem Song einzuläuten? Im Sommer? Im Frühherbst? Nach Thanksgiving? Am 1. Dezember? Oder noch schlimmer: gar nicht?

Für Matty war die Sache ganz klar … Anfang November wurde die uralte Schallplatte jedes Jahr aus dem Archiv hervorgekramt und über die Lautsprecher der Weihnachtswerkstatt abgespielt. Natürlich durfte *Last Christmas* auch in Santa Claus' Haus nicht fehlen. Dumm nur, dass der Plattenspieler im privaten Wohnbereich im vergangenen Sommer durch einen Smart-Home-Assistenten ersetzt worden war und Matty keine Ahnung hatte, wie dieser genau funktionierte.

Er lief an dem ganzjährlich prächtig geschmückten Weihnachtsbaum, der bis unter die Decke reichte, vorbei. Vor einem schwarzen Kasten mit Display, der auf dem Regal über dem riesigen Flachbildfernseher stand, blieb er stehen. Den mitgebrachten Keksteller stellte er auf dem Wohnzimmertisch ab und kramte in seiner Tasche herum, bis er fündig wurde.

»Wo ist sie bloß?«, murmelte der leicht pummelige Elf mit dem feuerroten Haar und den Sommersprossen im Gesicht. Nachdenklich legte er seine Hand unter das Kinn und studierte aufmerksam die Anleitungen auf seinem knallgrünen Smartphone, an dem ein glitzernder Zuckerstangenanhänger baumelte. »Ha! Gefunden.« Hastig überflog er den Text. Schritt für Schritt arbeitete er sich durch die Sprachbefehle, bis es ihm gelang, nach mehreren frevelhaften Coverversionen das Whamsche Original von *Last Christmas* über einen Streamingdienst abzuspielen. Während das Intro aus den Lautsprechern ertönte und den Raum mit seinem wundervollen Klang verzauberte, seufzte Matty glücklich auf und wischte sich den Schweiß von der Stirn. »Mögest du in Frieden ruhen, George.«

Der Elf schniefte noch einmal hörbar, sammelte sich dann und wirbelte hocherhobenen Hauptes herum. Frohen Mutes und ungeniert mitsummend schnappte er sich den randvollen Teller mit den Leckereien und marschierte auf das Zimmer von Santas Sohn zu, der für diese schreckliche Modernisierung verantwortlich war.

Da er keine Hand freihatte, pochte Matty einfach mit dem Fuß gegen die Tür. »Nick?« Keine Antwort. »Nick? Bist du schon wach?« Es blieb weiterhin still. Erneut klopfte Matty gegen das Holz, dieses Mal lauter, aber im Inneren rührte sich nichts. Nervös tapste der Elf auf der Stelle. »Nick? Ich komme jetzt rein!« Mit der einen

Hand balancierte er den Keksteller, mit der anderen drückte er die Klinke herunter und stieß die Tür auf. Sein Blick fiel als Erstes auf den unangerührten Teller vom Vortag, der auf dem Schreibtisch stand. Kopfschüttelnd trat Matty ein. »Wie willst du bloß jemals so ein stattlicher Mann wie dein Vater werden, wenn du nicht ordentlich isst?« Mit angesäuerter Miene stellte er den Teller neben den anderen und wandte sich Nicks Bett zu. Schwungvoll riss er die Decke weg. »Aufstehen, du Schlafmü...« Der Rest des Satzes blieb ihm im Halse stecken, denn das Bett war leer. Entsetzt schnappte er nach Luft. »Was zum Mistelzweig ... Nick?« Matty stolperte zurück in den Wohnbereich. »Nick?«, rief er nun lauter. »Sitzt du gerade auf dem Klo?«

Die Badezimmertür flog auf, doch es war nicht Santas Sohn, der aus dem Raum trat, sondern eine der Haushaltselfen. Diese hatte die Arme voll mit Putzutensilien.

»Oh, du bist es, Matty. Guten Morgen!« Die bereits in die Jahre gekommene Elfe mit der dicken Hornbrille und der Putzuniform lächelte ihn großmütterlich an und stellte den mit Putzmitteln gefüllten Eimer und den Wischer ab. »Du siehst blass aus, mein Junge. Alles in Ordnung mit dir?«

Matty machte kommentarlos kehrt und rannte zurück in Nicks Zimmer. Dort zog er sein Smartphone hervor. »Es ist neun Uhr und Schornsteinrutschen für Fortgeschrittene steht auf dem Programm. Wir waren auf jeden Fall verabredet. Wo steckt er nur?«

»Meinst du Nick?«, fragte die Haushaltselfe, die Matty gefolgt war.

»Vielleicht ist er ja schon zum Trainingsplatz gegangen. Ich sollte dort nachsehen«, stammelte Matty und kratzte sich am Kopf. Dabei verrutschte seine grüne Zipfelmütze. Oh, wie er es hasste, wenn etwas nicht nach Plan verlief. »Conny, bist du Nick heute schon begegnet?«

»Nein, von dem habe ich noch nichts gehört oder gesehen. Ich dachte, er schläft noch. Seit halb sieben bin ich hier und zum Frühstück ist er auch nicht erschienen.« Conny sah sich jetzt ebenfalls im Zimmer um. »Oh weia, die Sauerei sollte ich wohl wegmachen, bevor die Feuchtigkeit ins Parkett zieht. Ich hole mal schnell meinen Mopp.«

»Welche Sauerei?« Matty folgte Connys Blick zum Boden vor dem Fenster, wo er eine Pfütze entdeckte. Auch auf dem Fensterbrett war es nass. »Wo kommt das denn her?«

»Ich vermute mal von draußen.«

»Was du nicht sagst.« Unruhig sah sich Matty im Zimmer um ... das leere Bett, der ordentliche Schreibtisch, das gut sortierte Bücherregal, der Kleiderschrank, die gemütliche Sitzecke vor dem Fernseher ... Seine Augen verengten sich plötzlich und er schaute genauer hin. »Es fehlen ein paar Sachen«, stellte er erschrocken fest und begann panisch zu zittern, als er erkannte, was das bedeutete. »Heiliger Mistelzweig! Das darf nicht wahr sein!«

»Was denn?«, wollte Conny wissen.

»Der Laptop, die Spielekonsole und die Dose mit den Zuckerstangen sind nicht mehr da!« Matty rannte zum Kleiderschrank und riss die Türen auf. Die Lücken ließen darauf schließen, dass auch hier Sachen fehlten. »Siehst du? ER IST WEG!«

Conny trat neben Matty und zog die Augenbrauen in die Höhe. »Ich weiß nicht, was mir mehr Sorgen bereitet. Dass Nick nicht mehr hier ist oder dass du dich so gut in seinem Zimmer auskennst.«

»Nick. Ist. Nicht. Mehr. Da«, wiederholte Matty mit schriller Stimme und schlug sich die Hände vors Gesicht. »Nick ist NICHT MEHR DA!«

»Deine Platte hängt.« Behutsam tätschelte Conny Mattys Schulter. »Komm, mein Junge. Lass uns das Ganze vernünftig angehen und erst einmal die Fakten zusammentragen. Wir haben die Pfütze am Fenster«, sie ging darauf zu und betrachtete das Fensterbrett genauer, »und auf der Fensterbank. Außerdem sehe ich hier einen Schuhabdruck.«

»Einen Schuhabdruck?«

»Heute Nacht gab es einen Schneesturm. Ich denke, dass Nick das Fenster geöffnet hat und Schnee hineinkam. Er ist auf die Fensterbank gestiegen und hinausgeklettert. Das Fenster hat er vermutlich mit Magie von außen verschlossen.«

»Er ist hinausgeklettert?«

»Ja.«

»Nach draußen?«

Conny verdrehte die Augen. »Jetzt reiß dich mal zusammen, Matty! Was glaubst du denn, was hier passiert ist? Dass Nick sich unter dem Bett versteckt und hofft, dass wir nicht nach ihm suchen?«

»Ganz genau! Unterm Bett haben wir noch gar nicht nachgesehen!« Matty warf sich augenblicklich auf den Boden und kroch auf allen vieren auf das Bett zu.

»Du weißt schon, dass da eine Schublade ...«

Kraftvoll riss der Elf sie auf und starrte auf die Ersatzbettwäsche. »Hier ist er nicht.«

Seufzend griff Conny sich an die Stirn. »Ach sag bloß.«

»Also ist er nicht unter dem Bett.«

»Überraschung«, antwortete sie mit sarkastischem Unterton.

»Bist du dir sicher, dass er nicht im Badezimmer ist?« Wie ein Häufchen Elend kauerte Matty auf dem Boden. Tränen der Verzweiflung traten ihm in die Augen.

»Er war weder in der Dusche noch in der Kloschüssel. Vielleicht hat er sich ja aus Versehen runtergespült«, schlug Conny vor.

»Du hast recht!« Hoffnungsvoll sprang Matty auf. »Lass uns in der Kanalisation nachsehen.«

»Heiliger Mistelzweig noch mal, Matty!« Conny schnappte sich den Elfen, der drauf und dran war, ins Badezimmer zu rennen, und umklammerte seine Schultern. »Nick ist aus dem Fenster geklettert. Was für Beweise brauchst du denn noch?«

Mattys Atmung wurde daraufhin immer schneller und er begann zu hyperventilieren. Kopfschüttelnd zog Conny eine Tüte aus der Tasche und drückte sie dem panischen Elfen in die Hand. Dieser presste sie sich vor den Mund und atmete hastig ein und aus. »Beruhigen. Ich muss mich unbedingt beruhigen«, keuchte er und zerrte ungeschickt sein Smartphone hervor, das ihm aber aus der Hand glitt und zu Boden fiel. Mit zittrigen Fingern hob er es auf. »Ich habe da diese App …«

Conny verfolgte Mattys unkoordinierte Tapser auf dem Display. »Du meinst die Portal-App, die Nick entwickelt hat?«

»Richtig. Hier, schau mal.« Er drehte das Gerät in Connys Richtung, damit sie besser sehen konnte. »Das Portal wurde heute Nacht benutzt. Meinst du, dass Nick ...?«

»Ich denke schon. Er hat sich aus dem Staub gemacht!«

»Vielleicht wurde er ja entführt?«

»Spinn nicht rum. Komm, iss einen Keks.« Conny nahm einen vom Teller vom Vortag und stopfte ihn Matty in den Mund.

»Hey, waff foll daf?«

»Kauen und schlucken, Matty.«

Matty schaute sie gequält an und würgte das Gebäck hinunter. Dann atmete er noch ein paar Mal in die Tüte und stopfte sich diese anschließend sicherheitshalber in die Hosentasche. »In Ordnung.« Er schniefte lautstark, richtete sich kerzengerade auf und streckte die Brust heraus, sodass er wie ein steifer Zinnsoldat aussah. »Ich finde Nick schon! Aber Santa darf nichts von der Sache erfahren. Wer weiß, was er sonst mit mir anstellt.« Vor Unbehagen erschauderte er. »Ganz egal, wo Nick auch ist, ich werde ihn aufspüren. So schwer kann das doch nicht sein. Er ist schließlich der Sohn des Weihnachtsmannes.«

»Ganz genau. Durch seine aufmüpfige Art und sein lautes Wesen wird er unter acht Milliarden Menschen garantiert sofort auffallen.« Conny schnaubte ironisch. »Wohin ist er denn überhaupt gereist?«

»Kleinen Moment.« Matty tippte wild auf dem Bildschirm herum und schluckte dann schwer. »Nach Europa.«

»Europa? Was will er denn da?«

»Keine Ahnung. Aber ich werde keine Kosten und Mühen scheuen, um Nick zum Nordpol zurückbringen, und wenn es das Letzte ist, was ich tue.«

Conny lachte amüsiert. »Mach, was du nicht lassen kannst, Matty, aber übertreib es nicht, ja?«

KAPITEL 1

CAROLINE

Na endlich. Heute war der erste Dezember. Thanksgiving war vorbei und die schönste Zeit des Jahres begann. Nun konnte Caroline wieder alles dekorieren, Plätzchen backen, ungeniert Weihnachtslieder singen und Geschenke für ihre Liebsten besorgen. Gut, in ihrem Fall waren sie nur für Richie, aber das genügte ihr vollkommen. Sie liebte Weihnachten über alles und war sich sicher, dass es in diesem Jahr ganz besonders schön werden würde. Das spürte sie, seit sie am Morgen aufgewacht war und das erste Türchen ihres Schokoladen-Adventskalenders geöffnet hatte.

Genüsslich atmete sie den frischen Tannenduft ein – na ja, ganz so frisch roch der Plastikbaum mit dem künstlichen Tannengeruch nun auch wieder nicht – und hängte, ein Weihnachtslied summend, die letzte bunte Christbaumkugel an einen Zweig. Danach entfernte sie eine Strähne verirrtes Lametta von ihrem grünen Samtkleid, trat ein paar Schritte zurück und betrachtete nachdenklich ihr Werk. Zufrieden nickte sie und rückte ihre Mütze zurecht. Für gewöhnlich trug sie bei der Arbeit ganz normale Kleidung wie eine Bluse und eine Jeans. Aber in der Vorweihnachtszeit schmiss sie sich gern in Schale und begeisterte Groß und Klein als Santas Gehilfin, die einen nahezu unendlichen Ideenschatz über die Verwendung von Lametta besaß.

Die Rentier-Werkstatt hatte etwas Magisches an sich. Sie war unglaublich alt und geschichtsträchtig, charmant und liebevoll eingerichtet und fing den Zauber der Weihnacht perfekt ein. Manchmal hatte Caroline das Gefühl, selbst ein Teil dieser magischen Welt zu sein, wenn sie die Kinder mit ihrem Auftreten zum Strahlen brachte und die Kunden ihr nach einer erfolgreichen Beratung eine wunderschöne Weihnachtszeit wünschten. Am Ende eines Arbeitstages hatte sie stets das Gefühl, etwas Gutes vollbracht zu haben. Sie konnte besten Gewissens behaupten, dass sie diesen Job über alles liebte.

Als das Telefon neben der Kasse klingelte, lief sie leichtfüßig und gut gelaunt darauf zu und setzte dabei ihr schönstes Kundenlächeln auf, obwohl die Person am anderen Ende sie überhaupt nicht sehen konnte. »Die Rentier-Werkstatt, Ihr Weihnachtsshop für Innen- und Außendekoration, hier spricht Caroline, was kann ich für Sie tun?«

»Hallo Liebes, hier spricht Mrs. Wood. Du wirst von Jahr zu Jahr besser.«

»Vielen Dank«, entgegnete Caroline, während ihr sofort das Herz schwer wurde. »Ich gebe mir große Mühe.«

Ihre Gedanken schweiften zu Mr. Wood, dem ehemaligen Besitzer der Rentier-Werkstatt, der vor wenigen Wochen verstorben war. Mit seinen fünfundsiebzig Jahren hatte er es sich nicht leisten können, in den wohlverdienten Ruhestand zu gehen, denn er war auf die Einnahmen des Dekorationsgeschäfts angewiesen gewesen, um die Pflege seiner Frau bezahlen zu können, weshalb Caroline umso motivierter gewesen war, dem Laden zum Erfolg zu verhelfen. Doch der alte Mann hatte sich übernommen und sich im wahrsten Sinne des Wortes zu Tode gearbeitet.

»Das weiß ich sehr zu schätzen, Caroline«, antwortete Mrs. Wood und hustete. »Wo ist denn Hank?«

»Der macht gerade Mittagspause.«

Die alte Dame seufzte. »Leider habe ich vergessen, euch etwas Wichtiges zu sagen.« Der ernste Tonfall in ihrer Stimme ließ Caroline aufhorchen. »Ich weiß es sehr zu schätzen, dass du und Hank euch nach Georges Tod übergangsweise um den Laden gekümmert habt. Aber ab heute wird Mitch den Posten des Geschäftsführers übernehmen.«

»Mitch?« Caroline dachte krampfhaft nach, ob sie ihn kennen sollte. Sie konnte sich nicht erinnern, dass dieser Name jemals in ihre Gegenwart erwähnt worden war.

»Mein Enkelsohn.«

»Ach ja, stimmt!«, log Caroline und hoffte, dass es nicht auffiel, dass sie keine Ahnung hatte, wer dieser Mitch war.

»George hat in seinem Testament nicht festgelegt, wie es mit der Rentier-Werkstatt weitergehen soll, deswegen habe ich beschlossen«, sie hustete erneut, »Mitch den Laden zu überschreiben, um euch zu entlasten, weißt du?«

Im Hintergrund sagte jemand, dass Mrs. Wood sich jetzt schonen müsse. Vermutlich eine Pflegerin.

»Hat er das nicht vorab geregelt?« Das wunderte Caroline sehr. Mr. Wood war immer sehr genau gewesen und es war geradezu undenkbar, dass er sein geliebtes Lebenswerk nicht im Testament erwähnt hatte.

»Bedauerlicherweise nicht. Mein Mann und Mitch hatten leider nicht das beste Verhältnis zueinander, aber mir bleibt keine andere Wahl.«

»Wissen Sie denn, wann Mitch ...«

In diesem Moment ging die Tür auf und ein junger Mann mit Sonnenbrille, offenstehender Lederjacke, Holzfällerhemd und zurückgegelter Tolle stolzierte in den Laden hinein, als würde dieser ihm gehören.

»Sie sind Miss Roberts?« Gebieterisch baute er sich vor Caroline auf, die ihm gerade mal bis zur Schulter reichte und den Kopf in den Nacken legen musste, um zu ihm aufsehen zu können. Er nahm die Sonnenbrille ab und rümpfte die Nase.

Vollkommen überrumpelt umklammerte Caroline den Hörer. »Vergessen Sie meine Frage. Er ist gerade eingetroffen, Mrs. Wood.«

Mitch starrte auf sie hinab und verzog ungeduldig den Mund. »Ist das meine Grandma?

Caroline nickte.

»Wunderbar. Dann können Sie ja gleich alles Notwendige klären.« Mrs. Woods Stimme versagte und ging in einen weiteren Hustenanfall über. »Ich muss jetzt Schluss machen, Liebes«, röchelte sie. »Vertragt euch.«

»Passen Sie auf sich auf, Mrs. Wood. Auf Wiederhören.«

Caroline wartete, bis die alte Dame aufgelegt hatte und nahm den Hörer vom Ohr. »Bitte entschuldigen Sie. Sie müssen Mitch sein. Mein Name ist Caroline Roberts.« Sie streckte ihrem Gegenüber die Hand entgegen. Statt diese zu schütteln, musterte er sie von oben bis unten und seine Stirn legte sich in Falten.

»Stimmt etwas nicht?«, fragte Caroline verunsichert. *Stank sie etwa? Oder hatte sie sich mit Kakao bekleckert und es nicht gemerkt?*

»Was zur Hölle haben Sie da an?«

Caroline sah an sich herab. Sie trug dunkelbraune Stiefel mit baumelnden Glöckchen, die bei jedem Schritt fröhlich klimperten, dazu eine rot-weiß-geringelte Strumpfhose, das grüne Samtkleid, eine große Zuckerstange, die wie ein Schwert in ihrem dunkelbraunen Gürtel steckte und selbstverständlich nur Zierde war, und eine ebenfalls grüne Zipfelmütze mit einem Bommel am Ende. Um das ganze Outfit abzurunden, blitzten außerdem falsche Elfenohren am Mützenrand auf. Ihr rotbraunes Haar hatte sie zu zwei Zöpfen geflochten, die ihr bis zur Brust reichten. »Das ist meine Arbeitsuniform«, antwortete sie eingeschüchtert und schämte sich auf einmal für ihren Aufzug.

»So repräsentieren Sie das Geschäft meines Grandpas? Wollen Sie mich verarschen?«

In diesem Moment betrat eine Frau den Laden. Ihr ganzer Körper wurde von schwarzem Fell verhüllt, das einen extremen Kontrast zu den weißblond gefärbten, langen glatten Haaren darstellte. Unwillkürlich fragte sich Caroline, wie viele Schwarzbären wohl für diesen bodenlangen Mantel ihr Leben hatten lassen müssen.

»Herzlich Willkommen in der Rentier-Werk...«

»Was ist das denn?«, unterbrach die Frau Caroline und sah sie abfällig an. Dabei schürzte sie verächtlich ihre aufgespritzten Lippen.

»Überreste«, antwortete ihr Mitch.

»Überreste?«, wiederholte Caroline ungläubig und sah die beiden abwechselnd mit offenem Mund an.

»Hat mein Großvater Sie eingestellt?« Mitch fuhr sich nachdenklich mit der Hand über das Kinn, während er um Caroline herum ging und sie weiterhin von oben bis unten musterte.

Caroline fühlte sich zunehmend unwohler und umklammerte mit der einen Hand das Telefon, während sie die andere in den Stoff ihres Kleides krallte. »Ja, das stimmt. Ich arbeite schon seit drei Jahren als Teilzeitkraft hier.«

»Kein Wunder, dass der Laden nicht läuft«, murmelte Mitch. »Da ist nichts mehr zu retten«, sagte er lauter. »Sie können gehen, Caroline.«

»Ich ... ich verstehe nicht ganz.«

»Sprechen Sie unsere Sprache etwa nicht?«

»Spar dir die Mühe«, mischte sich die Blondine ein. »Die ist nicht nur hässlich, sondern offenbar auch blöd. Sie sind ge-feu-ert. Kapiert?«

Caroline klappte erneut die Kinnlade herunter.

»Dieser Schuppen hier«, fuhr die Frau unbeirrt fort, »ist ein heilloses Durcheinander. Hier würde ich nicht mal einkaufen gehen, wenn ich total verzweifelt wäre.«

»Wer sind Sie eigentlich?«, wollte Caroline wissen.

»Ich bin Kitty-Kay.« Sie betonte jede Silbe ihres Namens. »Marketingexpertin und erfolgreiche Influencerin auf Instagram und TikTok. Sagen Sie nicht, Sie kennen mich nicht. Ich habe immerhin fast dreihundertzwanzigtausend Follower!« Sie streckte Caroline drei Finger entgegen und beugte sich zu ihr vor, sodass sie das widerlich-süßliche Parfüm der Frau riechen konnte. Dabei warf Kitty-Kay sich in Pose und zog eine

Schnute, die an einen Entenschnabel erinnerte. Davon hatte Caroline schon mal gehört. Das war wohl das berühmt-berüchtigte Duck Face. Es sah absolut lächerlich aus.

»Äh, nein, tut mir leid«, gab Caroline zu.

»Typisch Hinterwäldlerin.« Als würde sie eine lästige Fliege verscheuchen wollen, wedelte Kitty-Kay mit der Hand vor Carolines Gesicht herum. »Ein Grund mehr für Sie, zu verschwinden.«

»Was haben Sie mit der Rentier-Werkstatt vor?«

»Wir werden aus Grandpas Vermächtnis ein echtes Winterwunderland machen. Ein Touristenmagnet, damit Snow Falls endlich etwas zu bieten hat«, erklärte Mitch hochtrabend.

»Ich glaube nicht, dass das im Sinne von Mr. Wood wäre«, meinte Caroline. »Er hat diesen Laden geliebt und wollte ihn bewusst traditionell halten. Viele Stammkunden kommen schon seit Jahren hierher, da sie genau das zu schätzen wissen. Eben diese Tradition macht doch den Charme von Snow Falls aus.«

»Reden Sie nicht von Dingen, von denen Sie keine Ahnung haben! Sie kannten meinen Grandpa überhaupt nicht«, fuhr Mitch sie unwirsch an. »Außerdem ist dieses Kaff restlos altmodisch und verwahrlost. Snow Falls hat nichts zu bieten außer einem Haufen Spinner, die der Meinung sind, an Weihnachten von Luft und Liebe leben zu können. Es geht heutzutage nur ums Geschäft und das wird Snow Falls schon bald erkennen. Wenn Sie jetzt bitte gehen würden?«

Mr. Wood hatte seinen Enkel niemals erwähnt – und das hätte er mit Sicherheit, denn er war ein herzensguter Mann gewesen, der keine gute Tat unerwähnt ließ.

Mit einem Schlag wurde Caroline klar, warum er es nicht getan hatte. Mitch war ein geldgieriger Geier, dem es nicht um die Wünsche und Träume seines Großvaters ging, sondern ausschließlich um den finanziellen Erfolg. Sie nahm all ihren Mut zusammen, straffte die Schultern und fragte: »Mit welcher Begründung entlassen Sie mich?«

»Das ist leicht zu beantworten.«

»Ach ja?«

»Sie sind zu füllig und Ihre Nase passt mir auch nicht.«

»Zu ... *füllig*?«

Mitch deutete auf Carolines Gesicht. »Dieses Mondgesicht geht gar nicht. Außerdem hat Ihr Grinsen etwas von diesem Typen aus Batman. Wie hieß der noch mal?«

»Der Joker«, warf Kitty-Kay, eine abwertende Grimasse ziehend, ein.

»Richtig. Der Joker. Noch dazu ...«, er ging noch einmal um Caroline herum und blieb dann hinter ihr stehen. Langsam drehte sie sich mit und ließ Mitch dabei nicht aus den Augen. Er nahm die Hände auseinander und deutete eine beachtliche Entfernung an. »... ist Ihr Hintern breiter als der Tresen und diese Taille ... haben Sie überhaupt eine?«

»Ganz zu schweigen von den Fettrollen. Widerlich, nicht wahr, Mitchy-Schatz?«

»Ganz genau. Ein Weihnachtself sieht ganz bestimmt nicht aus wie Sie. Ein Elf ist elegant, schlank und wunderschön. So wie meine Hübsche hier.« Er deutete auf Kitty-Kay, die sich an ihn schmiegte. »Sie hingegen sind einfach nur hässlich und fett.«

»Hässlich und fett?«, wiederholte Caroline und ihre Stimme war so leise, dass Mitch und seine Freundin sie kaum noch verstehen konnten.

»Die Haare sind auch grässlich gefärbt. Das trägt doch heutzutage kein Mensch mehr so!«

»Das ist meine Naturhaarfarbe«, erklärte Caroline mit tonloser Stimme.

»Außerdem«, fuhr Mitch fort, trat neben seine Begleiterin und schlang den Arm um deren Wespentaille, »fehlt es Ihnen an Charme und Sexappeal. Selbst der Esel da drüben ist attraktiver als Sie.« Er deutete auf die Holzwaren, die Mr. Wood in liebevoller Handarbeit angefertigt hatte.

»Das ist ein Elch.«

»Nun tun Sie mal nicht so neunmalklug!«, fuhr Kitty-Kay Caroline an. »Immer diese frechen Leute. Respektlos ist das!«

»Bitte entschuldigen Sie.« Verzweifelt fasste Caroline sich an den Kopf und nahm die Mütze ab. »Bitte hören Sie mir kurz zu und geben Sie mir eine Chance, mich zu beweisen. Ich komme wirklich gut mit den Kunden klar und wenn es darum geht, Mr. Woods Handwerk fortzuführen, kann ich das bestimmt auch erlernen. Wenn Sie es wollen, werde ich auch abnehmen und mir die Haare färben. Ich tue alles, was Sie von mir verlangen, aber bitte lassen Sie mich weiterhin hier arbeiten.« Mit jedem Wort zerbröckelte Carolines ohnehin schon kleines Selbstwertgefühl mehr und mehr, bis kaum noch etwas davon übrig war. Ihr war bewusst, dass sie sich mit diesem Angebot praktisch selbst aufgab, aber sie hatte keine andere Wahl.

»Die blubbert mir zu viel rum. Schaff sie mir aus den Augen.« Kitty-Kay öffnete ihren Mantel und fächerte sich Luft zu. Dabei kam ein hautenger, beigefarbener Rollkragenpullover zum Vorschein, der ihre riesigen Silikonbrüste und ihren flachen, fettfreien Bauch betonte. Sie war makellos. Zumindest von außen, denn ihr Innerstes war augenscheinlich vollständig verdorben. Jetzt wurde Caroline auch klar, warum sie nicht Mitchs Idealvorstellungen entsprach.

Mitch lachte hämisch auf. »Glauben Sie mir, Caroline. Da ist nichts mehr zu retten. Außerdem sind Sie viel zu alt für dieses alberne Kostüm.«

»Ich muss es ja nicht tragen!« Tränen stiegen in ihr auf und Caroline versuchte mit aller Kraft, sie wegzublinzeln. Unter gar keinen Umständen durfte sie diesen Job verlieren. Sie war auf das Geld angewiesen, um ihr Studium finanzieren zu können.

»Das ändert nichts an Ihrem Alter.«

»Ich bin doch erst dreiundzwanzig Jahre alt. Das kann doch nicht das Problem sein.«

»Tse.« Kitty-Kay warf ihre wasserstoffblonden Haare über die Schulter. »Der Zug ist abgefahren.« Sie schnalzte mit der Zunge. »Warum sind Sie immer noch hier? Husch, husch, raus mit Ihnen, Sie dummes Ding.« Ihre Worte unterstrich sie mit wild umherwedelnden Händen, als würde sie eine Schar Hühner vertreiben wollen.

Caroline wusste nicht, was sie noch sagen sollte. Jegliche vernünftige Argumentation stieß hier offenbar sofort gegen eine Mauer. Es war sinnlos, mit den beiden zu diskutieren. Kraftlos ließ sie die Schultern hängen und holte ihre Tasche hinter dem Tresen hervor. Sie klemmte sie unter den Arm und wollte sich gerade auf den Weg zum Ausgang machen, als Mitch einen Schritt auf sie zutrat. »Oh, Caroline? Warten Sie kurz.«

Sofort hob sie den Kopf und sah ihn erwartungsvoll an. *Hatte er es sich vielleicht doch anders überlegt?* »Ja, Mitch?«

»Lassen Sie das Telefon hier.«

KAPITEL 2

NICK

Als er vor drei Wochen zu seiner Reise aufgebrochen war, hätte Nick nicht einmal im Traum daran gedacht, dass es ihn an einen Ort verschlagen würde, der seiner Heimat so ähnlich war. Snow Falls lag mitten im Herzen der Rocky Mountains und konnte nicht weihnachtlicher sein. Eine kanadisch-winterliche Kleinstadt, in der die Einwohner miteinander um die schönste Weihnachtsdekoration konkurrierten und in der es gefühlt immerzu schneite. Bisher hatte Nick nicht einen einzigen Tag erlebt, an dem nicht zumindest eine Flocke auf seiner Brille gelandet und einen störenden nassen Fleck hinterlassen hatte. Seufzend nahm er das Gestell von der Nase und wischte die Tropfen mit einem Tuch ab. Dabei sah er sich verstohlen in dem Park um, den er gerade durchquerte, um sicherzugehen, dass ihn niemand beobachtete. Wie es den Anschein machte, war er allein und weit und breit war keine Menschenseele zu sehen. Erleichtert widmete er sich wieder seiner Brille. Er hatte sich noch immer nicht daran gewöhnt und verspürte Mitleid mit sämtlichen Brillenträgern auf der Welt. Tagtäglich hatten sie mit Naturgewalten und Temperaturunterschieden zu kämpfen, wodurch die Gläser regelmäßig beschlugen.

Gerade, als Nick die Brille wieder aufsetzen wollte, spürte er eine seltsam vertraute Vibration in der Luft. Erstaunt fuhr er herum und ehe er sich versah, traf ihn ein Schneeball mitten im Gesicht. Vor Schreck ließ er die Brille fallen, taumelte zurück und fasste sich an die schmerzende Nase. »Verfluchte Rentierkacke!« Wütend wischte er sich über die Augen. Kaum, dass Nick sich wieder ein bisschen gefasst hatte, kam auch schon der zweite Ball angeflogen. Dieser verfehlte ihn nur um wenige Zentimeter und traf einen Baum.

»Ich hab dir schon öfter gesagt, du sollst auf deine Ausdrucksweise achten!«, rief es von irgendwoher.

»Wer ist da?« Nick ließ den Blick durch den Park schweifen und hob beiläufig die Brille vom Boden auf. Noch immer war er allein. Er sah nur einen finster dreinschauenden Schneemann, der zwischen zwei Bäumen stand und soeben den Arm hob, um in bester Baseballmanier einen weiteren Schneeball auf Nick zu schleudern.

In letzter Sekunde wich Nick dem Geschoss aus. Verdammt, sie hatten ihn gefunden! Hastig hielt er nach einer Fluchtmöglichkeit Ausschau, denn der Schneemann würde ihn bestimmt nicht einholen können, wenn er loslief.

Er hatte noch nicht einmal einen Fuß vor den anderen gesetzt, da donnerte der Schneemann gebieterisch und mit seltsam gedämpfter Stimme: »Nick Claus, du kommst hier nicht vorbei!« Mit einem Affenzahn rollte er auf Nick zu, der vor Verblüffung wie erstarrt war. Dabei drehte sich lediglich der untere Schneeball der Gestalt und wurde währenddessen immer größer, weil er den auf der Strecke liegenden Schnee einsammelte.

Die Zweigarme streckte er bedrohlich in die Höhe, als wolle der lebendig gewordene Horror-Schneemann sich auf Nick stürzen. Ganz knapp vor ihm blieb das unförmige Ungetüm mit dem viel zu großen Unterkörper stehen, starrte bedrohlich auf Nick herab und schwankte hin und her. Seine kohlrabenschwarzen Augen waren zu Schlitzen verengt und er fuchtelte wild mit der Zweighand vor Nicks Gesicht herum. Dabei unterschätzte er allerdings seinen Radius und traf dessen Wange. »Hoppla.«

»Pass doch auf, Mann!« Nick machte einen erschrockenen Satz zurück und brachte sich außer Reichweite des wütenden Monstrums.

»Tut mir leid«, grummelte der Schneemann. Dabei verrutschte eines seiner Augen.

Je genauer Nick hinsah, desto sicherer war er sich, dass derjenige, der in dem Schneemann steckte, Schwierigkeiten hatte, seine magische Form aufrecht zu erhalten, und es gab nur eine Person in Nicks Bekanntenkreis, die Probleme damit hatte. »Matty, bist du das etwa?«

Dem verzauberten Elfen fiel vor Schreck die Karottennase aus dem Gesicht. »Woher weißt du das?«

Ohne auf die Frage einzugehen, bückte Nick sich und hob die Karotte wieder auf. Er steckte sie zurück an ihren Platz und machte Anstalten, seinen Weg fortzusetzen. »Geh nach Hause und pass auf, dass dich keiner sieht. Du fällst nämlich zu sehr auf.«

»Bleib gefälligst stehen und hör mir zu!« Mattys Stimme wurde immer schriller und er machte einen Satz nach vorn. Dabei stolperte er und stürzte zu Boden. Der obere Teil seines Körpers zerfiel daraufhin und Mattys echter Kopf kam zum Vorschein. Seine sonst so aufrechten Elfenohren hingen schlaff hinab und seine Lippen waren ganz blau. Das war ungewöhnlich für einen Elfen, der am Nordpol lebte und eisige Temperaturen gewohnt war. Nick hatte allerdings keine Vorstellung davon, wie es war, im Inneren eines Schneemanns zu stecken, doch allzu gemütlich schien es offenbar nicht zu sein.

»Alles gut bei dir? Wie lange warst du da drin?« Da Nick kein Unmensch war, half er Matty, wieder auf seinen rollbaren Untersatz zu kommen.

Matty schnaubte. »Ich weiß nicht genau. Was für ein Tag ist heute?«

»Donnerstag, der erste Dezember.«

»Oh.« Nachdenklich legte Matty den Kopf schief und drehte die Augen nach oben, als würde er angestrengt rechnen. »Dann waren es drei Tage.«

»Drei Tage?«

»Was mich zurück zum eigentlichen Thema bringt. Weißt du, was ich alles durchgemacht habe, um dich zu finden, du egoistischer Ausreißer?« Er wedelte mit seinen Zweigarmen, woraufhin Nick sicherheitshalber erneut Abstand nahm. »Was hast du dir nur dabei gedacht, einfach abzuhauen und mich wochenlang quer durch Europa reisen zu lassen?«

»Ich hab dich nicht darum gebeten, mir zu folgen.« Nick nahm seinen Schal ab und wickelte ihn Matty um den Hals. Obwohl er keine Lust darauf hatte, mit dem Elfen zu diskutieren, tat es ihm dennoch leid, dass dieser seinetwegen vollkommen durchgefroren war. »Wenn du mich bitte entschuldigen würdest? Ich hab noch was vor.«

»Nein, nein, nein, das geht nicht! Du musst sofort zum Nordpol zurückkehren, ehe dein Vater erfährt, dass du verschwunden bist!«

»Wie jetzt?« Belustigt grinste Nick Matty an. »Es ist ihm noch nicht aufgefallen?«

Matty schüttelte den Kopf. »Er hat momentan viel zu tun, schließlich steht Weihnachten vor der Tür, und … wir decken dich.«

»Tatsächlich? Wer ist wir?«

»Conny und ich. Sie hat sich einen umfangreichen Ausredenkatalog ausgedacht.«

»Aha. Was denn zum Beispiel?«

»Jetzt gerade bist du auf einer einwöchigen Recherche-Reise durch Russland, wo du den Mythos von Väterchen Frost untersuchst.«

»Warum sollte ich dafür extra nach Russland reisen? Es gibt ausgezeichnete Suchmaschinen im Internet. Außerdem glaube ich nicht an Väterchen Frost.« Belustigt schüttelte Nick den Kopf. »Na ja, egal.« Er klatschte in die Hände und straffte die Schultern. »Wie ich sehe, kommt ihr ganz wunderbar ohne mich zurecht. Dann trennen sich unsere Wege hier vorerst.«

»Das geht nicht, Nick«, warf Matty sofort ein. »Wir können dein Verschwinden nicht ewig vor Santa geheim halten und ich werde meine Stelle als dein Assistent verlieren, wenn ich dich nicht sofort zurückbringe!« In seinen riesigen, grünen Augen schwammen Tränen. Der arme Kerl war vollkommen verzweifelt.

Nick konnte den Elf gut leiden, doch er strapazierte seine Nerven wieder einmal ein bisschen zu sehr. Warum musste Matty immer gleich so melodramatisch werden? »Sag ihm doch einfach, ich bin in Russland verschollen und dass du dich deshalb auf die Suche nach mir machen musst. Es ist ein großes Land. Da kannst du tun und lassen, was du willst.«

»Aber Nick, ich will bei dir bleiben.«

Nick legte den Kopf in den Nacken und stöhnte laut auf. »Ach Matty. Bist du ein Klammeräffchen?«

Matty öffnete den Mund, während Nick den Finger hob, um seinen Freund zum Verstummen zu bringen. »Nein, das bist du nicht. Du bist ein starker, selbstbewusster und unabhängiger Elf. Du brauchst mich nicht. Du ...«, Nick dachte kurz darüber nach, wie er Matty am schnellsten davon überzeugen konnte, ihn in Ruhe zu lassen. Plötzlich erinnerte er sich an das seltsame Esoterikmagazin, das er am Vortag in einem Café durchgeblättert hatte. »Du kannst alles sein, Matty. Alles, was du willst.« Er breitete die Arme aus und lächelte genauso glückselig wie der ominöse Kerl auf dem Foto. »Dir stehen alle Türen offen. Du musst nur bereit sein, hindurchzugehen.«

»Alles, was ich will?« Mattys Augen wurden glasig und er driftete für einen Moment in seine eigene Traumwelt ab. Dann schüttelte er den Kopf, als wolle er die Gedanken mit aller Kraft loswerden. Dabei verlor sein Schneemannkörper allerdings immer mehr an Form und Schnee wirbelte umher. »Nein, nein. Ich ...«

»Lass mich gehen«, unterbrach Nick ihn ungeduldig. »Mach einen Ausflug in die Rocky Mountains und genieß deine freie Zeit.«

»Aber ...«

»Du wusstest von Anfang an, dass ich nicht in Vaters Fußstapfen treten will. Zumindest noch nicht.«

Ein hoffnungsvoller Ausdruck erhellte Mattys Gesicht. »Das heißt, dass du zurückkehren wirst?«

Ein versöhnliches Lächeln huschte über Nicks Lippen und er legte eine Hand auf die Stelle, an der er Mattys Schulter vermutete. »Natürlich … irgendwann. Jetzt habe ich es aber eilig und muss los. Mach's gut, mein Freund.«

Hastig drehte sich Nick um und lief los.

»Wer wartet denn dort, wo du hingehst, auf dich?«, rief Matty ihm hinterher.

»Eine leckere, seelenwärmende Tasse Kakao«, antwortete Nick und schnippte mit den Fingern. »Ich trinke einen für dich mit!«

Mattys Hülle zerfiel zu Pulverschnee, sodass der Elf nur noch mit einer bunt gepunkteten Unterhose bekleidet dastand. Schockiert quiekend schlang er die Arme um den rundlichen Oberkörper und begann zu bibbern. »Nick, d-d-d-du elender Schuff-ff-t-t-t!«, stotterte er. Nick schob grinsend seine Brille zurück auf die Nase und setzte seinen Weg schnellen Schrittes fort.

Das schlechte Gewissen, weil er so hart mit Matty umgesprungen war, verdrängte er erfolgreich. Der Elf würde ihm verzeihen. Vielleicht nicht heute, vielleicht auch nicht morgen, aber irgendwann, da war sich Nick sicher, würde Matty darüber hinwegkommen und zu einem stärkeren, selbstbewussteren Elfen heranwachsen. Das würde er ganz bestimmt … oder nicht?

Kapitel 3

Caroline

Niedergeschlagen betrat Caroline das Café und zog die grüne Zipfelmütze vom Kopf, die sie auf dem Weg hierher wieder aufgesetzt hatte. Ihre Beine hatten wie von selbst den Weg zu ihrem Lieblingscafé eingeschlagen. Dem einzigen Ort, der ihr momentan zumindest einen Hauch von Trost schenken konnte. Nicht zu fassen, dass dieser Mitch sie einfach rausgeschmissen hatte, ohne ihr überhaupt eine Chance zu geben. In den letzten Jahren hatte sie so viel Liebe und Leidenschaft in die Arbeit in der Rentier-Werkstatt gesteckt und nun schien nach Mr. Woods Tod alles umsonst gewesen zu sein. Sie hatte niemals große Erwartungen gehegt, hatte einfach nur ihrem Job nachgehen und den Menschen ein Lächeln auf die Lippen zaubern wollen. Jetzt sah sie nur noch Kitty-Kays hämisches Grinsen vor sich, als diese ihr bei ihrem überstürzten Aufbruch hinterher gewunken hatte.

Caroline verfluchte sich in diesem Moment für ihre Schusseligkeit, denn sie hatte vor lauter Schreck ihren Mantel und ihren Schal in der Rentier-Werkstatt vergessen. Weil Mitch und Kitty-Kay sie so eingeschüchtert und richtiggehend aus dem Laden verjagt hatten, traute sie sich auch nicht wieder dorthin zurück. Sie hoffte, dass sie in den nächsten Tagen ihren Mut noch einmal zusammennehmen und ihre Sachen abholen könnte, denn sie besaß nur diesen einen Mantel, der den winterlichen Temperaturen standhielt.

Nun gierte sie nach einem heißen Kakao und einem Lebkuchen-Muffin, die hoffentlich ihre trübselige Stimmung ein wenig verbessern konnten. Caroline hatte in ihrem Leben schon viele Rückschläge erleben müssen. Mit Enttäuschungen kannte sie sich also bestens aus. Sie hatte nur nicht damit gerechnet, dass es ausgerechnet ihre geliebte Arbeit als weihnachtliche Elfen-Verkäuferin sein würde, die sie als Nächstes würde aufgeben müssen. Daher war sie der Meinung, dass sie sich an einem Tag wie diesem ruhig etwas gönnen durfte, auch wenn es nicht gerade förderlich für ihre zu breiten Hüften war. Aber das war ihr momentan ehrlich gesagt egal. Was spielte es denn noch für eine Rolle?

Sie war fett ... sie war hässlich ... und sie war arbeitslos.

Schlimmer konnte es ja wohl nicht mehr werden.

Was würde wohl Richie sagen, wenn er von ihrem Versagen erfuhr? Wahrscheinlich so etwas wie: »Ich hab dir gleich gesagt, dass der Job nichts für dich ist« oder »Ist nicht schlimm. Du brauchst nicht zu arbeiten, schließlich bringe ich genug Geld für uns beide mit nach Hause«. Sie seufzte leise und ließ die Schultern hängen.

Ein Klopfen riss Caroline aus ihren missmutigen Gedanken. Sie drehte sich um und sah sich einem dunkelhaarigen Mann gegenüber, der sie von der anderen Seite der Tür aus erwartungsvoll ansah. Fragend schaute sie ihn an und versuchte zu verstehen, was er ihr mit seinen Handzeichen mitteilen wollte. Er deutete auf die Türklinke und dann auf sie.

»Oh!« Caroline begriff erst jetzt, dass sie mitten im Weg stand und der Mann deshalb die Tür nicht öffnen konnte. Sie trat hastig beiseite und senkte beschämt den Blick, als er hereinkam. »Verzeihung«, murmelte sie in Richtung Boden.

»Kein Problem.« Seine Stimme klang freundlich, doch Caroline wagte es nicht, ihn direkt anzusehen. Dass sie so unachtsam gewesen war, bedrückte sie noch mehr.

Der Mann lief an ihr vorbei und ging zur Theke. Betrübt folgte Caroline ihm, um nicht noch weitere Gäste durch ihre räumliche Fehlplatzierung zu belästigen. Konzentriert musterte sie die Vitrine voller Köstlichkeiten. Sie entdeckte einen Lebkuchen-Muffin mit Zimt-Pflaumen-Füllung – ihr Lieblingsgebäck. Es war das letzte Exemplar. Auch ihr Vordermann musterte die Auslage ausgiebig und schien sich nicht so recht entscheiden zu können.

In Gedanken legte sich Caroline schon die richtigen Worte für ihre Bestellung zurecht, als der Mann vor ihr sagte: »Einen Kakao und ähm ...« Nach einer kurzen Pause deutete er mit dem Zeigefinger auf ebenjenen Muffin, den Caroline bereits für sich auserkoren hatte. »... den Lebkuchen-Muffin bitte.«

Entsetzt riss sie die Augen auf und kam nicht länger drum herum, den jungen Mann anzuschauen. Sie stand schräg hinter ihm, sodass ihr als Erstes auffiel, dass seine Brille beschlagen war. Er lächelte den Barista ein wenig gequält an. Dabei konnte er nicht unschuldiger aussehen, dieser ... dieser ...

»Elende Lebkuchen-Muffin-Dieb!«

Überrascht drehte er sich zu ihr um. »Was? Meinen Sie etwa mich?«

Oh Mist! Hatte sie das gerade etwa laut gesagt? Sie schlug sich die Hände vor den Mund und drehte sich panisch auf dem Absatz herum. Ohne darüber nachzudenken, stürmte Caroline zur Tür und riss sie auf. Dabei ließ sie die Mütze fallen, hatte aber keine Zeit, sie wieder einzusammeln. Sie hatte sich für heute schon genug blamiert. Was war sie bloß für ein Schussel!

»Warten Sie!«

Doch Caroline ignorierte den Ruf und rannte beinahe gegen die Werbetafel vor dem Café. Ohne langsamer zu werden, lief sie weiter die Straße entlang, bis sie schließlich weit genug entfernt und vollkommen außer Puste war. Keuchend blieb sie mitten auf dem Gehweg stehen und beugte sich ein wenig nach vorn, um wieder zu Atem zu kommen. Weiße Wölkchen traten ihr aus Mund und Nase und die Kälte kroch ihr tief bis in die Knochen. Nun hatte sie auch noch ihre Mütze verloren. Wenn das so weiterging, würde sie splitterfasernackt zu Hause ankommen und morgen mit einer dicken Erkältung im Bett liegen. Zum Glück hatte sie freitags keine Vorlesungen. So könnte sie sich zumindest übers Wochenende auskurieren. Doch sie hatte weder Lust darauf noch die Zeit dafür, krank zu sein, denn sie brauchte so schnell wie möglich einen neuen Job, um die Semestergebühren weiterhin bezahlen zu können. In ihrem erbärmlichen Kostüm konnte sie das natürlich getrost vergessen, denn die Auswahl an Stellen als pummelige Weihnachtselfe war in Snow Falls nicht gerade groß.

»Lass jetzt bloß nicht den Kopf hängen«, versuchte sie, sich selbst zu ermutigen, und schloss die Augen. Dabei atmete sie mehrmals tief ein und aus. Sie musste sich unbedingt entspannen und neue Kräfte sammeln. Noch war sie nicht am Ende.

Die spirituelle Erleuchtung blieb allerdings aus und sie wurde stattdessen mit voller Wucht von irgendetwas gerammt. Vor Schreck schrie Caroline auf, verlor das Gleichgewicht und stürzte zu Boden. Unter ihrem Körper begrub sie etwas Weiches, das aufgrund ihres Gewichts leise ächzte und knackte. Schockiert riss sie die Augen auf und sah einen schwarz gekleideten Typen mit Kapuze davonrennen.

»Meine Tasche!«, kreischte eine Frau hinter ihr, woraufhin Caroline kurzerhand ihr Zuckerstangenschwert zog. Kurz darauf stürmte die Frau an ihr vorbei. Wie es der Zufall wollte, kam in diesem Moment gerade Sheriff Brooks aus der Bäckerei. Der Taschendieb konnte nicht mehr rechtzeitig ausweichen und stieß mit dem dickbäuchigen Beamten zusammen. Sofort stürzte sich die Bestohlene todesmutig auf den Täter, woraufhin der Sheriff ebenfalls eingriff. Es kam zu einer Rangelei mit anschließendem Wortgefecht, die Caroline mit einer Mischung aus Bestürzung und Faszination beobachtete. Sie ließ die Zuckerstange fallen und versuchte ungeschickt, sich aufzurappeln. Dabei bemerkte sie, dass sie auf die ausgestellten Blumenkästen des Blumenladens gefallen war. Unter ihrem Gewicht waren diese zersplittert und nun kauerte sie auf deren Überresten sowie den traurigen, misshandelten Pflanzen und der Blumenerde, die sich überall verteilt hatte. Es grenzte an ein Wunder, dass sie sich nicht verletzt hatte.

»Ist mit Ihnen alles in Ordnung?«

Caroline zuckte zusammen. Neben ihr war jemand in die Hocke gegangen und es war kein Geringerer als …

»Der Lebkuchen-Muffin-Dieb?«

»Ich fürchte, das müssen Sie mir erklären. Oder soll ich Sie nun die traurige Elfe aus dem Café nennen?«, entgegnete der junge Mann.

»Ich bin nicht traurig«, log Caroline und zog beleidigt die Nase hoch.

»Ihre hängenden Ohren sagen etwas anderes.«

Caroline öffnete den Mund, um zu kontern, doch dann fiel ihr ein, dass sie tatsächlich immer noch die Elfenohren trug. Sie tastete mit den Händen nach den Latexohren und musste gar nicht viel tun, um sie von ihren echten Ohren abziehen zu können, da sie sowieso schon halb hinabhingen. Ging es noch peinlicher? »Meine Ohren sagen nichts über meinen Gemütszustand aus«, grummelte sie, um ihre Verlegenheit zu überspielen. »Ich bin nur ein zufälliges Opfer.« Sie musste sich außerdem den Kopf gestoßen haben, denn warum sonst sollte sie so einen Blödsinn von sich geben?

»Das glaube ich auch. Ein Opfer des dummen Zufalls. Immer zur falschen Zeit am falschen Ort.«

»Darin bin ich wirklich gut, wie es scheint.« Sie ließ niedergeschlagen die Schultern hängen.

In diesem Moment kam die Blumenverkäuferin aus dem Laden geeilt. »Sind Sie verletzt?«

»Ich glaube nicht«, stammelte Caroline, der nun nicht länger nur die Kälte zu schaffen machte, sondern auch der Schrecken. Sie konnte noch gar nicht richtig realisieren, was geschehen war. »Der Kerl hat mich einfach umgerannt«, sprach sie das Offensichtliche aus. »Wie in einem schlechten Film. So viel mieses Karma kann doch nicht normal sein, oder?«

Natürlich konnte die Verkäuferin nichts von Carolines Pechsträhne wissen. Sie tätschelte tröstend ihre Schulter. »Jeder hat mal einen schlechten Tag. Hauptsache, Sie haben sich nicht wehgetan.«

Caroline schüttelte den Kopf. »Leider habe ich mit meinem fetten Hintern ihre Blumenkästen zerstört ... für den Schaden werde ich natürlich aufkommen.« Tränen der Verzweiflung und der Scham stiegen in ihren Augen auf, die sie rasch wegzuwischen versuchte. Dabei schmierte sie sich prompt Blumenerde ins Gesicht.

»Machen Sie sich darum keine Gedanken«, antwortete die Verkäuferin sanft.

»Wollen Sie dort unten sitzen bleiben oder darf ich Ihnen aufhelfen?«, fragte der Mann nun, stand auf und streckte ihr die Hand entgegen.

Eigentlich wollte Caroline sich lieber vor Scham irgendwo einbuddeln, doch er hatte recht. Auf dem Boden wurde es auch nicht besser. Also ergriff sie seine überraschend warme Hand und ließ sich von ihm hochhelfen.

»Geht's?«

»Vielen Dank.« Ihre Glieder fühlten sich an wie Gummi. Sie sah an sich herab und versuchte vergebens, den Schmutz von ihrer Kleidung zu klopfen. Viel zu retten war da nicht mehr. Ihr Kleid war übersät mit Schneematsch und Blumenerde. Nun fühlte sie sich nicht länger nur so, nein, jetzt sah sie auch noch aus wie ein dreckiger, überfahrener Weihnachtself. Schlimmer konnte der Tag nicht mehr werden.

In der Ferne diskutierte der Sheriff weiterhin mit dem Dieb. Die mutige Verfolgerin stand dabei und gestikulierte wild herum.

»Vermissen Sie nicht etwas?« Der Lebkuchen-Muffin-Dieb hielt Caroline die grüne Zipfelmütze entgegen.

»Das ist nicht meine«, wehrte sie ab.

»Ach nein? Dann laufen hier also noch mehr Elfen herum?« Er betrachtete sie von Kopf bis Fuß.

Caroline spürte, wie die Röte in ihre Wangen schoss, und sie verschränkte die Arme vor der Brust. »Bestimmt. Oder glauben Sie etwa, der Weihnachtsmann macht das alles ganz allein?«

»Sicher, dass Sie nicht verletzt sind? Sie scheinen mir ein wenig ... verwirrt zu sein«, meinte die Blumenverkäuferin. »Soll ich jemanden anrufen, der Sie abholt?«

»Nein, ich ...« Caroline schaute zwischen der Verkäuferin und dem jungen Mann hin und her. »Es geht mir gut. Ich ... äh ...«

»Schon in Ordnung«, unterbrach der Lebkuchen-Muffin-Dieb Caroline und sagte an die Verkäuferin gewandt: »Ich kümmere mich um sie.«

»Das ist nicht nötig«, fuhr Caroline ihn an. Ihre Nerven lagen vollkommen blank und sie wollte nur noch nach Hause. Doch sie konnte das Chaos, das sie hinterlassen hatte, nicht einfach so lassen. »Haben Sie einen Besen und eine Schaufel für mich? Ich würde das gerne wieder gutmachen.« Sie deutete auf die Blumenkästen.

Die Verkäuferin schenkte ihr ein aufmunterndes Lächeln und nickte. Dann verschwand sie im Laden und kehrte kurze Zeit später mit den gewünschten Utensilien und einem Eimer zurück. »Die Pflanzen werde ich umtopfen. Vielleicht ist ja noch was zu retten. Legen Sie die Sachen einfach hier hin, ich kümmere mich nachher darum, denn die Kundschaft wartet.«

»Danke schön.« Gerade, als Caroline das Kehrblech und den Besen entgegennehmen wollte, kam der Fremde ihr zuvor. Stumm drückte er ihr die Mütze in die Hand und machte sich an die Arbeit. Dafür ging er in die Hocke und sammelte alle Stücke ein.

»Sie müssen das nicht tun«, meinte Caroline und umklammerte die Mütze.

Der Fremde lachte leise. »Das macht mir nichts aus. Kümmern Sie sich lieber um Ihr Gesicht.«

»*Was?*« Caroline drehte sich zum Schaufenster um und versuchte, in der Spiegelung zu erkennen, was er meinte. Sofort fiel ihr der Dreck auf, der auf ihrer Wange verrieben war. »Oh Mist!« Sie zog eine Packung Taschentücher aus ihrer Tasche und rubbelte über ihre Haut, um den Schaden einzugrenzen.

Anschließend beobachtete sie mit einem schlechten Gewissen, wie der Mann die Bruchteile einsammelte und die Erde zusammenkehrte. Die Pflanzen legte er behutsam zur Seite, und die Erde und die Überreste der beiden Blumenkästen füllte er in den dafür vorgesehenen Eimer. Anschließend sah er zu ihr hoch. »Wollen Sie Ihre Zuckerstange zurückhaben? Ich fürchte, sie wurde bei Ihrem Sturz in Mitleidenschaft gezogen.«

Caroline war bisher gar nicht aufgefallen, dass die Stange in zwei Teile zerbrochen war. Sie nahm ihm die Bruchstücke aus der Hand und betrachtete sie traurig. Den Stab hatte Mr. Wood für sie angefertigt, weil er der

Meinung gewesen war, er würde gut zu ihrem Outfit passen. »Ich fürchte, sie hat ihre Magie verloren«, sagte sie niedergeschlagen.

»Sie sind die Geschädigte?«, rief der Sheriff und kam angelaufen. Seine Mundwinkel zuckten leicht, als er ihren schmutzigen Aufzug bemerkte.

Eher Beschädigte, dachte Caroline und setzte ein schüchternes Lächeln auf. »Mit mir ist alles in Ordnung. Gut, dass Sie zur Stelle waren und den Dieb fassen konnten, Sheriff Brooks.«

»Ach was. Es ist immerhin meine Aufgabe, jederzeit die Bürger dieser wunderschönen Stadt zu schützen.« Er warf sich in Pose und grinste sie stolz unter seinem verwuschelten Schnauzbart an. »Wollen Sie mich zur Wache begleiten, damit ich Ihre Anzeige aufnehmen kann?«

Gequält und hilfesuchend sah Caroline zwischen dem Sheriff und ihrem Helfer hin und her. »Ehrlich gesagt würde ich jetzt lieber nach Hause gehen. Es ist recht frisch draußen.« Sie schaute an sich hinab und die Blicke der beiden Männer folgten ihr. Das Einzige, das oben blieb, waren die Augenbrauen des Lebkuchen-Muffin-Diebes. Sie setzte die grüne Zipfelmütze wieder auf, um zumindest ihre Ohren warmhalten zu können, und schulterte ihre Tasche. »Darf ich bitte gehen? Ich verzichte auch auf die Anzeige. Es ist ja nichts passiert.«

»Wie Sie wollen«, erwiderte der Sheriff schulterzuckend.

Der Lebkuchen-Muffin-Dieb zog seinen schwarzen Mantel aus und streckte ihn Caroline entgegen. »Ziehen Sie den über. Ich begleite Sie nach Hause.«

Nachdenklich betrachtete sie das Kleidungsstück. Sie wollte zuerst ablehnen, aber wenn der Tag weiterhin so mies verlief, war es wohl besser, wenn sie sein Angebot annahm. Nicht, dass sie am Ende wegen einer Unachtsamkeit von einem Auto überfahren wurde und den Fahrer oder die Fahrerin für immer ins Unglück stürzte. Außerdem sah der Mantel warm und kuschelig aus, sodass sie kaum widerstehen konnte. »Das ist sehr freundlich.« Mit zitternden Fingern nahm sie das Kleidungsstück entgegen und legte es sich um die Schultern. Dem Mann hatte der Mantel bis zur Hüfte gereicht, bei ihr endete er kurz über den Knien. »Wenn es Ihnen keine Umstände bereitet?«

Er lachte auf. »Bestimmt nicht.«

»Ist Ihnen nicht kalt?« Sie deutete auf seinen Pullover.

Der junge Mann winkte ab. »Ich bin hart im Nehmen.«

»Gut, dann wäre das auch geklärt. Wenn ich nicht länger gebraucht werde, wünsche ich Ihnen beiden einen schönen, möglichst friedlichen Tag. Sollten Sie meine Dienste benötigen, scheuen Sie sich nicht davor, mich anzurufen. Ich bin jederzeit zur Stelle.« Sheriff Brooks winkte ihnen zum Abschied zu.

»Vielen Dank.«

Ihr Begleiter sah sie aufmerksam an. »Wollen wir?«

Sie nickte, fühlte sich aber mit einem Mal unwohl, jetzt, wo sie beide allein waren. Ihr Verhalten ihm gegenüber war ihr immer noch peinlich und sie wusste nicht, wie sie ihm die ganze Situation erklären sollte. »Ich wohne in der Nähe vom alten Kino«, sagte sie stattdessen.

»Alles klar.«

Gemeinsam gingen sie los und Caroline wurde bewusst, dass die Glöckchen an ihren Stiefeln bei jedem Schritt klimperten. Bisher war das für sie normal gewesen, da sie die Kleidung immer mit ihrer Arbeit verbunden hatte. Nun jedoch trug sie diese in ihrer Freizeit und fühlte sich absolut fehl am Platz, und das, obwohl in der Stadt noch mehr kostümierte Angestellte herumliefen, um für ihre Geschäfte zu werben. Das war allerdings der Unterschied zwischen ihnen: Die anderen waren fleißige Arbeitselfen. Sie hingegen war nun eine dreckige Arbeitslosenelfe.

Sie zog den Mantel enger um sich und vergrub ihr Gesicht in dessen Kragen. Dabei stellte sie fest, dass er unheimlich gut roch. Sie hatte es zuvor nur flüchtig bemerkt und dem Ganzen keine Beachtung geschenkt, aber nun hatte sie genug Zeit, um darüber nachzudenken, woher sie diesen Duft kannte. Sie atmete möglichst unauffällig tief ein und es dauerte nicht lange, bis die Erkenntnis sie traf. Der Mantel roch nach Lebkuchen! Caroline konnte nicht abstreiten, dass sie den Geruch als äußerst angenehm empfand und genoss es insgeheim.

Die beiden liefen schweigend nebeneinander die Hauptstraße von Snow Falls entlang. Mit jedem Schritt wurde die Stille zwischen ihnen unangenehmer und Caroline überlegte krampfhaft, was sie sagen könnte.

»Sie sind mir noch eine Erklärung schuldig«, kam der Fremde ihr zuvor.

Oh nein. »Eine Erklärung? Für was?«, stellte sie sich unwissend. *Sag es nicht. Bitte, sag es nicht!*, flehte sie innerlich.

»Lebkuchen-Muffin-Dieb?«, erinnerte er sie freundlicherweise an ihre Peinlichkeit.

»Oh, stimmt ja.« Caroline senkte den Kopf und biss sich auf die Lippe. Dabei lachte sie nervös und stammelte: »Vergessen Sie das bitte einfach. Das ist mir nur so rausgerutscht.«

»Gleich zwei Mal? Ich glaube, dass da ein tief liegender Groll dahintersteckt.«

»Das bilden Sie sich nur ein.«

Der Mann schnaubte vergnügt. »Falls es Sie interessiert: Mein richtiger Name lautet Nick.«

»Okay«, sagte Caroline geistesabwesend. Sie war mit den Gedanken schon wieder ganz woanders. »Ist es Ihnen nicht unangenehm, mit einer schmutzigen Elfe herumzulaufen?«

»Glauben Sie mir, ich bin Schlimmeres gewohnt.«

»Zum Beispiel?«

»Sind Sie schon mal einem sprechenden Schneemann begegnet?«

Seine Antwort überraschte Caroline und sie musste unvermittelt lachen. »Bitte *was*?«

»Sehen Sie?« Nick grinste sie an und entblößte dabei makellose weiße Zähne. »Es geht immer noch unangenehmer.«

»Sie nehmen mich auf den Arm.«

Er zuckte mit den Schultern. »Vielleicht?«

Wieder musste Caroline lachen.

»Sie sollten das öfter machen. Ihr Gekicher lässt einen sogar über Ihren zerstören Aufzug hinwegsehen.«

Sofort hielt Caroline inne und blickte erschrocken zu ihm auf. Er war fast einen Kopf größer als sie, was bei ihrer geringen Körpergröße von gerade mal eins sechzig nicht verwunderlich war. »Also macht es Ihnen doch etwas aus?«

»Nicht wirklich.«

»Pfff.«

»Sie glauben mir nicht?«

Caroline schüttelte den Kopf. »Wir sind fast da.«

Sie waren soeben in eine Straße voller Einfamilienhäuser eingebogen. Nahezu jedes von ihnen war mit prächtiger Weihnachtsdekoration geschmückt und in den Vorgärten standen Schneemänner, beleuchtete Rentiere, aufblasbare Weihnachtsmänner und geschmückte Tannenbäume. Mit Sicherheit konnte man das leuchtende Spektakel sogar noch vom Weltall aus sehen. Die Stadt machte ihrem Namen und ihrem Ruf wieder mal alle Ehre. Dennoch war Caroline nicht von dem Stolz erfüllt, den sie eigentlich verspüren sollte.

»Wow«, entfuhr es Nick, der sich erstaunt umsah. »Das nenne ich mal eine schicke Gegend.«

»Ja, es ist ganz hübsch«, gab Caroline zu. »Zumindest, wenn man Weihnachten mag.«

»Das tun Sie offensichtlich, sonst würden Sie ja nicht so rumlaufen.«

Caroline nickte. »Ich liebe Weihnachten über alles, aber das Kostüm ... ach, lassen wir das.« Sie wollte Nick nicht noch mehr mit ihren Problemen belasten. Er hatte schon genug für sie getan.

Ehe er antworten konnte, blieb sie stehen und deutete auf ein Haus auf der gegenüberliegenden Straßenseite. »Das ist es.« Es war das Einzige in der ganzen Straße, das weder beleuchtet war noch sonstige Dekorationen besaß. Ein sanfter Lichtschein flackerte durch die Vorhänge. Im Gegensatz zu den anderen Häusern sah es trostlos und traurig aus. Genauso wie Caroline, der der Unterschied zum Rest der Nachbarschaft wieder einmal schmerzlich vor Augen geführt wurde.

Nick verzog keine Miene, als er das Haus betrachtete. Dennoch hatte Caroline das Bedürfnis, sich rechtfertigen zu müssen. »Es gehört Richie, meinem Verlobten. Ich wohne auch dort.«

Nick sah sie verwundert an. »Davon bin ich ausgegangen.«

Mist. Was redete sie denn da schon wieder für einen Quatsch? Besser, sie ging nicht weiter auf das Thema ein. Was zwischen ihr und Richie war, ging niemanden etwas an. »Gut, ähm ... ich gehe dann mal rein. Nicht, dass uns noch jemand zusammen sieht.« Sie kicherte nervös. »Richie kann manchmal ein wenig eifersüchtig sein und so, wie es aussieht, ist er zu Hause.« Sie warf einen Blick auf die Uhr. Normalerweise war er um diese Zeit noch auf der Arbeit. Das war seltsam. Wieso war er schon da?

Caroline zog den Mantel von den Schultern und überreichte ihn Nick. »Danke noch mal für die Hilfe. Den Rest des Weges schaffe ich allein.«

»Sind Sie sicher, dass es Ihnen gut geht?«, hakte Nick nach.

Caroline zwang sich zu einem Lächeln. »Mir ging es nie besser. Ehrenwort!«

KAPITEL 4

NICK

Nick glaubte ihr kein Wort. Die junge Frau sah nicht mal ansatzweise so aus, als ginge es ihr gut. Ganz im Gegenteil. Sie war blass und er befürchtete, dass sie jeden Moment umkippen könnte. Sie war ihm schon im Café aufgefallen – wie könnte sie auch nicht? Immerhin hatte sie in ihrem Elfenkostüm vor sich hinträumend den Eingang versperrt und ihn anschließend als Lebkuchen-Muffin-Dieb bezeichnet. Was es damit auf sich hatte, wusste er leider immer noch nicht.

Er war froh, dass er auf seinen Instinkt gehört hatte und ihr nach ihrer überstürzten Flucht gefolgt war. So konnte er sichergehen, dass sie ohne weitere Zwischenfälle zu Hause ankam. Nun war er allerdings nicht mehr sonderlich überzeugt davon, dass Letzteres eine gute Idee gewesen war, denn sie sah nicht sehr glücklich aus und ihre Aussage, dass sie *auch dort wohnte*, irritierte ihn noch immer. Vielleicht war sie einfach nur seltsam. Möglicherweise hatte sie aber auch schwerwiegende Probleme, die sie nicht auf die Reihe bekam. Doch was kümmerte es ihn? Er kannte sie schließlich nicht. Dennoch machte sie ihn neugierig, und genau deshalb war er doch eigentlich hier. Um die Menschen besser kennenzulernen und sie verstehen zu können.

Er schlüpfte in seinen Mantel und sah ihr hinterher, als sie mit klimpernden Schritten auf die gegenüberliegende Straßenseite lief. Dabei zog sie sich die Mütze vom Kopf und stapfte durch den Vorgarten. Vor der Haustür blieb sie stehen und durchsuchte ihre Tasche. Mit einem Schlüsselbund in der Hand schlurfte sie anschließend die Treppenstufen hinauf.

Noch nie zuvor hatte Nick eine so deprimierte Weihnachtselfe gesehen und sie tat ihm leid. Er sollte sich raushalten, das wusste er, schließlich war er nur zum Beobachten nach Snow Falls gekommen, doch es nützte alles nichts. Er konnte nun mal nicht leugnen, wessen Spross er war, schließlich war das Helfersyndrom bei seinem Vater unglaublich ausgeprägt. Nick hingegen hatte noch mehr Probleme damit, sich aus den Angelegenheiten anderer herauszuhalten, sonst wäre er der jungen Frau nur aufgrund eines unguten Gefühls gar nicht erst gefolgt.

Vor ein paar Jahren noch hätte er womöglich ein paar zusätzliche Informationen in der Liste der artigen und unartigen Kinder finden können, die sein Vater so sorgsam gepflegt hatte. Doch mit der Digitalisierung der Liste hatte Nick auch eine abgespeckte Variante des Datenschutzes eingeführt, sodass man die Datensätze nur noch in artige und unartige Kinder aufteilen konnte und persönliche Informationen verborgen blieben. Bei den Datenschützern auf der ganzen Welt würden sämtliche Alarmglocken läuten, wenn sie wüssten, dass es am Nordpol eine solche Datenbank gab. Abgespeckt hin oder her, das machte keinen Unterschied.

Dummerweise gab es noch ein Problem, an das Nick bisher nicht gedacht hatte. »Verfluchter Mistelzweig!«, schimpfte er und schlug sich mit der flachen Hand gegen die Stirn. »Ich habe vergessen, sie nach ihrem Namen zu fragen.«

Er überlegte gerade, ob er das nachholen sollte, als er sie aufschreien hörte. Sofort rannte er los und überquerte in Windeseile die Straße. Die Haustür stand offen, deshalb stürmte er einfach hinein. Wie erstarrt hielt die junge Frau sich am Türrahmen fest und starrte ins Wohnzimmer. Die Mütze hatte sie achtlos auf den Boden fallen lassen.

»Caro-Täubchen, ich kann dir das erklären«, erklang es aus dem Raum.

Nick trat neben sie. Die Ärmste hatte die Hände vor das Gesicht geschlagen, und er konnte ihr diese Reaktion nicht verübeln. Am liebsten wäre er ihrem Beispiel gefolgt.

Das Licht, das von draußen zu sehen war, kam von dem prasselnden Kaminfeuer. Das Ambiente hätte entspannend und zugleich stimmungsvoll wirken können, wenn auf dem Teppich davor nicht ein dunkelblonder Typ im plüschigen Rentierkostüm im Vierfüßler-Stand gehockt hätte. Im Hüftbereich hatte der braune Stoff Aussparungen, sodass die beiden Neuankömmlinge freie Sicht auf sein kleines Pummelschwänzchen hatten, das sich beim Anblick seiner Verlobten wahrscheinlich erschrocken zurückgezogen hatte. Hinter ihm stand eine in einem rot-weißen Lackanzug gekleidete brünette Dame mit Weihnachtsmütze und einer Peitsche in der Hand. Ihre Verkleidung wies ebenfalls genügend Freifläche auf. Sie betrachtete Nick und die junge Frau eher unbeeindruckt und klimperte mit den Glöckchen, die an ihren Nippeln hingen.

»Wollt ihr mitmachen? Ich habe noch mehr Geschenke in meinem Sack«, bot sie mit rauchiger Stimme an und deutete auf einen schwarzen Lederbeutel, der neben ihr lag. »Ich liebe unartige Elfen.«

»Vicky, das ist nicht der richtige Zeitpunkt, sie einzuladen«, stotterte der Typ, kniete sich hin und bedeckte sein Gemächt mit den Händen.

»Das ist also Richie?« Nick schluckte den Ekel herunter und versuchte, seinen angewiderten Gefühlszustand vor seiner Begleiterin zu verbergen. »Wie reizend. Ist das mit den Weihnachtskostümen irgendein Tick von euch?«

Die junge Frau neben ihm schien ihn gar nicht wahrzunehmen. Ihr Blick war starr auf ihren Verlobten gerichtet und es sah so aus, als sei sie geistig gar nicht mehr anwesend. Nick stupste sie sanft an, was sie aus ihrer Schockstarre riss. Sie schulterte ihre Tasche, drehte sich um und ging zurück zur Eingangstür.

»Caro-Täubchen!«, rief Richie erneut, machte jedoch keine Anstalten, sich zu bewegen. Die wohl beste Entscheidung, wenn er sich nicht auch noch vor der gesamten Nachbarschaft zum Affen – oder besser gesagt – zum Rentier machen wollte.

Nick sah zwischen ihr und Richie hin und her, öffnete den Mund, schloss ihn dann aber wieder. Es gab einfach nichts Sinnvolles, das er zu dieser abstrusen Situation beitragen konnte. Na gut, fast nichts. Denn er hatte versprochen, die junge Frau sicher nach Hause zu bringen, und das beinhaltete für ihn auch, sie vor so einer Erniedrigung zu beschützen. »Lasst euch nicht weiter stören«, sagte er betont lässig. »Rentiere stehen darauf, wenn man ihnen kräftig den Hintern versohlt, hab ich gehört.« Er zwinkerte der Weihnachtsfrau vielsagend zu und dachte dabei an die Rentiere seines Dads, die das ganz und gar nicht lustig finden würden. Verzogene Biester waren das, die ihre Nasen ein bisschen zu hoch trugen. Nicks Vater hatte ihnen sogar einen eigenen Rentier-Wellnesstempel eingerichtet, weil ihnen der Stall irgendwann nicht mehr genug war.

»Wer bist du überhaupt?«

Nick ignorierte Richie und wandte sich um, um der niedergeschlagenen Elfendame zu folgen.

Diese schlich mit hängenden Schultern den Gehweg entlang und versuchte verzweifelt, die Tränen zurückzuhalten, indem sie sich ununterbrochen mit dem Arm über die Augen wischte. Selbst die Glöckchen an ihren Stiefeln gaben keinen Ton mehr von sich.

Nick wusste nicht, was er sagen sollte, deshalb heftete er sich schweigend an ihre Fersen. Er hatte keine Erfahrung darin, wie man am besten mit Frauen umging, denen gerade das Herz gebrochen worden war. Vorhin hatte sie zwar traurig gewirkt, ihm aber trotzdem Gesprächsstoff geliefert. Nun war er vollkommen aufgeschmissen. Nichts kam ihm richtig vor. Alleinlassen konnte er sie in ihrem bekümmerten Zustand auf jeden Fall nicht. Außerdem war sie schon wieder ohne Jacke unterwegs und würde sich den Kältetod holen, wenn sie so weitermachte.

Vor dem Kino blieb sie stehen und ließ sich wenig elegant auf die Stufen plumpsen, die zum Eingang hinaufführten. Sie zog die Beine an ihren Körper, umschlag sie mit den Armen und bettete das Kinn auf ihren Knien.

Wortlos folgte Nick ihrem Beispiel und setzte sich neben sie. Er zog seinen Mantel aus und legte ihn ihr über die Schultern.

Eine Weile saßen sie schweigend so da, bis Nick es nicht mehr aushielt. »Sie heißen also Caro?«

»Caroline Roberts. Ich habe ganz vergessen, mich vorzustellen, nicht wahr?« Auf Nicks Nicken hin lachte sie auf, während eine Träne ihre Wange hinabkullerte. »Das ist mal wieder typisch für mich.«

»Ist doch kein Drama. Bitte weinen Sie nicht deswegen.«

Caroline schluchzte laut auf und weitere Tränen rannen ihre Wangen hinab, sodass sie mit dem Wegwischen nicht mehr hinterherkam. Schließlich gab sie es auf. »Ich weiß nicht, was ich verbrochen habe«, schluchzte sie herzergreifend. »Heute Morgen war noch alles gut und jetzt bin ich auf einmal arbeitslos, sehe aus wie eine überfahrene Pummel-Elfe und habe kein Dach mehr über den Kopf.« Sie zog lautstark die Nase hoch. »Dieser schmalzige Typ hat mich einfach rausgeworfen und das auch noch in der Vorweihnachtszeit. Hat er noch nie was von Nächstenliebe gehört?«

»Er hat nichts von Rauswerfen gesagt, oder doch?« Nick musste bei den wortkargen Geschehnissen der letzten Minuten irgendetwas entgangen sein.

»Doch, das hat er«, flüsterte Caroline und heulte auf. »Er hat gesagt: Ein Elf ist elegant, schlank und wunderschön. Ich wiederum bin hässlich, fett und meine Nase passt ihm nicht. Außerdem bin ich ihm zu alt.«

Nick war mit ihren Gedankengängen überfordert. »Ich fürchte, ich kann Ihnen nicht folgen, Caroline. Wann hat Richie das denn alles gesagt?«

Mit rot geränderten Augen blickte Caroline ihn an. »Wer redet denn hier von Richie? Ich meine natürlich Mitch.«

»Mitch?«, wiederholte Nick verwirrt und überlegte, ob dieser Name im Laufe des Nachmittags schon einmal gefallen war. »Wer ist das?«

»Der Enkel meines verstorbenen Chefs. Er hat mich rausgeschmissen und nun habe ich keinen Job mehr.«

»Aber ...« Nick blinzelte ein paar Mal. »Was ist mit Richie? Ihr Verlobter hat Sie gerade mit einer anderen Frau betrogen.«

Caroline starrte apathisch geradeaus. »Sie haben recht. Ich habe auch kein Zuhause mehr. Wo soll ich denn bloß hin?«

Sie stand zweifellos unter Schock. Anders konnte Nick sich ihr Verhalten nicht erklären.

»Ich brauche dringend eine Arbeit, damit ich mir eine neue Bleibe suchen kann.« Caroline machte Anstalten, aufzustehen, doch Nick griff nach ihrem Arm und hielt sie zurück.

»Beruhigen Sie sich erst einmal.« *Hatte sich das etwa den ganzen Tag über in ihr angestaut?* Kein Wunder, dass sie so überfordert mit allem war. Diese riesige Masse an unglücklichen Zufällen, die wie eine Welle über ihr zusammengebrochen war, musste die junge Frau förmlich erdrücken. »Wir finden ganz bestimmt eine Lösung.«

Frustriert wischte sich Caroline über die Augen. »Wir?«

»Sie glauben doch nicht, dass ich Sie jetzt allein lasse, oder?«

Sie rümpfte die Nase. »Sie kennen mich doch überhaupt nicht. Was, wenn ich eine verrückte Psychopathin bin?«

»Hm, das Risiko gehe ich ein«, antwortete Nick halb lachend. »Ich liebe die Gefahr.«

Caroline runzelte misstrauisch die Stirn. »Über Sie weiß ich auch nichts.«

»Das stimmt. Ich könnte sonst wer sein. Der Sohn des Weihnachtsmannes zum Beispiel.« Ihm war bewusst, wie dünn das Eis war, auf dem er sich bewegte, aber er wollte sie nicht länger so niedergeschlagen sehen. Wahrscheinlich glaubte sie ihm sowieso nicht.

Tatsächlich rang sie sich ein kleines Lächeln ab. »Sie sind ja ein echter Scherzkeks. Etwas Besseres ist Ihnen nicht eingefallen?«

Er zuckte mit den Schultern und wurde wieder ernst. »Haben Sie Verwandte oder Freunde, zu denen sie gehen können?«

Caroline schüttelte betrübt den Kopf.

»Dann suchen wir ein Hotel, damit Sie die Nacht nicht im Freien verbringen müssen. Morgen sehen wir dann weiter. Einverstanden?«

Sie nickte stumm.

Nick zog sein Handy hervor und suchte im Internet nach den Telefonnummern der Hotels und Pensionen in Snow Falls. Allzu groß war die Auswahl mit jeweils einem Treffer nicht. Kein Wunder, denn die Stadt hatte nur fünftausenddreihundertzwölf Einwohner. Nick wählte die Nummer des Hotels und hielt das Telefon ans Ohr.

»Rezeption des Snow Inn, was kann ich für Sie tun?«, ertönte eine gelangweilte, weibliche Stimme am anderen Ende der Leitung.

»Guten Abend. Haben Sie noch ein Zimmer frei?«

»Für wann?«

»Heute Nacht.«

»Tut mir leid. Wir sind den gesamten Dezember über ausgebucht. Kann ich sonst noch etwas für Sie tun?«

»Danke für die Auskunft.« Kaum hatte Nick das gesagt, hatte die Frau bereits aufgelegt. Er verzog das Gesicht. »Das Hotel ist ausgebucht. Vielleicht haben wir in der Pension mehr Glück.«

»In Ordnung.« Caroline sackte noch mehr in sich zusammen.

Als hätten sie sich abgesprochen, verlief das Gespräch mit Ingas Pension genauso. Nick seufzte und steckte das Smartphone zurück in die Hosentasche. »Ich hätte nicht gedacht, dass Snow Falls bei Touristen so beliebt ist.«

»Viele kommen in der Weihnachtszeit her, um ihre Ruhe zu haben«, erklärte Caroline und zog den Mantel enger um sich. »Kennen Sie diese Kitschfilme auf Netflix, in denen es Großstadt-Workaholics durch einen dummen Zufall in kleine, romantisch-eingeschneite Käffer verschlägt?«

Nick verneinte.

»Genau so ein Kaff ist Snow Falls. Nur finden die wenigsten hier ihre große Liebe. Das ist reine Fiktion, wenn Sie mich fragen. Ein Trugbild, von dem sich naive junge Frauen negativ beeinflussen lassen und das sie irrationale Entscheidungen treffen lässt.«

»Das klingt so, als hätten Sie es selbst ausprobiert.«

Caroline hob den Kopf und sah ihn aus verweinten Augen an. »Mein Verlobter hat sich gerade von Miss Claus verhauen lassen. Nennen Sie das etwa die große Liebe?«

Nick zuckte zusammen. In seinem Kopf tauchten unwillkürlich Bilder von seiner Mutter auf, die im gleichen Aufzug seinen Vater penetrierte. Angewidert versuchte er, die Vorstellung zu verdrängen.

Caroline schüttelte den Kopf und vergrub die Hände in ihrem Haar. »So jemanden kann und will ich nicht heiraten. Es war alles nur eine Illusion, von der ich mich habe mitreißen lassen.«

»Wie meinen Sie das?«

»Das spielt keine Rolle mehr. Es ist vorbei.«

Nick wurde immer neugieriger. »Also haben Sie schon geahnt, dass etwas im Busch ist?«

»Nein.«

»Warum sprechen Sie dann von einer Illusion?«

»Weil es das war. Ich habe mir mein Leben mit ihm schöngeredet.« Caroline sah aus, als wolle sie sich die Haare herausreißen. »Was hatte ich schon zu verlieren …«, murmelte sie mehr zu sich selbst. »Wissen Sie, was lustig ist?«

»Nein, was denn?«

»Mein Tag ist ganz genauso verlaufen wie in einem dieser Kitschromane oder Filme. Meistens hat die Protagonistin dermaßen viel Pech, dass es schon beinahe unglaubwürdig wirkt.«

»Und was passiert dann?«

»Sie trifft aus heiterem Himmel ihre große Liebe und alles wird gut.« Sie schaute Nick bekümmert an. »Das ist absoluter Blödsinn, ich weiß. Aber zumindest konnte ich mich für einen kurzen Moment wie eine dieser Heldinnen fühlen.«

»Hat sich das gut angefühlt?«, hakte Nick nach. Er kannte sich weder mit Netflix noch mit Kitschromanen aus und das Gespräch wurde immer merkwürdiger, aber auf die eine oder andere Art war es auch sehr unterhaltsam. Nur war er sich nicht sicher, welche Rolle er dabei spielte und wie er Caroline helfen konnte. Zu seinem Entsetzen fing sie an, noch bitterlicher zu weinen.

»Nein!«, schluchzte sie und vergrub das Gesicht wieder in den Armen.

Das war er ... der Zeitpunkt, um schleunigst das Thema zu wechseln. »Haben Sie vielleicht Hunger? Wie wäre es, wenn wir gemeinsam etwas Essen gehen würden? Um ehrlich zu sein, ist mir allmählich ein bisschen kühl und ich möchte nicht, dass Sie sich erkälten.«

Das war nicht einmal gelogen. Nick war zwar vom Nordpol ganz andere Temperaturen gewöhnt und Kälte machte ihm nicht so viel aus, wie es bei normalen Menschen der Fall war, doch auch er hatte Grenzen. Eine Jeans und ein Wollpullover konnten die eisige Kälte nicht ewig von ihm fernhalten und er hatte heute schon genug Zeit ohne seinen Mantel verbracht.

»Wollen Sie Ihren Mantel zurück?«

»Nein, behalten Sie ihn erst mal.«

»Sie müssen sich nicht um mich kümmern.« Caroline schniefte, wischte sich erneut die Tränen weg und setzte sich aufrecht hin. »Ich komme schon zurecht.«

»Davon bin ich überzeugt«, log Nick und zog die Mundwinkel hoch, als ihm plötzlich eine Idee kam.

»Vielleicht springt ja ein Lebkuchen-Muffin für Sie dabei heraus.«

Die Röte schoss Caroline regelrecht in die Wangen. »Das ist nicht fair«, jammerte sie. »Sie sind ein elender Dieb und wollen mich nur bestechen.«

Mühsam versuchte Nick, ein Lachen zu unterdrücken. Daher wehte also der Wind. »Dass Sie mich als Lebkuchen-Muffin-Dieb beschimpfen, ist in Ordnung, aber meinen Fehler gutmachen darf ich nicht?«

»Weil es die Wahrheit ist!«, brach es aus ihr heraus.

»Geben Sie mir trotzdem eine Chance? Bitte?«

»Sie überlassen den Muffin dieses Mal auch wirklich mir?«

Entschlossen starrte sie ihn aus großen, smaragdgrünen Augen an. Obwohl sie so verweint aussah, strahlten ihre Iriden in einem hübschen Glanz, der ihn unwillkürlich an das Leuchten eines Weihnachtsbaumes erinnerte.

Er hob den Zeige- und Mittelfinger hoch und sagte: »Elfen-Ehrenwort. Der nächste Lebkuchen-Muffin gehört Ihnen, versprochen.« Er stand auf und streckte Caroline einladend die rechte Hand hin.

Caroline zögerte kurz, dann verriet sie allerdings das Knurren ihres Magens. Beschämt verschränkte sie die Arme vor dem Bauch, als wolle sie ihn zum Verstummen bringen, doch es war zu spät. Nick hatte sie bereits durchschaut. Resigniert streckte sie ihm die kalte Hand entgegen, die er freudig ergriff.

»Na also. Mögen Sie Eggnog, Caroline?«

»Das habe ich noch nie getrunken.«

»Sie werden es lieben, und ich verspreche Ihnen, dass die Welt danach gleich viel besser aussieht.«

KAPITEL 5

CAROLINE

Stechende Kopfschmerzen rissen Caroline aus dem Schlaf. Sie öffnete die Augen, verzog gequält das Gesicht und drehte sich auf die Seite. Gerade, als sie die Decke wieder über sich ziehen wollte, erhaschte sie einen Blick auf ihre Umgebung und hielt verwirrt inne. *Was stimmte denn nicht mit dem Fenster? Wieso war der Rollladen nicht unten? Wo kamen die kitschigen Gardinen her? Warum wurde sie nicht wie üblich von der Weihnachtsbeleuchtung der Nachbarn geblendet, die Tag und Nacht eingeschaltet war?* Auch der Nachttisch und das Bett sahen anders aus, denn keines von Richies Möbelstücken bestand aus dunklem Holz.

Die Erkenntnis traf Caroline wie ein Schlag: Das hier war nicht ihr Schlafzimmer.

Von einer Sekunde auf die nächste war sie hellwach und setzte sich erschrocken auf. »Auuuu«, stöhnte sie und presste sich die Hände gegen die Augen. Sie wartete, bis sich der Schwindel gelegt hatte und versuchte, ihre Gedanken zu ordnen. *Was war bloß passiert?* Sie erinnerte sich noch daran, dass sie mit Nick ins Café gegangen war, aber dann ...? Erschrocken riss sie die Augen auf. »Ist das etwa sein Bett?«, quietschte sie und sah sich panisch im Raum um. Gegenüber vom Bett stand ein alter Kleiderschrank und generell war das Schlafzimmer nicht wie das eines jungen Mannes eingerichtet.

Auf dem Nachttisch entdeckte Caroline ein Glas Wasser und eine Kopfschmerztablette. Wer auch immer sie hierhergebracht hatte, hatte also bereits damit gerechnet, dass es ihr nach dem Aufwachen nicht gut gehen würde. Sie schloss daraus, dass derjenige an ihrem Zustand nicht ganz unschuldig war.

»Was hat er mit mir gemacht?«, nuschelte Caroline, blinzelte und schirmte ihr Gesicht vor dem grellen Sonnenlicht ab, das von draußen hereinschien. Vorsichtig schälte sie sich aus der warmen Bettdecke und schaute an sich hinab. Sie trug immer noch ihr Elfenkostüm. Immerhin machte es nicht den Anschein, als wäre mehr passiert. Sie hatte wohl nur einen Filmriss erlitten und war in einen komatösen Schlaf gefallen. Erleichtert stand sie auf und versuchte, das verknitterte Kostüm zu glätten. Es wurde dringend Zeit für frische Kleidung und eine Dusche konnte auch nicht schaden. Nach dem gestrigen Tag fühlte sie sich schmutzig und unwohl in ihrer Haut. Sie hauchte gegen ihre Hand und verzog angewidert das Gesicht. Etwas Wasser, Zahnpasta und eine Zahnbürste wären ebenfalls traumhaft.

Sie pulte die Kopfschmerztablette aus der Verpackung, schnappte sich das Wasserglas vom Nachttisch und stürzte beides in wenigen Zügen hinunter. Zumindest vertrieb die Feuchtigkeit den ekelhaft-modrigen Geschmack des Restalkohols aus ihrem Mund.

Beschämt taumelte Caroline zur Tür. Noch nie war sie derart abgestürzt und das Ganze war ihr unfassbar peinlich. Für gewöhnlich trank sie kaum Alkohol und wenn, dann bevorzugte sie meist leichte Cocktails und schlug dabei niemals über die Stränge. Sie drückte die Klinke herunter und spähte vorsichtig durch den Spalt, dann öffnete sie die Tür noch ein Stück mehr und trat hinaus in ein Wohnzimmer. Ein köstlicher weihnachtlicher Geruch lag in der Luft. Neugierig reckte sie den Kopf in die Höhe und schnupperte wie ein aufgeregter Hund, dem gerade der frische Duft von Leckerlis in die Nase stieg.

»Riecht es hier etwa nach Pancakes?« Sie konnte den Ursprung noch nicht ausmachen. »Hm, da ist noch mehr ... Zimt vielleicht?«

Sie sah sich neugierig um. Auf der altmodischen Couch lagen eine Decke und ein Kissen. Sie hatte die Nacht also tatsächlich allein verbracht. Was für ein Glück. Wer wusste schon, was für ein alter Knacker hier lebte, denn je mehr sie von der Wohnung sah, desto überzeugter war Caroline davon, dass diese nicht Nick gehörte. Sie verschränkte die Arme vor der Brust und strich sich unbehaglich über die Oberarme. Wäre es nicht schlauer, einfach das Weite zu suchen? Sie sah sich nach dem Ausgang um.

»Guten Morgen«, ertönte es plötzlich aus einem Nebenraum und zu Carolines Erleichterung klang die Stimme jung und vertraut. »Na, bist du endlich wach?«

»Kommt ganz darauf an«, antwortete sie und tapste in Richtung der Küche. Dort traf sie auf Nick, der sie freundlich anlächelte. »So ein Glück. Du bist es, der Lebkuchen-Muffin-Dieb!«

Nick stand mit einem Pfannenwender bewaffnet am Herd und wendete gerade gekonnt einen Pancake. Seine Haare waren feucht und hingen ihm wirr in die Stirn. Über der Jeans und dem dunkelblauen Pullover trug er eine rot-grün-weiß-karierte Kochschürze, die das ansonsten attraktive Gesamtbild irgendwie zerstörte. Caroline zwang sich, den Blick von Nick abzuwenden. Auf dem Küchentisch entdeckte sie einen mit weiteren Pancakes beladenen Teller, zwei Tassen, eine Kanne gefüllt mit dampfendem Kaffee und Ahornsirup. Sie musste sich zusammenreißen, damit ihr nicht der Sabber aus dem Mund lief, denn das Frühstück sah wirklich köstlich aus.

»Ich dachte, den Dieb hätte ich hinter mir gelassen«, erwiderte Nick, seufzte und beförderte sein frisches Werk auf den Teller. »Wie geht es dir?«

Caroline lehnte sich an den Türrahmen und versuchte, eine halbwegs passable Figur abzugeben. »Dank der Tablette etwas besser.« Sie deutete auf die Pancakes. »Hast du Zimt hineingegeben?«

»Ja, ich mag den Geschmack. Es erinnert mich an meine Heimat.«

»Kommst du etwa aus Asien?« Am Tag zuvor war sie nicht dazu in der Lage gewesen, doch nun hatte Caroline endlich die Chance, Nick genauer anzusehen. Er war groß und dunkelhaarig. Seine welligen Haare reichten ihm bis zum Kragen. Er trug einen Dreitagebart, hatte grüne Augen und war ein bisschen blass, so als würde er die Sonne nicht oft zu Gesicht bekommen. Die schwarze Brille und das verschmitzte Grinsen verliehen ihm das typische Nerd-Aussehen, auch wenn die Wohnung etwas Gegenteiliges behauptete. Außerdem hatte Nick eine sehr sportliche Statur. Die Konturen seiner muskulösen Oberarme zeichneten sich deutlich unter dem Pullover ab, sein Bauch war flach und die Jeans saß locker auf seiner schmalen Hüfte. Caroline konnte nicht abstreiten, dass Nick gut aussehend war. Äußerst gut aussehend sogar. Fast schon zu sehr für ihren Geschmack. Sämtliche Alarmglocken in ihrem Inneren fingen nun an zu läuten. Dieser Mann roch nach Gefahr ... der Gefahr, ihm zu verfallen, wenn man bereit dazu war. Was bei Caroline nach den gestrigen Ereignissen unter gar keinen Umständen der Fall war. Stattdessen holten ihre Selbstzweifel wieder zum Schlag aus. *Warum hatte er sich ihrer angenommen?*

»Bist du fertig?«

Caroline, die sich voll und ganz in ihrer Betrachtung verloren hatte, schreckte auf. »Entschuldigung«, stammelte sie.

Er gluckste vor Vergnügen. »Kein Problem. Nein, ich stamme nicht aus Asien. Aber bei mir zu Hause wird viel mit Zimt gewürzt. Ich bin mit dem Geschmack groß geworden.«

»Ach so.« Caroline ergriff eine Haarsträhne und wickelte sie um ihren rechten Zeigefinger. So versuchte sie, zu überspielen, wie peinlich ihr das Gestarre war. »Du hast einen leichten Akzent, den ich nicht kenne. Er klingt weder amerikanisch noch kanadisch.«

Nick zog überrascht die Augenbrauen hoch. »Einen Akzent? Ich?«

Caroline nickte. »Du hast so eine leicht schwungvolle Betonung bei manchen Worten.« Sie kicherte belustigt. »Es erinnert mich ein bisschen an das *Ho ho ho* von Santa Claus.«

»*Was*?« Nick wollte gerade neuen Teig in die Pfanne geben, hielt jedoch mitten in der Bewegung inne und schaute sie schockiert an. »Findest du wirklich?«

Caroline zuckte mit den Schultern. »Ist doch nichts dabei. Jeder hat irgendeinen merkwürdigen Tick. Ich meine, sieh mich an.« Sie deutete auf ihr Outfit. »Ich laufe als Elfe herum. Nur bin ich für gewöhnlich nicht so schmutzig und ...«, ihre Stimme wurde leiser, »wache auch nicht in fremden Betten auf.« Sie schüttelte den Gedanken hastig ab. »Wo kommst du denn her? In Snow Falls habe ich dich jedenfalls noch nie zuvor gesehen.«

»Aus dem Norden.« Nick wandte sich wieder dem Teig zu.

»Alaska?«

»Nein.«

»Europa also? Stammst du etwa aus Finnland oder Schweden?«

»So in etwa. Möchtest du dich vielleicht setzen?«

»Weichst du mir gerade etwa aus?«

»Niemals.« Nick schmunzelte. »Aber du siehst aus, als könntest du etwas zu essen vertragen. Du hast heute Nacht ja nichts bei dir behalten.«

Caroline riss die Augen auf und fiel vor Schreck fast vornüber in die Küche. »Wie bitte?«

»Keine Sorge, es hat niemand mitbekommen.«

»Was ... was hast du gestern Abend mit mir gemacht?«, stammelte Caroline, taumelte in den Raum hinein und ließ sich auf einen der beiden Stühle fallen. Sie presste das Gesicht in die Hände und nuschelte: »Wie peinlich.«

»Nicht viel.« Nick schenkte ihr eine Tasse Kaffee ein. »Ich habe nur nicht erwartet, dass du nach zwei Gläsern Eggnog bereits komplett hinüber bist. Nachdem du am Tisch eingeschlafen bist, wusste ich nicht, was ich mit dir machen sollte. Also habe ich dich letzten Endes mit zu mir nach Hause genommen.«

»Und dann?«

»Dann hast du dich im Badezimmer mehrfach übergeben und ich habe dich ins Bett gebracht, damit du dich ausruhen kannst.«

»Oh nein.« Hörte das denn nie auf? Carolines Gesicht brannte vor Scham und sie wusste nicht, ob sie lieber im Erdboden versinken oder auf die Knie fallen sollte, um sich bei Nick zu entschuldigen. Beides schien ihr allerdings in ihrer derzeitigen Lage unmöglich zu sein, wenn sie vermeiden wollte, ihm auch noch den Küchenboden vollzukotzen.

»Alles in Ordnung?«, fragte Nick besorgt. »Du siehst ganz schön blass aus. Wird dir etwa wieder schlecht?«

»Es tut mir so unendlich leid!« Caroline sackte auf ihrem Stuhl zusammen. »Das alles kann ich nie wieder gutmachen. Ich mache dir nur Probleme.«

Nick winkte ab. »Es war meine Schuld. Ich habe die Macht des Eggnogs unterschätzt. Mir war nicht klar, wie er auf normale Menschen wirkt.«

»Normale Menschen?«

»Leute, die nicht daran gewöhnt sind.«

Caroline riss die Augen auf. »Du bist Alkoholiker? Wow, so wirkst du gar nicht. Ganz im Gegenteil, du ...« Sie rang nach den richtigen Worten. »Du riechst eigentlich ganz gut.«

»Wie bitte?«

»Na ja ... ich mag nun mal Lebkuchen sehr gern.«

Nun war es Nick, der sie erstaunt ansah. »Ich weiß nicht, was mich mehr irritiert ... dass du mich für einen

Alkoholiker hältst oder dass ich angeblich nach Lebkuchen rieche.«

»Hast du Ersteres nicht gerade selbst behauptet?«

Nick hielt inne und schien über seine Worte nachzudenken. Er seufzte und schaltete den Herd aus. »Du hast recht«, gab er zu und balancierte den letzten Pancake mit dem Pfannenwender zum Teller hinüber. »Ich habe mich ungeschickt ausgedrückt.«

»Hm.« Caroline war offenbar nicht vollends überzeugt. »Kommst du aus Russland?«

»Nein«, sagte Nick bestimmt und verteilte die Pancakes auf die Teller. »Ahornsirup?«

Es fiel Caroline schwer, ihre Enttäuschung zu verbergen, weshalb sie kopfschüttelnd ablehnte. Er wollte nicht über seine Herkunft reden und das musste sie akzeptieren. Doch das fand sie auf eine gewisse Art und Weise unfair, weil er in der kurzen Zeit, in der sie sich kannten, schon so viel über sie erfahren hatte. Sie hingegen wusste kaum etwas über ihn. Dabei machte er mit seiner freundlichen Art und dem ständigen Lächeln auf den Lippen eigentlich einen offenen Eindruck auf sie. Im Normalfall würde sie sein Schweigen sogar interessant finden, doch sie hatte gerade keinen Nerv für so etwas übrig. Zuerst einmal musste sie die Geschehnisse vom Vortag verarbeiten und sich um ihre eigenen Probleme kümmern.

Caroline hob die Kaffeetasse und beäugte sie misstrauisch. Rosafarbene Blumenranken zogen sich über das Porzellan. Das gesamte Service war altmodisch und passte eher zu einer alten Dame als zu einem Mann wie Nick.

»Stimmt etwas nicht?« Er setzte sich neben sie.

Caroline nahm all ihren Mut zusammen. »Hör zu, ich verstehe, dass du nicht über dich reden willst. Aber eines muss ich wissen: Bist du auf der Flucht?«

»Ja, so ähnlich.«

Caroline schluckte. »In Ordnung. Also bist du in irgendwelche krummen Geschäfte verwickelt?«

»Wie kommst du denn auf so etwas?« Nick ließ das Besteck sinken und schaute sie überrascht an.

Caroline deutete auf die Tassen. »Das Geschirr. Nein, die ganze Wohnungseinrichtung. Was hast du mit der armen alten Dame gemacht, die hier eigentlich lebt?«

»Woher kennst du ...? Oh!« Ihm schien klar zu werden, was sie damit andeuten wollte, und er fing schallend an zu lachen. »Bitte entschuldige. Ich hätte daran denken müssen, dass dir die Einrichtung komisch vorkommen würde.«

»Also, wo ist sie?«

»Die Wohnung gehört tatsächlich einer alten Dame, da hast du recht. Mrs. Finley vermietet sie mir zu einem sehr günstigen Preis. Im Gegenzug gehe ich gelegentlich für sie einkaufen, helfe ihr im Haushalt oder führe Reparaturarbeiten durch. Ein guter Deal, wenn du mich fragst.«

»Aha«, meinte Caroline. »Du bist also kein Krimineller?«

»Keine Sorge«, sagte Nick und legte die rechte Hand auf sein Herz. »Mein Mantel ist vollkommen weiß.«

»Deine Weste«, korrigiere ihn Caroline.

»*Was?*«

»Es heißt, *eine weiße Weste haben.*«

»Oh.«

»Dennoch bist du auf der Flucht, oder so ähnlich«, zitierte sie ihn. »Wovor?«

»Persönliche Gründe«, antwortete Nick knapp.

Caroline stöhnte leise auf. »So geht das einfach nicht weiter. Wie soll ich dir vertrauen können, wenn ich aufgrund deiner Heimlichtuerei fürchten muss, jede Minute erschossen zu werden?«

»Ich dachte, das hier ist ein Kitschroman und kein Krimi«, antwortete Nick trocken. Als ihm ihr irritierter Blick auffiel, fügte er hinzu: »Deine Worte, nicht meine.«

»Dann gib mir wenigstens einen Anhaltspunkt«, forderte Caroline ihn angesäuert auf. »Ich will doch nur wissen, wie übel es ist.«

»Na schön.« Nick legte das Besteck beiseite und lehnte sich auf seinem Stuhl zurück. »Ich nehme mir eine Auszeit. Urlaub sozusagen. Nicht mehr und nicht weniger.«

»Und?«

»Nichts und. Das kam zwar nicht gut an, aber es schwebt keiner in Gefahr.«

»Ach so.« Caroline verspürte seltsamerweise einen Anflug von Enttäuschung, weil sie mehr erwartet hatte. Eine spannende Geschichte, ein tragisches Schicksal ... Nicht, dass sie Nick etwas Schlechtes wünschen würde, aber nachdem er solch ein Geheimnis daraus gemacht hatte ...

Beide begannen nun, stillschweigend zu essen. Einerseits hatte sie noch immer viele Fragen, andererseits ging es sie überhaupt nichts an. Nick wollte nicht über Details reden? Gut, dann eben nicht.

Irgendwann hielt sie die Stille nicht mehr aus. »Wann sind wir eigentlich zum Du übergegangen?«

Nick schaute hoch und rückte seine Brille zurecht. »Nachdem du dich gestern Abend ausgiebig über deinen neuen Chef ausgelassen hast, sind wir irgendwann an einem Punkt angekommen, wo du es mir angeboten hast.«

»Ex-Chef.«

»Verzeihung.«

»Ich habe also einem vollkommen fremden Mann mein Herz ausgeschüttet, mich anschließend ins Koma gesoffen und wurde dann von ebendiesem Mann zu sich nach Hause mitgenommen? Hast du mich etwa getragen?«

»Exakt.«

Sie sahen sich an und mit einem Mal wurde Caroline klar, wie verrückt die ganze Situation war. »Das ist mir noch nie zuvor passiert.«

»Das habe ich gemerkt«, meinte Nick schmunzelnd.

»Es tut mir leid. Ehrlich.«

»Hör auf damit, dich ständig zu entschuldigen. Heute ist ein neuer Tag und du hast die Chance, einen besseren daraus zu machen.«

»Du hast recht.«

»Was hast du jetzt vor?«

Caroline lehnte sich zurück und schaute an die Decke. »Ich brauche dringend einen neuen Job, sonst kann ich mein Fernstudium nicht mehr bezahlen. Außerdem muss ich mir eine Bleibe suchen.«

»Du wirst also nicht zu Richie zurückgehen?«

»Nein, das ist keine Option für mich.« Als sie an ihren Ex dachte, zog sich sofort ihre Brust zusammen. Seltsamerweise war es gar nicht der Seitensprung, der sie fertigmachte – zumindest glaubte sie das – sondern vielmehr die Tatsache, dass sie das gewohnte Umfeld so plötzlich hatte verlassen müssen. »Ich brauche außerdem ein paar Sachen. Meine Klamotten und den Laptop. Die Semesterferien beginnen erst in einer Woche und ich habe noch an vier Tagen Vorlesungen.« Nachdenklich tippte sie mit den Fingerspitzen auf den Tisch.

»Macht dir das überhaupt nichts aus?« Nick ließ sie nicht aus den Augen. Es war, als versuchte er, in sie hineinzuschauen. »Gestern dachte ich, es sei vielleicht der Schock, aber du wirkst immer noch so gleichgültig.«

»Was genau meinst du?«

»Die Trennung.«

Caroline biss sich auf die Lippe. Sie wollte nicht darüber reden und noch nicht einmal darüber nachdenken. Das, was Richie getan hatte, entsetzte sie zutiefst. Trotzdem war da ein Teil von ihr, der erleichtert war, denn so konnte sie einen Schlussstrich ziehen, ohne sich selbst die Hände schmutzig machen zu müssen. Dass es alles jedoch ausgerechnet gestern passieren musste, war nicht gerade von Vorteil für sie. Außerdem war es demütigend gewesen. Nick hatte ihr persönliches Desaster hautnah miterlebt und fühlte sich offenbar verantwortlich für sie, weil sie so ein erbärmliches Bild abgegeben hatte. Nun dachte er vielleicht, dass sie die Situation ausnutzen und er sie nicht mehr loswerden würde. »Natürlich bin ich enttäuscht und wütend«, sagte sie leise, »doch ich muss nach vorne schauen, schließlich darf meine Existenz nicht von einem einzigen Mann abhängen. Wie du schon gesagt hast: Ich muss den neuen Tag zu einem besseren machen.« Das war es, was er hören wollte, oder? Sie zwang sich zu einem Lächeln. »Gestern war einfach nicht mein Tag.

Glaub mir, ich kann normalerweise sehr gut für mich selbst sorgen und brauche niemanden, der sich um mich kümmert.«

»Ich verstehe dich wirklich nicht«, gestand Nick. »Schon gestern nicht und heute noch weniger. Wem versuchst du, etwas vorzumachen? Mir oder dir selbst? Ich weiß, wir kennen uns noch nicht lange ...«

»Wir kennen uns überhaupt nicht«, warf Caroline barsch ein. Seine Fragerei machte sie wütend. Das war eine Seite, die sie gar nicht an sich kannte. Nick durchschaute sie und das ging ihr gewaltig gegen den Strich.

Er fuhr unbeirrt fort. »Was ich sagen will, ist: Du musst vor mir nicht die Starke spielen. Es ist in Ordnung, wenn du traurig bist.«

Caroline legte das Besteck nieder und schob den Teller von sich weg. »Ich habe dir schon genug Umstände bereitet und will dir nicht noch mehr zur Last fallen.«

»Das tust du nicht.«

Er sollte damit aufhören, und zwar sofort. Sie brauchte weder seinen Trost noch sein Mitleid. Da ihr aber klar war, dass Nick nicht einfach aufgeben würde, tat sie das, was sie immer tat, wenn sie sich in eine ausweglose Situation manövriert hatte ... sie wechselte das Thema. »Dürfte ich bitte deine Dusche benutzen, bevor ich gehe?«

Er musterte sie noch ein paar Sekunden lang, dann sagte er: »Natürlich. Das Badezimmer befindet sich direkt neben dem Schlafzimmer. Handtücher findest du im Schrank neben dem Waschbecken.«

»Danke.« Sie stand auf.

»Brauchst du nicht auch ein paar Klamotten? Ich bin mir sicher, wir finden etwas, das dir passt.«

»Das wäre nett, danke. Ich gehe schon mal vor.« Caroline machte sich auf den Weg zum Badezimmer, ohne Nick noch einmal anzuschauen. Das Lächeln, das sie krampfhaft aufrechterhalten hatte, flog davon und stattdessen füllten sich ihre Augen mit Tränen. Sie betrat den Raum, schloss die Tür hinter sich ab und entkleidete sich dann in Windeseile. Schnell stieg sie in die Duschkabine und war froh, dass sich das warme Wasser mit ihren Tränen vermischte und Nick nicht mitbekam, wie es in Wirklichkeit in ihr aussah.

Kapitel 6

Caroline

Es war zum Verrücktwerden. Obwohl in der Vorweihnachtszeit Hochsaison in Snow Falls herrschte, schien es keinerlei geeignete Arbeitsplätze zu geben. Den ganzen Vormittag über hatte Caroline in Geschäften und Einrichtungen herumgefragt, jedoch ohne Erfolg. Kleinstädte hatten eben Vor- und Nachteile, was den Arbeitsmarkt betraf. Leider überwogen momentan die Nachteile.

Zumindest konnte Caroline nicht ihrem Elfenkostüm die Schuld daran geben. Nachdem Nick und sie festgestellt hatten, dass ihr nichts aus seinem Kleiderschrank auch nur annähernd passte, war er zu Mrs. Finley, seine Vermieterin, gegangen und hatte sie gefragt, ob sie Caroline vielleicht aushelfen könnte. Tatsächlich hatte sie Caroline mit einer warmen Thermostrumpfhose und einem Blumenkleid ausgestattet. Zu Carolines großem Glück hatte die alte Dame sogar einen Mantel für sie übrig gehabt. Die Glöckchen hatte Caroline von ihren Stiefeln abgeschnitten, um nicht weiter durch die Straßen zu klimpern.

Zwar nicht frierend, aber dennoch frustriert und traurig machte sie sich auf den Weg zu ihrem ehemaligen Zuhause, um ihre Sachen zu holen. Die Art und Weise, wie Nick sie angesehen hatte, als sie aus dem

Badezimmer gekommen war, machte ihr noch immer zu schaffen. Sie hatte ihn am Küchentisch vorgefunden, nachdenklich auf einer Zuckerstange herumkauend. Er sah niedergeschlagen aus und sie hatte keine Ahnung, warum. Auf ihre Nachfrage, ob alles in Ordnung war, hatte er nur geantwortet, dass er ihr im Schlafzimmer ein paar Sachen bereitgelegt hatte.

Ob sie etwas falsch gemacht hatte?

Als Richies Haus in Sichtweite kam, blieb sie stehen. Die Entscheidung, ihr ehemaliges Zuhause ein letztes Mal zu betreten und danach nie wieder einen Fuß hineinzusetzen, fiel ihr nicht schwer. Unter der Dusche hatte sie sich einen genauen Plan überlegt, wie sie das Ganze so schnell wie möglich hinter sich bringen konnte.

Nicks Worte kamen ihr wieder in den Sinn, ob ihr die Trennung nichts ausmachte. Natürlich tat sie das. Sie war immerhin fünf Jahre mit Richie zusammen gewesen und sie hatten sogar vorgehabt, zu heiraten. Zumindest glaubte sie das. Trotzdem verspürte sie nicht den Schmerz, den sie eigentlich hätte fühlen müssen. Es war vielmehr ein Gefühl, das sie nur zu gut kannte: nicht gebraucht zu werden. Egal, ob in der Familie, in der Liebe oder im Beruf. Es war immer dasselbe mit ihr. Ein wiederkehrender Teufelskreis, aus dem es offenbar kein Entrinnen gab. Wahrscheinlich hatte sie deshalb keine Freunde, weil sie sich der Enttäuschung darüber nicht länger aussetzen wollte. Als sie am Vortag gesagt hatte, dass ihre Beziehung mit Richie einer Illusion glich, war das nicht gelogen gewesen. Schon seit mehreren Monaten hatte sie das Gefühl gehabt, dass sie sich nur in seine Arme geflüchtet hatte, um nicht mehr einsam sein zu müssen. Dennoch war sie es nun schon wieder.

Nachdem Caroline die Haustür erreicht hatte, hielt sie erneut inne und betrachtete das Schild mit ihrer beider Namen. Am liebsten hätte sie es abgerissen. Nur mit Mühe konnte sie sich davon abhalten. Sie drehte den Schlüssel im Schloss herum und öffnete die Tür. Anders als am Vortag schien Richie nicht zu Hause zu sein. »Was für ein Glück«, murmelte sie und lief ins Wohnzimmer. Dort schnappte sie sich ihre Laptoptasche und ihren Adventskalender, den sie mit in die Tasche quetschte. Dann machte sie sich auf die Suche nach ihrem Handyladekabel, das sie anschließend achtlos in ihre Handtasche stopfte, um es bei der nächstbesten Ladegelegenheit griffbereit zu haben. Ihr Handyakku war bereits seit ihrer Schicht in der Rentier-Werkstatt leer. Es folgte das Badezimmer, wo sie wie eine Honigbiene umherwirbelte und die wichtigsten Utensilien zusammensammelte. Diese packte sie in einen Kulturbeutel. Den nahm sie mit ins Schlafzimmer, wo sie eine Reisetasche aus dem Schrank holte. »Gut, dass ich nicht so viele Sachen habe.« Sie lachte leise in sich hinein, während sie begann, die Tasche mit ihrer Kleidung zu füllen.

Doch dann fiel plötzlich eine Tür ins Schloss und Caroline zuckte erschrocken zusammen.

»Täubchen, bist du das?«

»Verflucht!« Caroline legte einen Zahn zu und stopfte ihre Unterwäsche achtlos in die noch freien Ecken. Eigentlich hatte sie der Konfrontation mit Richie aus dem Weg gehen wollen. Weder hatte sie die Lust noch die Kraft dafür, sich mit ihm auseinanderzusetzen, da sie genau wusste, dass sie dabei den Kürzeren ziehen würde, und das, obwohl ihre Entscheidung, sich von ihm zu trennen, bereits feststand.

In diesem Moment erschien er im Türrahmen. Er strahlte sie an, als sei nichts gewesen, und breitete die Arme aus. Wie immer, wenn er Mist gebaut hatte und sich keiner Schuld bewusst war. »Du bist wieder da, mein Täubchen! Wie schön.«

»Hallo«, sagte Caroline tonlos und setzte ihre Arbeit fort. Sie musste nur noch eine Jeans in der Tasche unterbringen, dann war sie bereit zu gehen. Die Reisetasche war so vollgestopft, dass sie den Reißverschluss nicht mehr zubekam. Sie drückte die Sachen runter, so gut sie konnte, und versuchte einhändig, den Verschluss zu schließen. Dabei kam sie leider nur Stück für Stück voran.

»Was tust du da?«

»Packen.«

»Warum?«

Caroline kniff die Lippen zusammen und vermied es, Richie anzusehen.

»Rede mit mir, Täubchen.«

Caroline schüttelte stumm den Kopf.

»Ist es wegen dem, was du gestern gesehen hast?«

Sie stützte nun ihr gesamtes Gewicht auf die Tasche und riss dabei so fest am Verschluss, dass das Metallstück abbrach und die Kante in ihren Finger schnitt. Scharf sog sie die Luft ein und riss die Hand zurück.

»Täubchen!«, rief Richie lauter und trat einen weiteren Schritt auf sie zu. »Es hat rein gar nichts bedeutet!«

»Lass es gut sein, Richard.«

»Warum kannst du mich nicht ansehen?« Seine Tonlage veränderte sich schlagartig. Er wurde tatsächlich wütend. »Es ist wegen dieses Kerls, nicht wahr?«

Nun hatte er sie an der Angel. Sie konnte ihn nicht länger ignorieren und schaute erstaunt zu ihm auf. »Wie bitte?«

»Ich hatte also recht. Wie lange geht das schon mit euch beiden?«

»Wie lange geht *was*?«, wiederholte Caroline ungläubig.

Richie warf die Hände in die Luft und lachte bitter auf. »Das erklärt natürlich alles. Einfach alles!«

»Wovon redest du da?«

»Seit Monaten hältst du mich schon auf Distanz, lässt mich nicht mehr an dich ran. Hast du deinen Spaß mit ihm? Ist er so viel besser als ich?«

Caroline verstand nicht, was Richie von ihr erwartete und starrte ihn daher wie versteinert an. Sie öffnete den Mund, schloss ihn aber kurze Zeit später wieder.

»Deswegen durfte ich dich nicht mehr anfassen, was?«, fauchte er und wedelte aufgebracht mit der Hand vor Carolines Gesicht herum. »Du hast die ganze Zeit über einen anderen gevögelt.«

»Weißt du eigentlich, was du da sagst?« Carolines Körper begann zu zittern. Sie wollte nicht mehr länger in seiner Nähe sein, sondern so schnell wie möglich verschwinden. Weg aus diesem Haus. Weg von ihm. Weg aus ihrem alten Leben. Sie schulterte ihre Tasche und unterdrückte ein Stöhnen, da sie schwerer war, als sie gedacht hatte. »Du hast sie nicht mehr alle!«

»Glaubst du etwa, er kann dir dasselbe bieten wie ich?«, fuhr Richie aufgebracht fort. »Dass so jemand wie er dich glücklich machen kann?«

»Glücklich?« Caroline lächelte traurig und versuchte, ihre Stimme stabil zu halten. Das war allerdings gar nicht so einfach, da Richie seltsamerweise doppelt so groß wirkte wie sonst. »Ich weiß nicht, was du dir da gerade zusammenreimst, aber hast du ernsthaft den Eindruck gehabt, dass ich mit dir glücklich war?«

In Richies Augen blitzte es gefährlich auf und er verzog sein Gesicht zu einer erbosten Fratze, woraufhin Caroline erschrocken zurückwich. Genau das war es, wovor sie weglaufen wollte. Wenn er wütend wurde, machte Richie ihr Angst. Er war zwar niemals handgreiflich geworden, doch er ging stets mit ihr um, als sei ihre Anwesenheit eine Selbstverständlichkeit. So als wäre sie sein Eigentum. Das konnte sie einfach nicht mehr länger ertragen. Dass er glaubte, seine Fehler einfach überspielen zu können und sie auch noch dafür verantwortlich zu machen ...

Erst jetzt wurde Caroline klar, was es war, das sie auf dem Weg zum Haus die ganze Zeit gespürt hatte: Erleichterung! Dies war ihre Chance, aus dem Käfig auszubrechen, in den Richie sie all die Jahre gesperrt hatte. Sie wollte nicht länger ihm gehören. Sie wollte frei sein.

»Natürlich sind wir das. Ich habe Geld, einen guten Job und dieses Haus. Jahrelang habe ich dich mit durchgefüttert und du dankst es mir, indem du einen anderen fickst?«

»Das tue ich doch gar nicht! Siehst du? Genau das ist dein Problem.« Caroline hängte sich die Laptoptasche zusammen mit ihrer Handtasche über die noch freie

Schulter. »Du redest immer nur davon, was du hast. Ich möchte das alles nicht mehr. Und«, sie hielt kurz inne und schluckte schwer, »das, was du da gestern getan hast ... darüber kann ich einfach nicht hinwegsehen. Es ist vorbei, Richard. Sieh es ein.«

Tief in ihrem Herzen hatten sich mit der Zeit so viel Wut und Frustration angesammelt, die Caroline nun am liebsten hinausgeschrien hätte. Dennoch war sie nicht in der Lage, Richie zu sagen, was sie wirklich über ihn dachte, und was sie von ihm und seiner Art hielt. Der Schlussstrich hatte sie viel Überwindung gekostet – zu mehr war sie momentan nicht fähig. So war sie nun einmal. Das kleine Vögelchen, das den Schnabel nicht aufbekam.

»Heißt das, du verlässt mich?«

»Ja, das heißt es. Jetzt lass mich bitte durch.« Sie drängte sich an ihm vorbei und schlug dabei mit ihrer Tasche laut polternd gegen den Türrahmen.

»Ist das dein Ernst?«

»Noch nie zuvor war ich mir bei einer Sache so sicher.« Caroline öffnete die Haustür. Sie sah Richie noch einmal über die Schulter hinweg an. »Leb wohl, Richard.«

»Pah!«, schrie er zornig. »Dann geh halt, du fette Taube!«

Die abrupte, schwungvolle Bewegung seines rechten Armes, mit der er seine Worte untermalte, erschreckte Caroline. Sie machte deshalb einen unbedachten Schritt nach vorne und rutschte auf der glitschigen obersten Treppenstufe aus. Mit einem Schrei fiel sie polternd hinunter. Die prall gefüllte Reisetasche dämpfte ihren Sturz zwar, konnte sie jedoch nicht vor jeglichem Schaden bewahren. Ein paar Sekunden, die sich wie endlose Minuten anfühlten, vergingen, ehe sie wieder zur Besinnung kam. Ihr Körper schmerzte und sie stöhnte gequält auf. Wie kam es, dass sie sich in den letzten vierundzwanzig Stunden ständig auf dem Boden wiederfand?

Benommen schaute sie zu Richie auf, der sie aus weit aufgerissenen Augen anstarrte. Anstatt sie nach ihrem Wohlbefinden zu fragen, sah er sich verstohlen um. Natürlich. Er sorgte sich als Erstes darum, dass einer der Nachbarn den Sturz mit angesehen haben könnte. Erst, als er sich vergewissert hatte, wandte er sich an Caroline und fragte: »Alles noch dran?«

War sie verletzt über seine Gleichgültigkeit? Ja, das war sie.

Und im körperlichen Sinne? Da war Caroline sich noch nicht so sicher. Also reckte sie das Kinn nach oben, drängte die Tränen zurück und sagte: »Natürlich. Tauben sind schließlich gut gepolstert.«

»Na dann. Tschüss.« Richie drehte sich um und ließ die Tür krachend hinter sich ins Schloss fallen.

Caroline starrte ihm sprachlos hinterher.

KAPITEL 7

NICK

Nick schlenderte an der Hauptstraße entlang in Richtung seines Lieblingscafés. Den Park, den er sonst so gerne durchquerte, mied er aufgrund der Begegnung mit Matty lieber. Die Chance, den aufdringlichen Elfen hier in aller Öffentlichkeit zu treffen, war nämlich deutlich geringer als in einem einsamen Park.

Als er an der Buchhandlung vorbeikam, zog die rundliche Buchhändlerin mit dem grauen Lockenkopf und der winzigen Metallbrille, die sie wie eine Märchenoma aussehen ließ, seine Aufmerksamkeit auf sich. Sie war nämlich gerade damit beschäftigt, eine Ausschreibung an die Tür zu hängen. Interessiert trat er näher, als sie dem Eingang wieder den Rücken zugekehrt hatte.

Aushilfe gesucht, las Nick. *Das kommt ja wie gerufen.* Er zögerte nicht lange und vergewisserte sich, dass ihn niemand beobachtete. Er setzte seine Brille ab, schnippte mit den Fingern und eine Sekunde später war das Stellengesuch von der Tür verschwunden. Zufrieden schob er die Brille wieder auf die Nase und überquerte die Straße, wohlwissend, dass der Zettel in seiner Laptoptasche gut aufgehoben war.

Ursprünglich hatte er vorgehabt, im Café an einem seiner Projekte zu arbeiten. Heute zog ihn allerdings etwas anderes dorthin. Den ganzen Vormittag über hatte er an Caroline denken müssen und er fragte sich, wie es ihr wohl mit der Wohnungs- und Jobsuche erging. Ihr Anblick, bevor sie am Morgen duschen gegangen war, hatte ihn schwer getroffen und die Art, wie sie sich selbst und ihre Probleme runterzuspielen versuchte, ging ihm gehörig gegen den Strich. Er wollte ihr helfen, wusste aber nicht wie. Vielleicht war die Stellenausschreibung ein erster Schritt.

Kaum hatte er das Café betreten, entdeckte er sie an einem Tisch in der Ecke sitzend. Sie nippte gerade an einem Glas Wasser. Vor ihr lag eine aufgeschlagene Zeitung, die sie aufmerksam studierte. Caroline sah genauso aus wie am Vortag. Die Haare verstrubbelt, die Haut bleich und der Blick leer.

»Oh je.« Nick ging zur Theke. Heute bediente ihn eine Frau mittleren Alters, von der Nick wusste, dass sie die Eigentümerin des Cafés war.

»Guten Tag«, flötete sie gut gelaunt. »Was darf es denn sein?«

Auf die Schnelle studierte er die Kuchenauslage und hatte spontan eine Idee, womit er Carolines Stimmung aufheitern konnte. »Einen Lebkuchen-Muffin mit Zimt-Pflaumen-Füllung und ein Stück Apfelkuchen, bitte. Dazu noch zwei Tassen Kakao.«

»Zum Mitnehmen?«

»Nein, danke. Wir sitzen dort hinten.« Er deutete in Carolines Richtung.

»Alles klar«, antwortete die Dame und nahm das Geld entgegen, das Nick ihr reichte. »Ich bringe euch die Sachen gleich an den Tisch.«

»Danke schön.« Nick machte sich auf den Weg und blieb direkt vor Caroline stehen. Sie war so in ihre

Recherchen vertieft, dass sie ihn gar nicht bemerkte. »Darf ich?«

Sie schreckte hoch. »Oh Nick, du bist es.« Sie lachte nervös auf. Ungeschickt faltete sie die Zeitung zusammen und steckte sie zurück in die Zeitungsauslage an der Wand neben ihnen.

Er wusste sofort, dass irgendetwas nicht stimmte. Er setzte sich auf den Stuhl gegenüber, hängte die Laptoptasche über die Rückenlehne und rutschte dann an den Tisch heran. Dabei stieß er mit dem Fuß gegen die Reisetasche, die auf dem Boden stand. »Hast du etwa jemand anderen erwartet?«

Sie schüttelte den Kopf.

»Ist irgendetwas vorgefallen?

Mechanisch sagte sie, als hätte sie die Antwort bereits einstudiert: »Nein, alles ist in bester Ordnung.«

Nick betrachtete sie aufmerksam. Caroline war eine miserable Lügnerin – das verriet nicht nur der Superlativ, den sie verwendet hatte. Sie konnte ihm dabei ja nicht einmal in die Augen schauen.

»Aaaachtung!« Als hätte sie stumme Hilfesignale empfangen, rettete die Cafébesitzerin Caroline vor weiteren Fragen, indem sie die Kakaos, den Muffin und das Stück Apfelkuchen vor ihnen abstellte.

»Ich habe nichts bestellt.« Caroline schaute die Frau überrascht an.

»Aber ich«, erklärte Nick. »Du hast so ausgesehen, als könntest du eine Aufheiterung gebrauchen.«

»Lasst es euch schmecken.« Die Cafébesitzerin zwinkerte Nick lächelnd zu, ehe sie zurück hinter die Theke verschwand.

Betreten schaute Caroline auf den Muffin. »Das wäre doch nicht nötig gewesen.«

»Ist schon gut.«

»Du kannst mir nicht immer einen Muffin kaufen, wenn es mir nicht gut geht.«

»Also ist doch etwas passiert.«

»Nein, so meinte ich das nicht!« Ertappt starrte Caroline auf den Muffin hinunter und biss sich dabei auf die Lippe.

»Wie denn dann?«

»Na ja …« Sie zuckte mit den Schultern und zwang sich sichtlich zu einem Lächeln. »Tauben sollte man nicht füttern.«

Nick zog verwirrt eine Augenbraue hoch. »Wie meinst du das?«

»Ach, ist schon gut. Danke jedenfalls.«

Seufzend nahm Nick die Gabel in die Hand und stocherte damit in seinem Apfelkuchen herum. »War deine Jobsuche erfolgreich?«

Hatte Caroline zuvor schon traurig ausgesehen, war sie nun am Boden zerstört. »Es lief gar nicht gut. In Snow Falls scheint es keine geeigneten Jobs für mich zu geben. Entweder brauchen sie keine Aushilfen oder sie wollen ausgebildetes Personal.«

»Das tut mir leid.«

»Tja.« Wieder stieß sie dieses gezwungene Lachen aus.

Nick konnte es kaum ertragen, sie so zu sehen, dabei kannte er Caroline noch nicht einmal vierundzwanzig Stunden. Trotzdem ging ihm ihre Situation nahe. Zu nahe. Er wollte doch nur beobachten! Nichtsdestotrotz zog er den Zettel aus seiner Tasche hervor. »Mir ist auf dem Weg hierher eine Stellenausschreibung aufgefallen. Magst du Bücher?«

»Ja, sehr sogar«, antwortete Caroline prompt und Nick wusste, dass er einen Nerv getroffen hatte. »Ich gehe gerne in die Bibliothek.« Sie sackte wieder in sich zusammen. »Leider brauchen sie dort niemanden.«

»Wie wäre es stattdessen mit einer Buchhandlung?«

Erstaunt öffnete sie den Mund. »Einer Buchhandlung?«

»Schau dir das mal an.« Er reichte ihr die Stellenausschreibung.

Caroline überflog die Zeilen und unvermittelt hellte sich ihre Laune auf. »Von wann ist das? Ich habe gar keinen Aushang gesehen.«

»Er ist gerade erst angebracht worden, als ich vorbeikam. Ich war so frei und hab ihn für dich mitgenommen.« Vielsagend grinste er Caroline an.

»Das ist ...« Sie sah ihn an und strahlte vor Dankbarkeit und Freude. »Vielen Dank, Nick. Das ist wunderbar. Ich sollte mich sofort dort vorstellen. Vielleicht habe ich ja Glück.«

Zuversichtlich nickte er. »Ich hab ein gutes Gefühl. Los, worauf wartest du noch? Ich bleibe so lange hier und pass auf, dass dein Kakao nicht kalt wird.« Er reckte beide Daumen in die Höhe.

»Danke, du bist ein Engel.« Caroline schnappte sich ihren Mantel und rauschte an ihm vorbei.

»Na ja, Engel würde ich es nicht nennen, eher sowas wie ein mutierter Elf.« Entspannt lehnte sich Nick zurück. Er hatte seinen Teil der Arbeit erfüllt. Nun lag es an Caroline, diese Chance zu nutzen.

Die nächste halbe Stunde verbrachte Nick damit, den Finger immer und immer wieder in der Luft kreisen zu lassen, um den Kakao wie versprochen warmzuhalten. Da er mit dem Rücken zu den anderen Gästen saß, hatte er seine Brille absetzen können und niemandem fiel auf, dass mit ihm etwas nicht stimmte.

Jedes Mal, wenn die Tür aufging, warf er unauffällig einen Blick über die Schulter und als Caroline endlich zurückkehrte, setzte er die Brille hastig wieder auf.

Dem Ausdruck auf ihrem Gesicht nach zu schließen, brachte sie positive Nachrichten mit.

»Es hat geklappt!«, rief sie und ließ sich freudestrahlend auf ihren Stuhl fallen. »Miss Plum braucht dringend jemanden fürs Weihnachtsgeschäft. Am Montag kann ich anfangen. Mit meinen Vorlesungen lässt sich das prima vereinbaren und ab dem zwölften Dezember sind sowieso Winterferien. Man könnte meinen, sie habe auf mich gewartet.« Glücklich kicherte sie. »Das verdanke ich nur dir.«

Nick war komplett überwältigt von ihrem ungewohnten Redeschwall. Sowohl dieser als auch ihre erfrischend gute Laune trafen ihn wie ein Zuckerstangenhieb mitten ins Gesicht. »Ich bin froh, dass es geklappt hat«, zwang er sich, zu antworten. Ihr Anblick fesselte ihn und ließ ihn nicht mehr los, sodass es ihm schwerfiel, sich auf das Gespräch zu konzentrieren. »Und dass du endlich wieder lächeln kannst«, fügte er leiser hinzu.

»Wie bitte?«

»Dein Lächeln.« Nick zeigte auf ihr Gesicht. »Das steht dir gut.«

»Mein ... *was?*« Sie hob die Hand zu ihren Lippen und ihr Lächeln war verschwunden.

»Oh, tut mir leid«, ruderte Nick sofort zurück. »Ich wollte dich nicht verärgern. Es ist nur so, dass du, seit wir uns kennen, wenig zu lachen hattest, und du sehr hübsch bist, wenn du lächelst.«

Sie wurde knallrot und schaute überall hin, nur nicht zu ihm.

Heiliger Mistelzweig, er hatte offenbar etwas Falsches gesagt. Er musste sich schleunigst eine Möglichkeit einfallen lassen, wie er das wieder geradebiegen konnte.

»Danke«, murmelte Caroline fast unhörbar.

» *Was?*«

»Danke«, wiederholte sie lauter. »Das hat mir noch nie jemand gesagt.«

Nick wusste nicht, wie er darauf reagieren sollte. Er hatte nicht viel Erfahrung im Umgang mit Frauen, aber es war klar, dass er sie mit seinen Worten in Verlegenheit gebracht hatte. Besser, er hielt erst mal den Mund.

Caroline legte die Hände um ihre Tasse und keuchte überrascht auf. »Der ist ja noch heiß!«

»Ich hab dir doch gesagt, dass ich dafür sorgen werde, dass der Kakao warm bleibt.« Dankbar für die Ablenkung, grinste Nick sie an.

Misstrauisch hob sie die Tasse und beäugte das dampfende Getränk. »Wie hast du das gemacht? Du konntest doch nicht wissen, wann ich wiederkomme.« Verblüfft schaute sie ihn an. »Sag nicht, du hast alle fünf Minuten einen neuen für mich bestellt.«

»Ach Quatsch«, wehrte Nick ab. »Ich hab gesehen, wie du zurückgekommen bist, und hab ihn erst dann bringen lassen.«

»Hm.« Sie schien nicht überzeugt von der Antwort zu sein, beließ es aber dabei.

Eine Weile schwiegen sie und aßen ihr Gebäck. Irgendwann fragte Nick: »Was wirst du jetzt tun?«

Caroline zupfte ein Stück ihres Muffins ab und legte es auf den Teller. »Ich brauche immer noch eine Bleibe.« Unzufrieden zeigte sie auf die Zeitungen neben sich. »Da drin habe ich nach Wohnungs- und WG-Angeboten gesucht. Mir war nicht bewusst, dass die Bevölkerung von Snow Falls in der Weihnachtszeit nicht sehr umzugsfreudig ist. Keiner will die Feiertage zwischen Umzugskisten verbringen.« Sie seufzte. »Vielleicht habe ich ja Glück und kann ein paar Nächte im Obdachlosenheim verbringen.«

»Nein«, sagte Nick bestimmt.

Aus großen Augen sah Caroline ihn an. »Wie bitte?«

»Na ja, also ...« Unsicher rückte er seine Brille zurecht. Er musste sich dringend angewöhnen, zuerst zu denken und dann zu reden. »Hast du keine Familie? Du stammst doch ebenfalls nicht aus Snow Falls. Kannst du nicht dorthin zurückkehren, wo du ...«

»Auf gar keinen Fall!«, rief Caroline aufgebracht dazwischen und stand auf. Sie stützte ihre Hände auf dem Tisch ab und ihr Körper bebte. Einige Leute im Café begannen zu tuscheln.

»Alles klar, das ist also keine Alternative. Ich hab's kapiert«, sagte Nick ruhig. »Möchtest du dich nicht wieder hinsetzen?«

»Oh.« Caroline wurde sich plötzlich der Aufmerksamkeit, die sie auf sich gezogen hatte, bewusst, und folgte hastig seinem Vorschlag. Beschämt murmelte sie: »Bitte entschuldige.«

Nick wusste selbst nicht so recht, was er von seiner spontanen Idee halten sollte, dennoch wagte er sich mutig vor. »Wie wäre es, wenn du zu mir ziehst?«

»Hä?«

»Du kannst das Schlafzimmer haben. Ich bin nicht so wählerisch und die Couch ist wirklich sehr bequem.«

Er hatte mit allem gerechnet, aber nicht damit, dass Caroline ihn misstrauisch musterte. »Sag mal, was stimmt nicht mit dir?«

»Wie meinst du das?«

»Sammelst du öfter wildfremde Frauen auf der Straße auf und lädst sie dann ein, bei dir zu wohnen? Das macht doch kein Mensch, der halbwegs bei Verstand ist.«

»Was? Ich ... Nein, natürlich nicht.« Nick begriff, was sie meinte und geriet ins Straucheln. Abwehrend hob er die Hände. »Ich habe keine schmutzigen Hintergedanken oder so etwas. Bitte, glaub mir.« Was könnte er sonst noch sagen, um das falsche Bild, das sie nun bestimmt von ihm hatte, wieder ins rechte Licht zu rücken? Ihm fiel leider keinerlei vernünftige Argumentation ein. Sie hatte recht – er war ein Schuft. Wenn auch unabsichtlich. »Es tut mir leid. Das war naiv von mir.«

»Du meinst das wirklich ernst, oder?« Sie hatte ihn nicht eine Sekunde aus den Augen gelassen, während er verzweifelt versuchte, eine Rettungsleine zu finden.

Schüchtern nickte er.

»Meinetwegen.«

Perplex starrte er sie an. »Das heißt, du sagst ja?«

Sie lächelte zaghaft. »Ich glaube, du bist kein schlechter Typ. Zumindest nicht schlimmer als mein Ex. Das hoffe ich jedenfalls.« Sie zuckte mit den Schultern. »Außerdem habe ich keine Wahl. Entweder nehme ich dein Angebot an und vertraue darauf, dass du nichts Böses im Schilde führst oder ich schlafe heute Nacht schlimmstenfalls auf einer Parkbank und erfriere, wenn ich keinen Platz im Obdachlosenheim finde. Da entscheide ich mich lieber für das kleinere Übel.«

»Das kleinere Übel? Na ja, damit kann ich leben«, brummte Nick in seinen Kakao hinein und trank einen Schluck. Dabei verbrühte er sich prompt die Zunge und verschüttete einen Teil des Getränks. Heiliger Mistelzweig, er hatte sich offenbar beim Warmrühren verschätzt.

Caroline fing an zu lachen und hielt sich schnell die Hand vor den Mund, um ihr Prusten zu unterdrücken. »Tut mir leid«, sagte sie und wischte sich die Lachtränen aus den Augen, als sie seinen leidenden Blick bemerkte. »Alles okay? Tut es sehr weh?«

»Geht schon«, nuschelte Nick und tupfte den Kakao mit einem Stofftuch von der Tischoberfläche.

»Du bist entweder ein richtig guter Schauspieler oder genauso tollpatschig wie ich.« Caroline reichte ihm ihre Serviette und wurde wieder ernst. »Darf ich dir bitte noch eine Frage stellen?«

»Natürlich.«

»Hast du einen Internetanschluss? Ich nehme nämlich an Online-Vorlesungen teil und bin daher auf eine gute Verbindung angewiesen.«

Nun war es an Nick, loszulachen. »Das fragst du noch? Ich bin Softwareentwickler. Natürlich habe ich eine gut funktionierende Highspeed-Leitung!«

»Wunderbar.« Zufrieden steckte sich Caroline ein weiteres Stück Muffin in den Mund und kaute genüsslich. »Ich werde dir auch nicht lange auf die Nerven gehen. Sobald ich eine eigene Bleibe gefunden habe, verschwinde ich.«

»Als ob du mir auf die Nerven gehen könntest ... ganz im Gegenteil ... es ist mir ein Vergnügen, meinen Internetanschluss mit dir zu teilen.« Dass er bei seinem Einzug in einem Funkloch gelebt und die nötigen Glasfaserkabel per Magie selbst hatte verlegen müssen, verschwieg Nick ihr wohlweislich. Es war besser, wenn er diese Seite vor ihr geheim hielt, wenn sie ihn nicht für einen totalen Psychopathen halten sollte.

Als Nick ihr die Tür des Cafés aufhielt, fiel ihm auf, dass etwas mit Caroline nicht stimmte. Ihre Miene war angespannt, so als hätte sie Schmerzen. »Hast du dich verletzt?«, fragte er und sah, wie sie an ihm vorbei humpelte.

Ihre Reaktion darauf kam nicht überraschend. Sie winkte ab. »Halb so wild. Ich bin vorhin auf dem Weg zum Café über meine eigenen Füße gestolpert. Gewöhn dich besser dran. So bin ich nun mal.«

»Du machst dich gern selbst runter, oder?«

Sie zuckte mit den Schultern.

Nick seufzte leise. So unbeholfen sie auch wirkte, genauso geheimnisvoll war sie. Sie redete offenbar nicht gern über sich, das war ihm ziemlich schnell aufgefallen. Da schienen sie etwas gemeinsam zu haben. »Caroline?«

Sie blieb stehen und drehte sich zu ihm um. »Ja, Nick?«

»Es macht mir wirklich keine Umstände, wenn du bei mir wohnst.«

Sie presste die Lippen zusammen, und ihr Blick sprach Bände: Sie glaubte ihm nicht. »Danke, das weiß ich sehr zu schätzen«, antwortete sie nach einer kurzen Pause und ging weiter.

Kaum merklich schüttelte Nick den Kopf. *Was war dieser jungen Frau bloß zugestoßen, dass sie so wenig von sich selbst hielt?*

Vor der festlich dekorierten Bäckerei mit dem Lebkuchen-Weihnachtsbaum im Schaufenster stand ein kleiner Chor und sang Weihnachtslieder. Passend dazu fing es an zu schneien. Nick zweifelte allmählich an der Entscheidung, an einen Ort mit so viel Festtagsstimmung auf einem Fleck zu ziehen.

»Siehst du?« Caroline deutete auf den Chor, der gerade eine sehr experimentelle Version von *Stille Nacht, Heilige Nacht* anstimmte. »Genau deswegen liebe ich diese Stadt.« Die junge Frau strahlte nun über das ganze Gesicht. »Dieses Gefühl von Weihnachten ... es ist einfach überall. Es ist wunderschön, findest du nicht auch?«

»Ja, das ist es«, log Nick und zwang sich zu einem Lächeln. Die Stimmung fühlte sich für ihn in Wirklichkeit eher erdrückend an, aber das musste sie ja nicht wissen.

»Oh, sieh mal!« Caroline griff nach Nicks Arm, woraufhin dieser stehen blieb. Sie zeigte auf einen älteren, dickbäuchigen Mann im roten Anzug, der auf der gegenüberliegenden Straßenseite stand. Er hielt einen Stab mit einer Glocke am oberen Ende in der Hand. »Wow, so einen authentischen Darsteller habe ich noch nie gesehen.« Sie winkte ihm begeistert zu und rief: »Fröhliche Weihnachten, Santa!«

»Ho ho ho, das wünsche ich dir auch, Caroline!«

Nick erschauderte, als er Santas Blick begegnete, der zwar Carolines Geste erwiderte, dabei jedoch Nick anstarrte. Caroline lag mit ihrer Beobachtung näher an der Wahrheit, als ihr bewusst war. *Wer hätte denn auch ahnen können, dass der echte Santa Claus in Snow Falls auftauchen und seinem verlorengegangenen Sohn einen Besuch abstatten würde? Heiliger Mistelzweig, das durfte nicht wahr sein ...*

Nick versuchte, weiterzugehen, doch er war wie festgefroren, und konnte sich nicht rühren. »Matty, du Verräter«, murmelte er so leise, dass Caroline es unmöglich hören konnte. »Geh schon mal vor«, bat er sie. »Ich habe etwas im Café vergessen. Wir treffen uns am Supermarkt.«

»Oh, natürlich. Ist alles in Ordnung mit dir? Du siehst auf einmal so blass aus.«

Nun war es Nick, der abwinkte. »Mir geht's gut. Ich habe nur mein Portemonnaie liegen lassen.«

»Ich verstehe. Dann bis gleich.«

Sie lief weiter und Nick wandte sich hastig dem ungebetenen Besucher zu. »Lässt du mich bitte los?«

Santa grinste und ließ kurz seine Glocke läuten. Ehe er sich versah, befand sich Nick nicht mehr auf der Hauptstraße, sondern im Park. Die Magie drückte ihn auf eine Bank und er hatte keine Chance, wieder aufzustehen. Erneut war er festgefroren.

»Ich fürchte, du hast dich verlaufen, mein Sohn.« Santa trat vor Nick. Seine dichten, weißen Augenbrauen hüpften dabei auf und ab und sein Bart bebte vor Belustigung. »Väterchen Frost ist nämlich immer noch in Russland und hat das Land nie verlassen. Was treibt dich also in die Rocky Mountains?«

»Bigfoot«, antwortete Nick tonlos. »Ich wollte ihn für den Nordpol anheuern. Er könnte uns von Nutzen sein, wenn wir Schwerlasttransporte durch die Weltgeschichte befördern müssen.«

»Du willst mir doch nicht ernsthaft weismachen, dass du an diesen Quatsch glaubst.« Santa stemmte die Hände in die Hüften und schaute Nick skeptisch an. »Bigfoot gibt es genauso wenig wie das Monster von Loch Ness.«

»Aber Väterchen Frost existiert wirklich?«

»Natürlich tut er das. Er ist einer meiner engsten Vertrauten. Wir haben erst letzte Woche miteinander geskypt. Da hat er mir auch berichtet, dass du ihn bisher nicht aufgesucht hast.«

»Hä?«

»Das heißt *Wie bitte*.«

Nick verdrehte die Augen. »Na toll, nun bist du also hier. Was willst du tun? Mich gewaltsam in deinen Schlitten zerren und nach Hause bringen?«

»Ha ha ha! Wo denkst du hin, mein Sohn? Zuerst einmal will ich wissen, was du hier zu suchen hast.«

»Du lässt mich tatsächlich mal zu Wort kommen? Das überrascht mich jetzt aber.«

Santas Bart bebte erneut. Dieses Mal war in seinen grauen Augen nichts mehr von der vorherigen Belustigung zu sehen, was Nick hoffen ließ, dass dieser den Ernst der Lage endlich begriffen hatte. »Ich bin bereit, dir zuzuhören. Es muss schließlich einen guten Grund dafür geben, dass du einen Monat vor Weihnachten auf einmal spurlos verschwindest. Was ist mit deinem Amt, das du antreten sollst?«

Nick ballte die Hände zu Fäusten. Die ganze Zeit über hatte er seinem Vater gegenüber die Wut unterdrückt, doch nun war endlich der Moment gekommen, ihm ins Gesicht zu sagen, was ihm schon so lange auf der Seele brannte. »Genau darum geht es ja, Dad. Du willst mir dieses Erbe aufzwingen, dabei bin ich noch gar nicht bereit dafür. Wie soll ich deinen Job übernehmen, wenn ich noch nichts von der Welt gesehen habe?«

»Du hattest vierundzwanzig Jahre Zeit zum Reisen. Das ist vollkommen ausreichend. Außerdem kannst du das außerhalb der Weihnachtszeit auch weiterhin machen.«

»Ich dachte, da soll ich die diplomatischen Beziehungen mit dem Osterhasen vertiefen?« Nicks Stimme überschlug sich vor Ironie.

»Stimmt, das solltest du dir nicht entgehen lassen. Sein Eierlikör ist nämlich vorzüglich.« Ein verzückter Ausdruck trat auf Santas Gesicht.

»Willst du mich auf den Arm nehmen?« Nick wollte aufspringen, doch sein Körper bewegte sich immer noch nicht. Je weiter sie dieses absurde Gespräch fortführten, desto wütender wurde er. Sein Vater hatte sich in den letzten Jahren nicht einmal die Mühe gemacht, sich ernsthaft mit ihm zu unterhalten und ihn auf seine

Aufgabe als neuer Weihnachtsmann vorzubereiten. Er war immer nur mit sich selbst beschäftigt gewesen. Die Ausbildung von Nick hatten eine Elfen-Nanny und ein paar Trainingselfen übernommen, die ihn körperlich fit gemacht hatten, während Matty widersprüchlicher Weise versucht hatte, ihn zu mästen, damit er die passende Statur bekam.

Santa umklammerte seinen Stab nun fester. Er sah erschöpft aus, als er fragte: »Was willst du denn, Nick?«

»Zeit!«

»Wofür?«

»Um die Menschen kennenzulernen und Erfahrungen zu sammeln. Ich will das Miteinander erleben und nicht nur aus der Ferne dabei zusehen. Die Welt der Menschen kann mir Dinge zeigen, die es am Nordpol nicht gibt.«

»Und es liegt nicht nur an der jungen Frau, die du vorhin begleitet hast?«

»Sie hat nichts mit meiner Entscheidung zu tun«, versicherte Nick seinem Vater.

Santa hob die Hand und kraulte nachdenklich seinen Bart. »Na schön«, sagte er irgendwann. »Ich will dir deinen Wunsch gewähren. Aber nur unter einer Bedingung.«

»Und die wäre?«

»Du musst meine Prüfung bestehen, he he he!« Schelmisch lachte er, während Nick innerlich aufstöhnte.

Für ihn fühlte es sich an wie der blanke Hohn. Denn immer, wenn sich sein Vater Prüfungen ausdachte – sei es für die Elfen oder ihn, nahm das kein gutes Ende. Die Schlimmste war die gewesen, bei der Matty als Nicks Assistent angestellt worden war. Im Anschluss an die

Prüfung waren alle zehn Anwärter zwei Wochen lang krank gewesen, da Santa es bei der *Arbeit unter erschwerten Bedingungen* übertrieben hatte. Die potenziellen Assistenz-Elfen hatten Nick, der damals erst dreizehn Jahre alt war, sieben Tage lang durch eine Schneewüste am Nordpol begleiten müssen. Nick hatte durch dieses Überlebenstraining gegen die eisigen Temperaturen abgehärtet, und zeitgleich ein treuer Wegbegleiter für ihn gefunden werden. Neun von zehn Elfen hatten schon nach wenigen Tagen das Handtuch geworfen und Matty ... tja, der hatte Pech gehabt, denn er hatte den Rückweg allein nicht mehr gefunden. Deshalb hatten sich die beiden letzten Endes tapfer gemeinsam nach Hause durchgeschlagen und waren halb erfroren und durch die Begegnung mit einem Eisbären schwer verletzt im Weihnachtsdorf angekommen. Nicks Mutter war außer sich gewesen vor Zorn, weil Santa ihren Sohn ohne ihre Zustimmung in die Wildnis geschickt und mit Eisbären hatte ringen lassen.

Nick erschauderte unwillkürlich bei dieser Erinnerung und rieb sich über die linke Seite. Das entging auch seinem Vater nicht.

»Keine Eisbären, versprochen.«

»Ach ja? Was für eine Prüfung soll das denn sein?«

Santa beugte sich zu seinem Sohn hinunter und schaute ihn belustigt an. »Das, mein Junge, musst du selbst herausfinden. Wir sehen uns zur Wintersonnenwende wieder«, sagte sein Vater und ließ seinen Glockenstab erklingen.

Ehe Nick sich versah, standen er und Santa wieder auf der Hauptstraße. Caroline war immer noch in

Sichtweite. Nick fiel auf, dass Santa ihr sehr lange hinterherschaute, was ihn auf unerklärliche Weise noch mehr zur Weißglut trieb.

»Ich hoffe, du hältst dich an dein Versprechen und spielst mit fairen Mitteln, Dad.«

»Natürlich, mein Sohn. Was glaubst du denn, wer ich bin?«

»Ein Rabenvater.«

»Nein, ich bin der Weihnachtsmann. Ho ho hoooo!« Mit diesen Worten verschwand Santa und ließ Nick grübelnd und frustriert auf der Straße zurück.

Kapitel 8

Caroline

Kaum hatte Caroline Nick den Rücken zugekehrt, atmete sie erleichtert auf. Sie fühlte sich in die Ecke gedrängt, da er sie wesentlich besser durchschaute, als ihr lieb war. Damit, dass sie ihm angeblich keine Umstände machte, hatte er voll ins Schwarze getroffen, denn das war für gewöhnlich ihre größte Angst. Sie wollte für niemanden eine Bürde sein. Nie wieder. Aber durch ihre aussichtslose Lage war sie gezwungen, Nicks Angebot anzunehmen, und sie hatte keinen vernünftigeren Ausweg gesehen, wenn sie nicht im Freien übernachten wollte. Oder im Obdachlosenheim. Den Stromanschluss für ihren Laptop und die notwendige Internetverbindung für die Vorlesungen konnte sie sich zur Not auch im Café beschaffen, doch würden die eine Obdachlose überhaupt hereinlassen? Egal, wie sie es drehte und wendete, es nützte alles nichts. Immer wieder kam sie zu demselben Ergebnis: Nick war ihre einzige Hoffnung.

»Da bin ich wieder.« Nick tauchte neben ihr auf.

»Das ging ja schnell«, antwortete sie. »Hast du dich nicht gerade erst auf den Weg gemacht?«

»Jemand vom Café ist uns gefolgt, um mir mein Portemonnaie zu bringen. Ich musste also nicht den ganzen Weg zurück.«

»Was für ein Glück.«

»Was macht der Fuß?«

»Er tut weh.« Caroline lächelte gequält. Es half nichts, die Verletzung abzustreiten. Es war viel zu offensichtlich. »Mach dir keine Sorgen. Ist halb so schlimm. Das wird schon wieder.«

»Gib mir deine Tasche und lass uns nach Hause gehen. Dort kannst du dich schonen.« Ohne ihre Antwort abzuwarten, nahm er ihr die schwere Reisetasche ab und hängte sie sich über die Schulter.

»Danke, aber das ist nicht mein Zuhause.« *Ich habe nämlich keins mehr*, fügte Caroline in Gedanken hinzu.

»Natürlich ist es das.«

Die Selbstverständlichkeit, mit der er das sagte, und seine freundliche Art berührten sie unfassbar. Er machte ihr damit klar, dass eine Widerrede zwecklos war. Sie gab sich also geschlagen. »Na gut, wenn du das sagst ...«

Als sie vor Nicks Wohnung ankamen, konnte Caroline kaum noch einen Fuß vor den anderen setzen. Jeder Schritt war eine Qual geworden und trieb ihr die Tränen in die Augen.

»Ich kann mir das nicht länger mit ansehen und entschuldige mich schon mal vorab.«

»Wofür?«

Nick trat neben sie und ging in die Hocke. Dabei platzierte er die Arme unter ihren Beinen und dem Rücken, um sie hochzuheben.

Caroline schrie vor Schreck auf. »Nein, Nick, lass das!«, kreischte sie. »Ich bin viel zu schwer!«

»Keine Ahnung, wer dir so einen Blödsinn eingeredet hat, denn das ist nicht wahr.« Mühelos trug er sie die Treppe hinauf. Zu Carolines Verblüffung öffnete er außerdem geschickt die Tür und trug sie hinein. Erst, als sie die Wohnung erreicht hatten, machte er Anstalten, sie wieder runterzulassen. »Ist die Couch ausreichend oder soll ich dich lieber gleich ins Bett bringen?«

»So direkt hat mich das noch nie jemand gefragt.«

Verblüfft starrte Nick sie an, woraufhin sie erfolglos versuchte, ihr Lachen zu unterdrücken.

»Wie meinst du ... oh, verdammt!«, rief er schockiert und Caroline konnte ihr Gelächter nun nicht mehr zurückhalten. »Ich wollte doch nur ...«

»Schon gut«, unterbrach Caroline ihn. »Die Couch ist in Ordnung.«

Nick setzte sie auf dem Sofa ab und stellte ihre Taschen daneben. Dabei wich er beschämt ihrem Blick aus. Caroline fand es süß, wie unschuldig und ungeschickt er sich in manchen Situationen anstellte. War sie am Anfang noch misstrauisch gewesen, dass er irgendetwas im Schilde führen könnte, so war sie nun überzeugt davon, dass er ein guter Mensch war, der ihr wirklich nur helfen wollte. Dennoch durfte sie nicht zu leichtsinnig sein.

Nick nahm ihr den Mantel ab und brachte ihn zusammen mit seiner eigenen Jacke zur Garderobe. Als er zurückkam, fragte er: »Darf ich mir den Fuß mal anschauen?«

»Wenn du möchtest.«

Er ging vor ihr auf die Knie und zog ihr vorsichtig den Stiefel aus. Caroline zuckte schmerzerfüllt zusammen, als er ihren geschwollenen Knöchel berührte. Sofort ließ er von ihrem Fuß ab und schaute besorgt zu ihr auf. Sie nickte leicht, um ihm zu signalisieren, dass er fortfahren sollte. Zaghaft fuhren seine Finger über ihre Haut, um den Fuß zu stützen.

»Da hat sich anscheinend ein ganz schöner Bluterguss gebildet. Kannst du das Gelenk bewegen?«

»Ich denke schon.« Caroline drehte den Fuß vorsichtig ein paar Mal hin und her. Die Bewegung schmerzte zwar höllisch, doch es war möglich.

»Ich bin kein Arzt, aber ich glaube nicht, dass er gebrochen ist.«

»Davon bin ich auch nicht ausgegangen, sonst hätte ich wohl gar nicht mehr laufen können.«

»Stimmt. Soll ich dich sicherheitshalber trotzdem zum Arzt bringen?«

»Auf gar keinen Fall«, wehrte Caroline bestimmt ab. Auf Nicks fragenden Ausdruck hin erklärte sie: »Ich mag Ärzte nicht besonders und nehme daher nur notwendige Termine wahr.«

»Woran liegt das?«

Sie brach den Augenkontakt ab und starrte stattdessen auf den Wohnzimmertisch. »Es sind persönliche Gründe«, murmelte sie leise.

»Ich verstehe. Trotzdem sollten wir den Fuß irgendwie fixieren.« Nick stand auf und sah sich um. »Ich hab eine Idee. Bitte halt mich nicht für verrückt, ja? Ich hab nichts anderes da.«

»Ähm, okay?« Caroline verspürte eine Mischung aus Belustigung und Neugier. Sie zog sich den zweiten Stiefel aus und legte beide Beine hoch. Den verletzten Fuß bettete sie auf ein Kissen. »Danke für die Mühe.«

»Bedank dich nicht für Dinge, die selbstverständlich sind.«

»Für mich ist deine Hilfe aber nicht selbstverständlich.«

Nick warf ihr einen seltsamen Blick zu und ging dann in die Küche. Kurz darauf kam er mit Geschenkband zurück. »Wo ist sie bloß?« Er schaute sich suchend um. »Ich war mir sicher, dass ich sie in den Küchenschrank geräumt habe.«

»Was suchst du denn?«

»Eine rote Dose.«

Caroline betrachtete den Raum ebenfalls. »Die da?« Sie zeigte auf das Regal über dem uralten Röhrenfernseher. Ganz oben stand eine große, runde Dose.

»Wie kommt die denn da hin?« Nick schaute ratlos hinauf, legte das Geschenkband zur Seite und nahm sich einen Stuhl, um die Dose herunterholen zu können.

Gespannt betrachtete Caroline sie. »Was ist denn da drin?«

»Das wirst du gleich sehen.« Nick kletterte wieder herunter, kehrte zu Caroline zurück und stellte die Dose auf dem Wohnzimmertisch ab. Dann öffnete er den Deckel. Im Inneren kamen unzählige Zuckerstangen zum Vorschein und er zog ein Bündel davon heraus.

»Du willst meinen Fuß mit Zuckerstangen fixieren?« Caroline fing an zu lachen. Auf so eine Idee wären weder sie noch Richie gekommen. Im Gegensatz zu Nick hatte er sie allerdings stets sich selbst überlassen. Doch die beiden konnte man sowieso nicht miteinander vergleichen. Warum sie es trotzdem tat, verstand Caroline selbst nicht. Auf jeden Fall half Nick ihr durch seine amüsante und überraschende Art, sie von den Schmerzen abzulenken.

»Tja, in Zeiten der Not muss man eben erfinderisch sein. Kannst du deine Beine kurz anheben?«

»Äh, ja klar.« Kaum war sie der Bitte nachgekommen, setzte er sich neben sie auf die Couch. Sanft drückte er ihre Beine wieder runter, sodass ihre Füße auf seinem Schoß lagen. Mit geschickten Handgriffen positionierte er eine Zuckerstange nach der anderen und fädelte dabei das Geschenkband um sie herum. So gelang es ihm, dass die seltsame Konstruktion nicht gleich wieder von ihrem Fuß fiel. Sie saß sogar so fest, dass Caroline den Eindruck hatte, die Stangen könnten den Fuß tatsächlich stabilisieren.

»Das ist die verrückteste Wundversorgung, die ich je im Leben gesehen habe«, meinte sie und grinste. »Ich hätte wohl einfach eine kalte Kompresse draufgelegt.«

»Das können wir zur Sicherheit auch noch machen.« Er ging erneut in die Küche und kehrte mit einem Eisbeutel und einem Handtuch zurück.

»Sag mal, Nick ... warum hat man so viele Zuckerstangen im Haus?«

»Ich hab eine Schwäche für die Dinger.« Er grinste und entblößte dabei strahlendweiße, gesunde Zähne. Von Karies und sonstigen Schäden keine Spur. »Sie helfen mir beim Nachdenken.«

»Dann tust du das wohl nicht sehr oft, was?« Ihr fiel sofort auf, wie unverschämt das klang, deshalb fügte sie rasch hinzu: »Ich meine, bei jedem anderen Menschen würden bei so viel Süßkram irgendwann die Zähne herausbröckeln.«

Nick drehte eine Zuckerstange zwischen den Fingern und verzog beschämt das Gesicht. »Ich fürchte, zumindest was die Zähne betrifft, liegt das wohl in der Familie.«

»Pff, unfair«, murmelte Caroline. »Warum setzen all die Zuckerstangen bei dir nicht an? Ich muss so ein Ding nur anschauen und spüre schon das Hüftgold anschwellen.«

»Hm, gute Frage.« Nick schien ernsthaft darüber nachzudenken. »Das wiederum kann nicht an den Genen liegen.«

»Dann machst du wohl viel Sport, was?« Sie verzog das Gesicht. Sport war etwas, das Caroline absolut nicht ausstehen konnte. Mit Grauen dachte sie an die Unterrichtsstunden in der Highschool zurück. Sportliche Betätigungen und ihre Tollpatschigkeit waren wahrlich keine gute Kombination.

»Kann man so sagen.« Nick legte die Hand auf den Hinterkopf und druckste herum.

»Das heißt?«, hakte Caroline nach. Ihre Neugier war endgültig geweckt und sie würde nicht lockerlassen, bis sie ihm die Wahrheit aus der Nase gezogen hatte.

»Ich bin bis vor Kurzem noch viel Parcours gelaufen.«

Beeindruckt riss Caroline die Augen auf. Sie hatte eher an Krafttraining oder Baseball gedacht. »Davon habe ich schon gehört. Das ist diese Sportart, wo man über Hindernisse springt, nicht wahr?«

Nick nickte.

Caroline stellte sich unwillkürlich vor, wie sie über ein Geländer hüpfte und sah sich dabei mit dem Gesicht voran im Dreck landen. »Das ist wirklich beeindru-

ckend. Ich kann ja nicht mal richtig Treppen steigen.«
Nervös lachte sie auf.

»Mit viel Übung und ausreichend Körperkontrolle
kann es ganz unterhaltsam sein. Einmal habe ich allerdings einen Sprung vermasselt«, er verzog bei der Erinnerung daran gequält das Gesicht, »und bin mehrere
Meter in die Tiefe gestürzt.«

»Mehrere Meter?«, wiederholte Caroline schockiert.

»Ja, das war ziemlich schmerzhaft. Zum Glück lernt
man aus seinen Fehlern und kann es danach besser machen.«

»Ich komm gerade nicht ganz mit.« Caroline legte
beide Hände an ihre Schläfen. »Sprechen wir nicht von
dem normalen Parcours durch den Wald oder durch
Parks?«

»Du wirst mich für verrückt halten«, sagte Nick amüsiert, »aber ich habe mit Dach-Parcours begonnen. Das
ist eine alte Familientradition.«

»Ich wusste es.« Caroline seufzte und nahm die Beine
von Nicks Schoß, um sich bequemer hinzusetzen. Als
sie den verletzten Fuß auf dem Boden abstellte, machte
sie sich auf einen stechenden Schmerz gefasst, doch
seltsamerweise blieb dieser aus. »Mir war klar, dass du
hinter deiner perfekten Fassade einige Makel verstecken musst, aber dass du so irre bist, habe ich nicht erwartet.«

Nick stand auf und zog einen Schemel an die Couch
heran, damit Caroline den Fuß darauf betten konnte.
»Ich habe Parcours vorerst aufgegeben und möchte
mich lieber auf andere Dinge konzentrieren.«

»Auf was denn? Auf Mountainflying? Cave Diving?
Das würde zumindest erklären, warum es dich ausge-

rechnet in die Rocky Mountains verschlagen hat«, meinte Caroline mit ironischem Unterton.

Lachend ließ sich Nick auf die Couch fallen und lehnte sich zurück. »Du hast wirklich eine blühende Fantasie, was? Ich spreche von zwischenmenschlichen Beziehungen und meiner Arbeit als Softwareentwickler. Dafür brauche ich Ruhe und die habe ich in meiner Heimat nicht.«

Damit hatte Caroline nicht gerechnet. Ihr verging das Lachen sofort und sie wurde wehmütig. Sein Ziel erinnerte sie stark an ihres. Zumindest war das früher so gewesen. »Dann ist Snow Falls aber nicht der richtige Ort für dich«, sagte sie betrübt. »Ich habe dir doch gesagt, dass sich viele von einem Trugbild hierherziehen lassen und am Ende enttäuscht werden.«

»Bisher bin ich mit dem Fortschritt meines Aufenthalts eigentlich sehr zufrieden«, erwiderte Nick. Nach einer kurzen Pause sagte er: »Hast du Lust, einen Film zu schauen? Du darfst auch gerne einen aussuchen.«

Froh über die Ablenkung stimmte Caroline ihm sofort zu. »Ich kenne da ein paar gute Weihnachtsfilme auf Netflix. Lass uns bei der Gelegenheit aber direkt das Passwort von Richies Account ändern, in Ordnung?«

Nick grinste schelmisch und zog seinen Laptop unter dem Wohnzimmertisch hervor.

»Ich bin dabei. An welchen Film hast du denn gedacht?«

»Wie wäre es mit *The Christmas Chronicles*? Santa ist zwar ein bisschen schräg, aber im Grunde sind die beiden Filme ganz süß.«

»Ach, mit schrägen Weihnachtsmännern kenne ich
mich aus«, antwortete Nick und ein seltsamer Ausdruck, den Caroline nicht so recht deuten konnte,
huschte über sein Gesicht.

KAPITEL 9

NICK

Caroline stand vom Küchentisch auf und hüpfte auf der Stelle, als würde sie Seilspringen. »Ich fühle mich beweglicher als je zuvor«, stellte sie erfreut fest. »Schon am Wochenende ging es meinem Fuß deutlich besser, und nun ist von der Verletzung überhaupt nichts mehr zu spüren.«

»Übertreib es aber lieber nicht«, murmelte Nick, der gedanklich noch in einem wirren Umfeld aus Datenbank-Codierungen steckte.

»Du solltest ein Patent auf alternative Heilmethoden mit Zuckerstangen anmelden.«

Nick sah von seinem Laptop auf und zog eine Augenbraue hoch. »Du meinst, dass die Zuckerstangen für deine schnelle Heilung verantwortlich sind?« Er nahm eine Stange aus der Dose, die auf dem Esstisch stand, und drehte sie zwischen den Fingern hin und her. Sie bestanden ausschließlich aus Zucker. *Was sonst sollte Cookie, die Elfe, die am Nordpol für die Süßigkeiten-Produktion verantwortlich war, dort auch hinein packen?* »Nein, das ist unmöglich.«

Caroline zuckte mit den Schultern. »Immerhin scheinen sie wirksamer zu sein als Globuli.«

»Oder der Placeboeffekt hat bei dir voll ins Schwarze getroffen.«

Beleidigt verzog sie den Mund. »Du glaubst doch nicht ernsthaft, dass ich dir die Sache mit der Wirksamkeit von Zuckerstangen abgenommen habe, oder?«

Schmunzelnd lehnte sich Nick zurück und betrachtete Caroline. »Ich habe nie behauptet, dass sie irgendwas bewirken. Ich wollte nur deinen Fuß damit stabilisieren.« Carolines Heilungsprozess kam ihm aber trotzdem seltsam vor. Er hatte noch nie gesehen, dass eine solche Verletzung so schnell verheilt war. Selbst der Bluterguss war bereits restlos verschwunden. »Außerdem möchte ich nicht für einen weltweiten Zuckerstangenmangel verantwortlich sein, wenn sich plötzlich alle auf das revolutionäre neue Medikament stürzen.«

»Du willst nur mehr für dich haben.«

»Hm, erwischt. Aber ich kann mir nicht vorstellen, dass die Zahnärzte allzu begeistert sind, wenn sich die Kariesfälle dadurch häufen.«

»Die verdienen daran doch Unmengen von Geld. Warum sollte die das stören? Außerdem sollen die Leute sie ja nicht essen, sondern zur Wundversorgung benutzen.«

»Was für eine Verschwendung.« Betrübt steckte Nick sich das Ende der Zuckerstange in den Mund. Sofort verteilte sich der süße Geschmack auf seiner Zunge und er fühlte sich seltsam entspannt und zufrieden. Auf einmal kam ihm die Idee, dass man bestimmt auch Zuckerstangen aus Kaffee herstellen könnte. So hätte man die Möglichkeit, genüsslich auf seiner Energiezufuhr herum zu kauen, anstatt sie in wenigen Zügen runterzukippen. Diesen Vorschlag musste er Cookie unbedingt machen, sobald er wieder am Nordpol war.

Caroline klappte den Laptop zu und legte ihn zurück in ihre Tasche. Obwohl sie nun schon seit drei Tagen hier wohnte, räumte sie ihre Sachen stets beiseite, so als wäre sie jederzeit bereit zum Aufbruch.

»Wann musst du denn zur Arbeit?«

»In einer halben Stunde«, antwortete sie und stellte ihre leere Teetasse in die Spüle. Als sie gerade nach seiner Tasse greifen wollte, hielt sie kurz inne. »Was machst du da überhaupt?« Sie betrachtete interessiert die vielen Codierungen auf Nicks Bildschirm, doch der Ausdruck auf ihrem Gesicht sprach Bände: Sie verstand nicht das Geringste davon, was sie sah.

»Ich entwickle eine Software zur Datenverarbeitung«, erklärte er. »Mein Auftraggeber hat seine Daten bis vor Kurzem in einer Exceldatei verwaltet und jedes Jahr ausgedruckt.« Nick verzog beschämt das Gesicht. Allein der Gedanke daran verursachte ihm seelische Schmerzen.

Caroline starrte ihn mit offenem Mund an. »Wie jetzt?«

»Die Exceldatei ist im Vergleich zu den Vorgängerversionen schon sehr fortschrittlich. Diese gibt es nämlich erst seit Ende der neunziger Jahre, als ich meinen ersten Computer bekommen und aus Langeweile das große Buch, in dem all die Daten standen, abgetippt habe.«

»Das große Buch?«, wiederholte Caroline. »Wovon sprichst du?«

»Das kann ich dir leider nicht sagen«, antwortete Nick und kratzte sich unsicher am Hinterkopf. Er hatte eigentlich schon viel zu viel verraten. »Mittlerweile wurde alles in eine Datenbank übertragen. Der nächste

Schritt ist eine App, sodass die Datensätze bequem vom Smartphone aus immer und überall abgerufen werden können.«

Caroline starrte ihn an, als wolle sie die Antworten auf ihre Fragen direkt aus seiner Seele herauslesen. »Darf ich fragen, wer dein Auftraggeber ist?«

»Ein ... ähem ... Spielzeughersteller.«

»Und die drucken ihre Exceldateien noch aus?«

Nick zuckte mit den Schultern. »Tja, nicht jedes Unternehmen ist so modern eingestellt, wie man es gewohnt ist.«

Caroline murmelte etwas, das schwer nach *Umweltsünder* klang. Nach einer kurzen Pause fuhr sie fort. »Das heißt, wenn du schon als Kind dort gearbeitet hast, gehört das Unternehmen deiner Familie?«

»Ja, mehr oder weniger.«

»Ist Kinderarbeit nicht verboten?«

»Ich wurde nicht dafür bezahlt. Mir war einfach nur langweilig und ich konnte das Desaster nicht mehr länger mit ansehen.«

»Das klingt nach sehr viel Arbeit. Warum lebst du dann hier in Snow Falls?«

»Ich brauchte einen Tapetenwechsel und eine eigene Bleibe. Homeoffice ist doch seit ein paar Jahren total angesagt, nicht wahr?«

»Dann wirst du dafür nicht gut bezahlt? Du hast erwähnt, dass du hier sehr günstig wohnst.«

Nick lachte auf. »Vergiss es. Ich mache das immer noch ehrenamtlich.«

»Ehrenamtlich?« Wie in Zeitlupe klappte ihr die Kinnlade herunter und sie brauchte einen Augenblick, um sich wieder zu sammeln. »Entschuldige bitte die unverschämte Frage ... Kann es sein, dass du ein bisschen *zu* nett bist?«

»Ich würde es eher dumm nennen.«

»Das habe ich nicht behauptet.«

Nick grinste. »Ich weiß.«

»Wovon lebst du dann?«, fragte sie bestürzt.

Statt darauf zu antworten, warf er einen Blick auf die Uhr. »Ich möchte das Gespräch ja ungern unterbrechen, aber musst du nicht zur Arbeit?«

Caroline schaute ebenfalls auf die Uhr und riss entsetzt die Augen auf. »Oh Mist!« Sie stürmte aus der Küche. »Bis später, Nick!«

Nachdenklich schaute er ihr hinterher, als sie sich in Windeseile anzog und die Wohnung verließ. Froh, ihr keine weiteren versehentlichen Hinweise auf sein altes Leben mehr geben zu können, lehnte Nick sich zurück und kaute weiter auf seiner Zuckerstange herum. »Du bist ganz schön neugierig, junge Dame. Dabei hüllst du dich selbst immer gern in Schweigen.«

Nick betrat die Rentier-Werkstatt und stieß auf ein heilloses Chaos. Von der weihnachtlichen Atmosphäre, die Caroline mehrfach erwähnt hatte, war anscheinend nicht mehr viel übrig. Fast bereute Nick es, zuvor nicht hier gewesen zu sein. Obwohl der Laden noch geschmückt war, herrschte eine merkwürdige, düstere Stimmung. Eine aufgedonnerte Blondine scheuchte einen gehetzt aussehenden Mann mit schulterlangem, braunem Haar herum, auf dessen Nase schief eine Brille saß.

»Das Monstrum da kommt auf den Müll!«, befahl sie und zeigte auf eine Elchskulptur aus Holz.

»Sind Sie sicher? Den hat Mr. Wood selbst geschnitzt.«

»Machen Sie, was ich sage, oder Sie fliegen genauso raus wie diese hässliche Vogelscheuche!«

Nick, der bisher nicht bemerkt worden war, trat vor und setzte ein freundliches Lächeln auf. »Guten Tag.«

Die Blondine drehte sich überrascht um und nachdem sie ihn von oben bis unten gemustert hatte, wurde ihr Blick seltsam glasig. »Oh, jetzt ist es definitiv ein wunderschöner Tag«, schnurrte sie. Leichtfüßig tänzelte sie auf ihn zu und strahlte ihn an, als sei er Santa Claus persönlich und sie ein kleines Mädchen, das auf seinem Schoß platznehmen durfte. Nur tat sie dies auf eine sehr unangenehme Art und Weise, so als wolle sie ihm ihre düstersten Wünsche mitteilen. Dabei klimperte sie mit ihren falschen Wimpern und spitzte die Lippen. Das Ganze war irgendwie ganz schön gruselig.

Nick erschauderte. »Wie schön für Sie.«

»Ich glaube, wir wurden uns noch nicht vorgestellt. Ich bin Kitty-Kay. Marketing-Expertin und Influencerin.«

»Gesundheit.«

»*Was?*«

»Mit Influenza ist nicht zu spaßen. Haben Sie sich nicht impfen lassen?«

Kitty-Kay starrte ihn mit offenem Mund an. »Ich ... äh ... na ja, wie auch immer. Ich bin für die Neugestaltung dieser Bruchbude zuständig und eigentlich haben wir momentan geschlossen. Wie kann ich Ihnen helfen?«

»Lassen Sie mal«, sagte Nick unbeeindruckt. »Ich fürchte, Sie können mir nicht geben, was ich suche.«

»Oho.« Die Blondine schob sich näher an ihn heran, streckte den Zeigefinger aus und fuhr damit zu Nicks stillem Entsetzen über seine Brust. »Das bezweifle ich, Süßer. Meine Talente sind sehr vielseitig.«

»Daran habe ich keine Zweifel. Trotzdem würde ich den netten Herrn dahinten bevorzugen.« Nick nickte diesem zu.

Enttäuscht ließ Kitty-Kay die Hand sinken und zog einen Schmollmund. »Ach so. Ich wusste nicht, dass Sie vom anderen Ufer sind.«

»Vom anderen Ufer?« Nick blinzelte irritiert, bis ihm der andere Mann zu Hilfe eilte.

»Schon gut, wir kennen uns. Er ist ein Stammkunde.«

»Aha.« Enttäuscht ließ sie ihre zuckersüße Fassade fallen und schnaubte leise. »Dann machen Sie schnell, wir sind mitten im Umbau!« Sie warf dem Mitarbeiter einen vernichtenden Blick zu und drehte sich gebieterisch um. Dabei warf sie ihre lange Mähne über die Schulter und stiefelte in gekünstelter Laufstegmanier davon.

Erleichtert atmete Nick auf und trat einen Schritt vor. »Sie müssen Hank sein.«

Der Angesprochene nickte. »Was benötigen Sie?«

»Caroline hat erwähnt, dass sie letzte Woche ihre Jacke und ihren Schal hier liegen gelassen hat, und ich wollte die Sachen abholen.«

»Caroline?« Misstrauisch beäugte Hank Nick. »Was haben Sie denn mit ihr zu schaffen? Ich kenne Sie überhaupt nicht.«

»Oh, Entschuldigung. Ich bin Nick, Carolines Mitbewohner.«

»Mitbewohner?« Hank verschränkte die Arme vor der Brust und sah Nick nun von oben herab an. Er war ein gutes Stück größer und fast doppelt so breit. Seine

Stimme wurde tief und bedrohlich, als er sagte: »Sie lügen! Caroline lebt mit Richard zusammen. Sie hat keinen Mitbewohner namens Nick.«

Nick hob abwehrend die Hände. »Die beiden sind nicht mehr zusammen.«

»Ach was«, stieß Hank aus. »Hat sie endlich einen Schlussstrich gezogen?«

Es überraschte ihn, dass Hank ihm sofort glaubte. »Kann man so sagen, ja.«

»Na endlich!« Hank warf erfreut die Arme in die Höhe und der bedrohliche Ausdruck auf seinem Gesicht wich purer Erleichterung. »Dieser schleimige Mistkerl hat ihr nicht gutgetan. Hat ihr mehr geschadet, als dass er für sie da war.«

»Den Eindruck habe ich auch«, murmelte Nick nachdenklich. Richie war ihm vom ersten Augenblick an unsympathisch gewesen – von seinem Aufzug und der abstrusen Situation, in der sie ihn erwischt hatten, mal ganz abgesehen. Man hatte ihm an der Nasenspitze ablesen können, dass er ein Idiot war, und nicht gut genug für Caroline. Aber wer war das schon? Wenn Nick so recht darüber nachdachte, fiel ihm niemand ein, der seinen Ansprüchen genügen würde.

Moment mal ... seinen Ansprüchen?

»Sind Sie der Grund für die Trennung?«

Nick lachte auf und schüttelte energisch den Kopf. »Ganz bestimmt nicht.«

»Hm, verstehe.« Hank wirkte enttäuscht. »Ich hole Carolines Sachen. Sie sind noch hinten im Büro. Hoffen wir mal, dass die Raubkatze sich nicht dort verschanzt hat.« Er verdrehte die Augen und lief los.

Nick schaute sich noch ein wenig im Laden um und ging in Richtung der Dekorationsabteilung. Irgendetwas zog ihn dorthin und er ließ den Blick neugierig über das Sortiment schweifen. Als er bei den Schneekugeln ankam, ging er vor dem Regal in die Hocke und nahm sie genauer in Augenschein. In der hintersten Ecke, versteckt hinter einer handtellergroßen Kugel, blitzte etwas auf. Nick streckte die Hand aus und zog das Objekt vorsichtig hervor. Es handelte sich um eine winzige Schneekugel von schätzungsweise fünf Zentimeter Durchmesser, in der ein Mistelzweig inmitten eines glitzernden Schneegestöbers schwebte. Sie war auf einem dunkelblauen Sockel befestigt. Die Kugel hatte etwas seltsam Faszinierendes an sich und Nick gelang es nicht, seine Aufmerksamkeit davon abzuwenden. Sie erinnerte ihn unweigerlich an Caroline ... so zart und zerbrechlich, verloren inmitten eines Schneesturms.

Er schloss die Hand um die Schneekugel. Sie fühlte sich seltsam warm an und plötzlich wusste er, was er tun musste: Er würde dafür sorgen, dass Caroline nie wieder allein war. Er wollte, dass sie endlich das Glück erlebte, dass ihr zustand. Die Liebe, die sie verdiente, und dass sie einen Ort fand, den sie ihr *Zuhause* nennen konnte.

»Alles in Ordnung?«

Erschrocken fuhr Nick herum und erblickte Hank, der einen schwarzen Wollmantel und einen roten Strickschal über dem Arm trug. »Äh, ja. Was kostet die?« Er hielt die Schneekugel in die Höhe und stand auf.

Hank kam auf ihn zu, reichte ihm den Mantel und beugte sich vor, um die Kugel genauer zu betrachten. Nachdenklich runzelte er die Stirn. »Die habe ich hier noch nie gesehen, dabei arbeite ich schon einige Jahre in der Rentier-Werkstatt. Wo haben Sie die her?«

Nick deutete auf das Regal mit den Schneekugeln.

»Hm, das macht Sinn.« Hank durchsuchte die Auslage und schob ein paar andere Kugeln hin und her. »Scheint die Einzige zu sein. Auf der Unterseite ist kein Preis-Aufkleber?«

»Nein.« Nick zeigte Hank das winzige Podest, auf dem die Kugel befestigt war. Da er sich nicht länger in der Rentier-Werkstatt aufhalten wollte, zog er kurzerhand einen Schein aus der Hosentasche und gab ihn Hank. »Ich hoffe, das reicht.«

Hank machte große Augen. »Fünfzig Dollar? Ich glaube nicht, dass die so teuer ist. Die Größeren kosten gerade mal um die fünfundzwanzig Dollar.«

»Egal, behalten Sie den Rest. Danke für den Mantel und den Schal.«

»Keine Ursache. Grüßen Sie Caroline bitte von mir. Ich versuche, hier die Stellung zu halten und den Laden nicht vollständig vor die Hunde gehen zu lassen, aber dafür bräuchte ich wohl ein Weihnachtswunder.« Niedergeschlagen ließ er die Schultern sinken. Hank glaubte wohl selbst nicht daran, dass ihm sein Unterfangen gelingen würde.

»Das wünsche ich Ihnen auch, Hank. Man sieht sich.« Nick drehte sich um und ging zum Ausgang. Die kleine Schneekugel ließ er in die Jackentasche gleiten, als er die Rentier-Werkstatt verließ.

Dieser Besuch hatte ihn nachdenklich gemacht. Bisher hatte Nick den Eindruck gehabt, dass die Bewohner von Snow Falls ein zufriedenes Leben führten. Doch der Schein trog offenbar, denn ein jeder von ihnen hatte sein Päckchen zu tragen.

»Die Menschen sind schon faszinierend«, murmelte er und blickte zum Himmel hinauf. Große, weiße Flocken rieselten auf die Erde hinab und entlockten Nick ein Lächeln. Ja, es war vollkommen richtig, hier zu sein, und der Gedanke daran, dass es jemanden gab, dem er eine Stütze sein konnte, erfüllte ihn mit Freude. Sein Herz begann wie wild zu klopfen – was für ein seltsames Gefühl.

Kapitel 10

Caroline

Seit Carolines erstem Arbeitstag in der Rentier-Werkstatt hatte sie stets geglaubt, ihren Traumjob gefunden zu haben. Schließlich hatte sie es nicht besser gewusst. Woher auch? Sie hatte ja noch nie in einer Buchhandlung gearbeitet. Umso überwältigender war nun der erste Tag an ihrem neuen liebsten Arbeitsplatz. Diese Vielfalt an Büchern, der Geruch, die heimelige Atmosphäre ... so als wäre man in einem großen, gemütlichen Wohnzimmer voller Türen, die in andere Welten führten. Einfach unglaublich.

»Meine Güte, Caroline«, rief Miss Plum und klatschte begeistert in die Hände. »Das sieht ja wunderbar aus! Wo hast du das bloß gelernt?«

Caroline war gerade dabei, eine weihnachtliche Girlande im Schaufenster aufzuhängen. Sie strahlte die ältere Dame an. »Ich habe schon immer gern gebastelt und gezeichnet. Deswegen studiere ich Grafikdesign, um mein Hobby irgendwann zum Beruf machen zu können.« Auf eine gewisse Art und Weise erinnerte Miss Plum Caroline an Mr. Wood. Auch er war solch ein positiver, gutherziger Mensch gewesen, der sich für ein Lob nicht zu schade war. Nicht, dass Caroline darauf angewiesen war. Dennoch tat es gut, nicht ständig nur kritisiert zu werden.

»Hast du vielleicht Lust, auch die Gestaltung der Gutscheine zu übernehmen? Oh, und ein neues Eingangsschild wäre auch schön.«

»Sehr gern, Miss Plum.« Glücklich über ihre Aufgaben hängte Caroline das Ende der Girlande an den letzten Nagel.

»Du musst nicht so förmlich sein. Nenn mich einfach Molly.«

Erfreut nickte Caroline, stieg aus dem Schaufenster und betrachtete ihr Werk. »Hm, irgendwie fehlt noch das gewisse Etwas ...«

Molly trat neben sie und legte den Kopf schief. »Meinst du?«

»Ich denke, ein Mistelzweig würde die Dekoration abrunden. Wenn ich ihn mit Goldfarbe einsprühe und in der Mitte des Schaufensters aufhänge, wird der Buchladen seinem Namen voll und ganz gerecht.«

»Auf diese Idee bin ich noch gar nicht gekommen«, sagte Molly nachdenklich und strich ihre beigefarbene Bluse glatt. »Wir haben nirgendwo einen Mistelzweig, obwohl ich die Buchhandlung *Zum goldenen Mistelzweig* genannt habe.« Sie lachte laut los. »Was bin ich bloß für ein Dummerchen.«

»Wie lange führen Sie ... ich meine, führst du diesen Laden schon?«

»Seit etwa zwei Wochen. Eine Bekannte hat ihn mir überlassen, weil sie in den Ruhestand gehen wollte. Deswegen geht es hier auch noch drunter und drüber.« Molly kicherte. »Na ja, jetzt bist du ja da. Gemeinsam werden wir den Zweig schon schaukeln, nicht wahr?«

Die Tür wurde geöffnet und ein älterer Herr trat ein.

»Einen wunderschönen guten Tag«, flötete Molly. »Ich bin gleich bei Ihnen.« An Caroline gewandt sagte sie: »Besorgst du uns einen Mistelzweig im Blumenladen?«

»Klar, das mache ich gern.«

Molly zog einen Geldschein aus der Rocktasche und reichte ihn Caroline. »Das sollte reichen.«

Während ihre Chefin begann, den Kunden zu beraten, stürmte Caroline voller Enthusiasmus aus dem Geschäft. Der Blumenladen war nicht weit von der Buchhandlung entfernt. Sie musste lediglich der Hauptstraße folgen und war in wenigen Minuten da.

»Oh, Sie sind es.« Die Blumenverkäuferin kam auf Caroline zugeeilt. »Sind Sie gut nach Hause gekommen?«

Nach allem, was an diesem Tag vorgefallen war, empfand Caroline die Frage als sehr amüsant. *Ja, dank Nick habe ich den Heimweg unfallfrei überstanden und kurz darauf bin ich direkt bei ihm eingezogen.* Das hätte sie am liebsten gesagt. Stattdessen gab sie sich mit einem kurzen »Ja, das bin ich.« zufrieden.

»Wunderbar. Bei der charmanten Begleitung ist das ja auch kein Wunder.« Die Verkäuferin zwinkerte Caroline vielsagend zu.

»Das stimmt, charmant ist er«, gab sie zu und musste unwillkürlich lächeln. »Außerdem ein bisschen verpeilt und unbeholfen, doch das ist in Ordnung. Jeder hat so seine Macken, nicht wahr?«

Daraufhin lachte die Verkäuferin. »Stimmt. Was kann ich denn heute für Sie tun?«

»Ich brauche einen Mistelzweig und ein paar Tipps, wie ich ihn haltbar machen kann. Wir brauchen ihn als

Dekoration in der Buchhandlung und ich möchte ihn mit Goldfarbe einsprühen«, erklärte Caroline und folgte der Blumenverkäuferin, die ihr sofort einen Wink gab, ihr zu folgen.

»Da habe ich genau das Richtige für Sie.«

Zwanzig Minuten und eine Menge Informationen später verließ Caroline den Blumenladen und trug den verpackten Mistelzweig vorsichtig vor sich her. Nun brauchte sie nur noch Haarspray und goldene Farbe.

»Caroline?«

Als sie ihren Namen hörte, blieb sie stehen und drehte sich fragend um. Zu ihrer großen Erleichterung war es Nick, der auf sie zugelaufen kam.

»Was machst du denn hier draußen?«

»Ich war gerade im Blumenladen«, erklärte sie aufgeregt. »Dort habe ich einen Mistelzweig für unser Schaufenster gekauft.«

Er schaute sie irritiert an. »Wieso trägst du schon wieder keine Jacke? Du legst es wirklich darauf an, was?«

Erst jetzt bemerkte Caroline, dass sie in der Tat nicht daran gedacht hatte, sich etwas überzuziehen. Sie war so auf ihr Vorhaben fixiert gewesen, dass sie es schlichtweg vergessen hatte und nur mit einem lockersitzenden Strickkleid, Strumpfhose und Stiefeln bekleidet draußen war. »Oh Mist.«

»Bist du kälteresistent? Wie kann man das nicht merken?«

»Ich war komplett in Gedanken und habe mich total auf meine Aufgabe konzentriert«, antwortete Caroline beschämt.

Seufzend trat Nick hinter sie und hielt ihr einen Mantel hin, sodass sie hineinschlüpfen konnte. »Du musst besser auf dich aufpassen, Caroline. Es nützt keinem etwas, wenn du erfrierst.«

»Du hast ja recht«, gab sie missmutig zu. Der Mantelstoff kam ihr seltsam vertraut vor und sie sah überrascht an sich hinab. »Ist das etwa ...?«

»Dein Mantel? Ja, den hab ich gerade aus der Rentier-Werkstatt abgeholt. Genau so wie den hier« Behutsam legte er ihr den Schal um.

Sprachlos starrte Caroline Nick an, der um sie herumlief und dabei zufrieden grinste. »Das hättest du doch nicht tun müssen.«

»Du hast eine seltsame Art, dich zu bedanken.«

»Nein, so meinte ich das nicht! Ich ...«

»Ist schon gut«, unterbrach Nick sie und gemeinsam setzten sie ihren Weg fort. »Ich wollte dich nur ärgern. Ich soll dich von Hank grüßen. Er versucht, den Laden am Laufen zu halten, aber ich fürchte, da ist nicht mehr viel zu retten. Gegen die mit der Grippe kommt er nicht an.«

»Die mit der Grippe?«

»Na die, die rumerzählt, sie habe die Influenza.«

Nun war es an Caroline, in Gelächter auszubrechen. »Nick, sie ist eine Influencerin. Das heißt, sie macht Werbung in den sozialen Medien und bekommt dafür Geld.«

»Wer gibt der denn freiwillig Geld?«, fragte Nick trocken. »Der würde ich nicht mal die Werbung für die Hämorriden-Salbe meines Vaters anvertrauen.«

Caroline zuckte mit den Schultern und blieb stehen, als sie die Buchhandlung erreichten. »Ich muss jetzt wieder reingehen.«

»Wann hast du Feierabend?«

»Um halb sieben.«

»In Ordnung.« Nick hielt ihr die Tür auf. »Dann sehen wir uns später.«

Caroline trat ein und drehte sich noch einmal zu ihm um. »Danke, Nick ... für alles.«

Er lächelte. »Keine Ursache.« Dann wandte er sich ab, schulterte seine Laptoptasche und machte sich auf den Weg zum Café, das sich auf der gegenüberliegenden Straßenseite befand.

Caroline sah ihm noch eine Weile hinterher.

»Ist das dein Freund?«

Vor Schreck ließ sie beinahe den Mistelzweig fallen.

»Erwischt. Also ist er es.«

»Nein, nein!« Caroline wedelte aufgeregt mit der freien Hand und schüttelte energisch den Kopf. »Wir wohnen vorübergehend zusammen. Er ist nur ... irgendjemand.«

»Ein ziemlich attraktiver Irgendjemand«, meinte Molly belustigt und stieß Caroline leicht mit dem Ellenbogen in die Seite. »Den solltest du dir besser warmhalten. Oder er dich. Das ist wohl Ansichtssache, ha ha!«

»Was habt ihr heute bloß alle?«, grummelte Caroline verlegen und brachte den Mistelzweig in den Büroraum hinter dem Verkaufstresen.

Als Caroline die Wohnungstür öffnete, schlug ihr ein köstlicher Duft entgegen. Sie legte ihre Sachen an der Garderobe ab und folgte dem Geruch in die Küche, wo

Nick am Tisch saß und auf einer Zuckerstange herumkauend an seinem Laptop arbeitete. Im Ofen brodelte eine herrlich aussehende Lasagne vor sich hin. Kaum hatte Caroline den Raum betreten, hob er auch schon den Kopf und sah sie an.

»Willkommen daheim«, sagte er und klappte das Gerät zu.

»Du hast gekocht?« Caroline schaute verblüfft zwischen dem Ofen und Nick hin und her. Er wiederum stand auf und begann, den Tisch zu decken.

»Warum nicht? Du arbeitest länger als ich. Wieso sollte ich von dir verlangen, dich nach einem langen Arbeitstag noch an den Herd zu stellen?«

Vor Verblüffung klappte Caroline die Kinnlade herunter.

»Alles in Ordnung? Hab ich etwas Falsches gesagt?«

»Nein, ganz und gar nicht.« Sie holte Besteck aus dem Schrank und legte es zu dem Geschirr. »Ich bin nur überrascht und erleichtert. Bei Rich...« Sie hielt inne und schluckte. »Ich meine, in meinem früheren Leben, war ich immer diejenige, die den Haushalt schmeißen musste. Ich habe gekocht, mich um die Einkäufe und die Wäsche gekümmert und habe aufgeräumt und geputzt. Es verging kein Tag, an dem ich ihm nicht alles hinterhergeräumt habe.«

»Hat dich das glücklich gemacht?«

»Nein.«

»Na siehst du. Wir wohnen beide hier, also werden wir auch gemeinsam dafür sorgen, dass wir weder verdrecken noch verhungern. So ist es doch nur fair, nicht wahr?«

»Bist du dir sicher, dass du mich spontan dazu eingeladen hast, bei dir einzuziehen?« Caroline zog den Stuhl zurück und setzte sich.

»Wieso fragst du das?«

»Das Ganze kommt mir irgendwie so gut durchdacht vor. So … perfekt? Außerdem hast du eine gruselige Wirkung auf Frauen und das macht mir irgendwie Angst.« Sie musterte ihn misstrauisch und hatte Mühe, ihre Ernsthaftigkeit beizubehalten. »Sicher, dass du nicht irgendein dunkles Geheimnis hast? Da ist doch bestimmt Magie im Spiel.«

Nick verschluckte sich an seinem Wasser und hustete panisch los. Sofort war Caroline zur Stelle und klopfte ihm auf den Rücken, bis er sich wieder beruhigt hatte.

»Geht's wieder?«

Er nickte und hustete noch einmal. »Magie? Wie kommst du denn auf die verrückte Idee?«

Der seltsame Ausdruck auf seinem Gesicht machte Caroline stutzig. Dabei hatte sie nur einen Witz machen wollen. »Du scheinst alle mit deiner bloßen Anwesenheit zu verzaubern. Die Frauen stehen augenblicklich auf dich.« Sie grinste ihn vielsagend an, auch wenn es in ihrem Kopf immer noch ratterte. *Er verbarg irgendetwas. Das war sicher. Aber was?*

»Die anderen interessieren mich nicht«, erwiderte er und stand auf. Vorsichtig öffnete er den Ofen einen spaltbreit und spähte hinein. »Das Essen ist fertig. Ich hoffe, du hast Hunger. Ich glaube, ich habe mich mit der Menge ein bisschen vertan.« Er nahm sich zwei Ofenhandschuhe und holte die riesige Auflaufform heraus. Als er sie auf dem Tisch abstellte, schnappte Caroline nach Luft.

»Für wie viele Leute soll das denn sein? Zehn?«

Unschuldig grinste er sie an. »Dann haben wir wenigstens auch in den nächsten Tagen noch was zu essen.«

Kapitel 11

Nick

Im Laufe der Woche spielte sich eine gewisse Routine zwischen Nick und Caroline ein. Vormittags nahm sie an Vorlesungen teil, nachmittags arbeitete sie in der Buchhandlung. Es war schön, mit anzusehen, mit welcher Freude sie zur Arbeit ging, und Nick wurde das Gefühl nicht los, dass er es vermissen würde, wenn sie irgendwann nicht mehr da wäre. Leider wurde Caroline es nicht müde, zu erwähnen, dass sie sich eine eigene Bleibe suchen wollte, und genau das gefiel Nick nicht. Er gewöhnte sich bereits daran, Caroline um sich zu haben und abends gemeinsam mit ihr Weihnachtsfilme zu schauen und sich dabei über die seltsam verdrehten Darstellungen seines Vaters lustig zu machen. Jeden Tag entdeckte er neue Seiten an ihr. Zum Beispiel hatte er keine Ahnung von ihrem zeichnerischen Talent gehabt. Es war faszinierend, ihr dabei zuzusehen, wie sie ein leeres Blatt Papier in kurzer Zeit in ein Kunstwerk verwandeln konnte. Außerdem mochte er Carolines unkomplizierte Art. Ihm war bewusst, dass seine eigene Verschwiegenheit über seine Familienverhältnisse und seine Herkunft sie misstrauisch machten und sie daher jede Gelegenheit beim Schopfe packte, um etwas aus ihm heraus zu kitzeln. Die Menschen waren nun mal von Natur aus neugierig. Ansonsten wären die Lebensstandards und Technologien niemals auf dem heutigen Stand der Dinge und die Bevölkerung würde immer noch wie Höhlenmenschen leben. Das hieß natürlich nicht, dass es nicht auch Leute gab, die auf genau diesem Entwicklungsstand hängen geblieben waren. Richie war so ein Beispiel, denn Nick hielt ihn für sehr primitiv und dumm. Caroline redete zwar kaum über ihn, aber so manch unbewusste Andeutung machte Nick klar, in was für einer ungesunden Beziehung sich die beiden die ganzen Jahre über befunden hatten. Der einzige Vorteil, den Nick darin sah, war der, dass er ein Vorbild hatte, das ihm zeigte, wie man es *nicht* machte. Allzu sehr verstellen musste Nick sich glücklicherweise nicht, denn das Putzen, Aufräumen und Kochen hatte er sich schnell selbst angeeignet, nachdem er in Snow Falls angekommen war. Nur die zwischenmenschlichen Interaktionen machten ihm ab und an noch zu schaffen, wenn Caroline ihm mal wieder deutlich zeigte, dass er etwas Dummes gesagt hatte.

Caroline war allerdings nicht die Einzige, die ihm ständig im Kopf herumschwirrte. Da war auch noch die Prüfung seines Vaters. Bis zur Wintersonnenwende blieben Nick nicht einmal mehr zwei Wochen und er hatte keinen blassen Schimmer, worin seine Aufgabe bestand. Bisher hatte er keinerlei Anhaltspunkte finden können. Auch Matty hatte sich nicht mehr blicken lassen. Nick blieb also nichts anderes übrig, als aufmerksam zu sein und auf Hinweise zu achten.

Snow Falls hatte jedenfalls mit seinen ganz eigenen Problemen zu kämpfen. Seit Tagen schneite es ununterbrochen und der Räumdienst kam kaum noch hinterher, sodass die Straßen teilweise von den Anwohnern freigeschaufelt werden mussten, damit überhaupt noch jemand durchkam.

An diesem Abend stand Nick geduldig vor der Buchhandlung und wartete darauf, dass Caroline Feierabend hatte. Im Schaufenster hing der goldene Mistelzweig, den sie ein paar Tage zuvor dort aufgehängt hatte. Zusätzlich waren sowohl der Zweig als auch die geschwungene Aufschrift *Zum goldenen Mistelzweig* sorgsam auf einem schwarz lackierten Holzschild aufgemalt worden, das über der Eingangstür angebracht worden war. Carolines Note war bereits überall zu sehen und ihre Anwesenheit stellte sich als eine echte Bereicherung für die Buchhandlung heraus.

Nick vergrub die Hände in den Jackentaschen. In der rechten umfassten seine Finger etwas Warmes, Rundes. Er zog es hervor und stellte überrascht fest, dass es sich dabei um die Schneekugel aus der Rentier-Werkstatt handelte. Der kleine Mistelzweig darin schwebte mitten in der Luft und war ebenfalls goldfarben. Nick hätte schwören können, dass er vor ein paar Tagen noch grün gewesen war. Eine leise Vorahnung beschlich ihn, als er die Zweige im Schaufenster und in der Kugel miteinander verglich. *Ob diese etwas mit Caroline zu tun hatte?* Er schaute sich um. Es waren zwar einige Leute auf der Straße unterwegs, aber niemand war nah genug, um eine Veränderung an Nick feststellen zu können. Also schob er das Brillengestell ein Stück nach oben, um den Gegenstand auf eine magische Signatur zu prüfen.

»Was tust du hier?«

Sofort ließ Nick seine Brille los, damit sie auf seine Nase zurückplumpste. Dummerweise fiel dabei auch die Schneekugel zu Boden, die aber zum Glück von einem Schneehaufen an der Hauswand abgefangen wurde.

Caroline bückte sich und hob sie auf. »Oh, die ist ja hübsch.« Sie reichte sie Nick, der sie erleichtert entgegennahm.

»Tut mir leid, du hast mich erschreckt.« Er verstaute die Kugel wieder in seiner Jackentasche.

»Ach ja? Ich habe eher den Eindruck, als hätte ich dich bei irgendetwas erwischt.« Sie zog ihre Handschuhe hervor, um sie anzuziehen.

»Wirke ich so verdächtig?«

Nachdenklich schaute Caroline ihn an, dann nickte sie. »Ja, ich denke schon. Also, warum bist du hier?«

»Ich wollte dich abholen, damit wir zusammen einkaufen gehen können, weil ich nicht weiß, was du gerne isst. Abgesehen von Lasagne natürlich.«

Sie strahlte ihn an. »Das ist wirklich lieb von dir.«

Plötzlich vernahmen sie beide ein seltsames Grollen und schauten nach oben.

»Vorsicht!«, rief ein Passant auf der anderen Straßenseite und Nick stürzte sich instinktiv nach vorne. Er stieß Caroline beiseite, kurz bevor eine Schneelawine ihn mit voller Wucht traf und zu Boden drückte. Für kurze Zeit war es still um ihn herum. Langsam öffnete er die Augen und sah sich seinem Gesichtsabdruck im frischen Schnee gegenüber. *Seit wann hatte er eine so große Nase und ein so breites Gesicht? Waren das nicht eher die Konturen vom Antlitz seines Vaters?* Er blinzelte ein paar Mal, bis er seine eigenen sah.

»Nick? Hey, Nick! Ist alles in Ordnung bei dir?«

Carolines panische Rufe und das Rütteln an seiner Schulter holten ihn in die Wirklichkeit zurück.

»Mir geht's gut«, nuschelte er und spuckte eine Ladung Schnee aus. Dann setzte er sich langsam auf und blickte nach oben zum Vordach der Buchhandlung. Der Schneefang war an einer Seite abgerissen und baumelte lose in der Luft.

»Du siehst ja gar nichts, Junge!«, sagte jemand und schob ihm seine Brille auf die Nase. Die Gläser waren durch die Schneerückstände nass und verschmiert. Durch die Schlieren konnte Nick verschwommen Miss Plum erkennen, die vor ihm in die Hocke gegangen war und ihn besorgt anschaute. Caroline kauerte direkt daneben und zitterte. Ihre Handschuhe waren weiß vor lauter Schnee, weil sie Nick offenbar ausgegraben hatte. Aus ihren großen, grünen Augen schaute sie ihn ängstlich an. Ihre Mütze saß schief auf ihrem Kopf und die Zöpfe waren zerzaust und feucht. Nick hob die Hand und zog die Mütze wieder gerade.

»Danke, dass du mich ausgebuddelt hast«, sagte er. »Bist du verletzt?« Er ließ Caroline nicht aus den Augen und suchte sie nach Verletzungen ab.

Sie zog die Nase hoch und wischte sich mit dem Handschuh über das Gesicht. »Nein, noch alles dran. Aber du hast mir einen ganz schönen Schrecken eingejagt.« Ihre Stimme zitterte und Nick hätte sie am liebsten in den Arm genommen. Da er jedoch sicher war, dass ihr das nicht gefallen würde, ließ er es lieber bleiben.

»Das tut mir sehr leid«, beteuerte Miss Plum. »Ich werde das morgen früh sofort reparieren lassen. So etwas darf einfach nicht passieren.«

Nick stand auf, schüttelte den Schnee von seiner Kleidung und aus seinem Haar und half Caroline auf die Beine. Dann streckte er Miss Plum die Hand entgegen, die sie dankbar ergriff. »Sparen Sie sich den Handwerker. Ich mache das gern für Sie.«

»Oh, wirklich? Vielen Dank, mein Junge.« Wie eine Großmutter betrachtete Miss Plum Nick und wischte ihm etwas Schnee von der Schulter. Seltsamerweise erinnerte ihn ihre Art an seine Heimat. »Jetzt seht zu, dass ihr ins Warme kommt, sonst erkältet ihr euch noch.«

Caroline hakte sich bei Nick ein und dabei spürte er, wie wackelig sie auf den Beinen war. »Bis morgen früh, Molly.« Sie winkte der älteren Dame zu und zog Nick von der Buchhandlung weg.

»Morgen früh? Heißt das, du hast nachmittags frei?«

Caroline schüttelte den Kopf. »Ich arbeite morgen den ganzen Tag.«

Verwundert runzelte Nick die Stirn. »War die Stelle nicht auf zwanzig Stunden pro Woche ausgeschrieben?«

Sie erreichten die große Kreuzung, wo sie abbogen, um zu Nicks Wohnung zu gelangen. Dort ließ Caroline ihn los. »Gestern war meine letzte Vorlesung vor den Winterferien, deshalb habe ich Molly angeboten, mehr Stunden zu übernehmen. So kann ich meine finanziellen Puffer besser aufstocken und habe mehr Möglichkeiten bei der Wohnungssuche.«

»Ich verstehe«, murmelte Nick und seufzte leise. *Hatte sie es etwa so eilig, ihn loszuwerden?* Vielleicht war er ja gar nicht so ein guter Mitbewohner, wie er glaubte.

»Alles in Ordnung bei dir? Sicher, dass du dich nicht verletzt hast?« Caroline legte die Hand auf seinen Arm und sie blieben stehen. Für sie war es nur eine beiläufige Geste, Nick hingegen spürte sofort die Hitze, die von der Stelle ausging, an der sie ihn berührt hatte. Dabei befanden sich noch mehrere Stoffschichten zwischen ihnen.

Er schüttelte den Kopf, um seine Gedanken abzustreifen. »Wollen wir heute zusammen etwas kochen?«

Carolines Gesichtsausdruck hellte sich schlagartig auf. »Ja, sehr gerne!«

»Gut, dann lass uns schnell einkaufen gehen. Ich hab nämlich unglaublichen Hunger.« Er zwang sich zu einem Grinsen und versuchte, die Selbstzweifel von sich fortzuschieben. Es reichte, wenn eine von ihnen sich ständig selbst fertigmachte – da brauchte er sich nicht auch noch mitreißen lassen.

Am nächsten Morgen hatten sich Nick und Caroline wieder von dem Schrecken des Vorabends erholt. Gemeinsam waren sie auf dem Weg zur Buchhandlung, wo Nick sich wie versprochen um die Reparatur des Schneefangs kümmern würde. Caroline gähnte herzhaft.

»Ist wohl spät geworden gestern?«

Sie nickte und gähnte erneut. »Ich musste noch eine Hausarbeit fertigschreiben. Die wollte ich nicht mit in die Ferien nehmen.«

»Hast du eigentlich nie Feierabend?«

Caroline lachte. »Vielleicht, wenn ich irgendwann in den Ruhestand gehe. Man tut eben, was man kann, damit man in dieser Welt überlebt.«

»Mir war nicht bewusst, wie schlimm es um dich steht.«

Sie streckte ihm frech die Zunge raus.

»Soll ich dir vielleicht noch einen Kaffee holen oder einen Kakao? Ich will ja nicht, dass du aus den Latschen kippst, wenn du in der Buchhandlung um dein Leben kämpfst.«

Sie sah so aus, als wolle sie ablehnen, doch Nick kannte sie mittlerweile gut genug, um zu wissen, wann sie sich nur nicht traute, etwas anzunehmen. »Nein, ich ...«

»Geh schon mal vor. Ich komme gleich nach.« Ohne eine Antwort abzuwarten, eilte Nick los und grinste Caroline über die Schulter hinweg an.

Sie war stehen geblieben und sah ihm mit einem schüchternen Lächeln hinterher.

Nick betrat kurze Zeit später die Buchhandlung und die Glocke über der Tür kündigte sein Eintreffen an. Sofort kamen Miss Plum und Caroline angelaufen.

»Ach, sieh mal einer an! Irgendjemand ist es.« Sie zwinkerte Caroline zu, die daraufhin sofort rot anlief.

»Guten Morgen«, begrüßte Nick sie und ging auf die ältere Dame zu. »Ich kam gestern gar nicht dazu, mich vorzustellen. Ich bin Nick.«

»Nenn mich Molly.« Schnell umschloss sie Nicks freie Hand mit beiden Händen und strahlte von innen heraus, als würde sie ihn nach langer Zeit endlich wiedertreffen. »Du brauchst bestimmt eine Leiter, oder?« Sie ließ Nick nicht aus den Augen, was dafür sorgte, dass ihm ein kalter Schauer über den Rücken lief. Beiläufig entzog er ihr seine Hand.

»Ja, das wäre praktisch.«

»Im Vorratsraum habe ich eine. Komm, Junge, ich zeig sie dir.«

Nick war sich nicht sicher, ob er ihr in eine dunkle Kammer folgen sollte, denn sie machte irgendwie den Eindruck, als wolle sie ihn fressen. Aber das bildete er sich mit Sicherheit nur ein. Daher nickte er und folgte Molly wortlos. Als er an Caroline vorbeikam, drückte er ihr den Kaffeebecher in die Hand und raunte ihr ein »Lass es dir schmecken« zu.

»Danke«, antwortete sie und nippte selig an ihrem Getränk.

Glücklicherweise folgte Molly ihm nicht in den Vorratsraum, sondern öffnete lediglich die Tür, damit er die Leiter herausholen konnte. Vorsichtig trug er diese durch die Buchhandlung, während Molly und Caroline ihn dabei beobachteten.

»Ich weiß gar nicht, wie ich dir danken soll«, sagte Molly und eilte zur Tür, um sie ihm ebenfalls aufzuhalten.

»Ich hab bisher ja noch gar nichts gemacht.« Nick stellte die Leiter vor dem Laden auf und holte sein Werkzeug aus der Umhängetasche, in der heute ausnahmsweise nicht sein Laptop untergebracht war.

»Du hast dir einen prächtigen jungen Mann geangelt, Caroline.«

Caroline verschluckte sich prompt an ihrem Kaffee und begann zu husten. »Ich hab ihn mir nicht geangelt!«, keuchte sie und stellte schnell den Becher auf dem Tresen ab.

Nick konnte ein Grinsen nicht unterdrücken. »Richtig. Ich habe sie vielmehr aufgesammelt, und was auf dem Boden liegt, darf man behalten, nicht wahr?«

»Nick!«, rief Caroline entrüstet. »Wir sind kein Paar«, erklärte sie an Molly gewandt. »Wirklich nicht. Er ist nur mein Mitbewohner.«

»Ganz genau. Wir wohnen zusammen. Mehr nicht.«

Molly verfolgte die spärlichen Erklärungsversuche der beiden mit gespannter Miene. »Ja, natürlich. Nur Mitbewohner. Ich verstehe. Nick, wenn du noch was brauchst, sag Bescheid.« Sie ließ von der Tür ab, die daraufhin ins Schloss fiel, und kehrte zu Caroline zurück.

»Was für eine seltsame alte Frau«, murmelte Nick und kletterte auf die Leiter, um den Schneefang zu reparieren. Kaum, dass er den Dachrand erreicht hatte, fand er auch schon den Fehler. Die Schrauben hatten sich an einer Seite der Halterung gelöst und lagen auf den Dachschindeln. Sie waren allerdings weder verrostet noch abgebrochen – ganz im Gegenteil. Sie waren makellos. »Merkwürdig. Wie können sich denn zwei Schrauben auf einmal lösen?« Er schaute sich das steile Dach genauer an. Es konnte sich zwar Schnee darauf sammeln, der vom Schneefang gehalten werden sollte, aber niemals solch eine Masse wie die vom Vortag, die ihn zu Boden gerungen hatte. Irgendwas stimmte hier nicht. *War da etwa Magie im Spiel?*

»Entschuldigen Sie.« Nick schaute nach unten. Am Fuße der Leiter stand ein Mann mit Sonnenbrille und Mütze, der zu Nick aufsah. »Dauert das noch lange? Sie blockieren nämlich den Eingang.«

»Bin gleich soweit, ich muss nur schnell die zwei Schrauben festziehen«, erklärte Nick und brachte den

Schneefang zurück in die ursprüngliche Position. Mit ein paar leichten Handgriffen drehte er die Übeltäter fest, überprüfte noch einmal die Stabilität und kletterte anschließend die Leiter herunter. Er rückte sie zur Seite, sodass der Eingang wieder frei war.

Wortlos ging der Mann in die Buchhandlung und beachtete Nick nicht weiter.

Nick warf einen Blick durch das Schaufenster. Caroline stand mit einem Bücherwagen am Regal und sortierte gerade Neuerscheinungen ein. Auf ihrem Gesicht lag dabei ein sehr zufriedener Ausdruck. Als sie merkte, dass er sie beobachtete, winkte sie ihm lächelnd zu, ehe sie sich wieder umdrehte, um sich dem Kunden zu widmen. Nicks Hand wanderte zu seiner Brust, in der sein Herz schneller schlug als gewöhnlich. Ihm war nicht klar gewesen, dass die Reparatur des Schneefangs so nervenaufreibend für ihn sein würde. Ein echter Adrenalinschub, wie er ihn das letzte Mal beim Rentier-Rodeo erlebt hatte.

Kapitel 12

Caroline

Ihr war nicht entgangen, wie Nick sie anschaute. Irgendetwas war anders als sonst. Sie kannten sich zwar noch nicht lange, doch Caroline spürte, dass zwischen ihnen etwas wuchs. Ein Band, wie sie es zuvor noch niemals gespürt hatte. Obwohl sie nicht darum gebeten hatte, war Nick für sie da, und er kümmerte sich um sie, auch wenn sie sich deshalb unbehaglich fühlte. Nicht, weil sie es nicht zu schätzen wusste oder nicht mochte – es gefiel ihr sogar sehr auf eine gewisse Art und Weise. Zu wissen, dass dort jemand war, der einem den Rücken stärkte ... Nick war ein guter Freund und Caroline war froh, ihn getroffen zu haben. Ohne ihn und seine Hilfe wäre sie vollkommen aufgeschmissen gewesen.

Die Türglocke riss sie aus ihren Gedanken und sie drehte sich mit ihrem strahlenden Kundenlächeln um. »Einen wunderschönen guten Morgen«, begrüßte sie den Neuankömmling, der unsicher in den Laden hineinkam.

Er setzte die Sonnenbrille und die Mütze ab und trat an Caroline heran, der daraufhin das Lachen im Halse stecken blieb. »Guten Morgen, Täubchen.«

Hinter ihnen ging die Tür erneut auf. Caroline gelang es nicht, den Blick von ihrem Ex-Freund zu lösen. »Was willst du hier, Richard?« Sein Anblick erschreckte sie. Das sonst so pfleglich gestylte Haar war ungekämmt, verwuschelt und strähnig, sein Gesicht unrasiert und er hatte eine Fahne. »Du bist ja betrunken«, stellte sie angewidert fest.

»Hör zu, Täubchen, das mit dem Treppensturz tut mir leid. Es lag nicht in meiner Absicht, dass du hinfällst.«

»Es ist nichts ...«

Ihre Worte gingen in einem Poltern unter. Hinter Richie stand Nick, der die Leiter etwas zu schwungvoll auf den Boden abgelegt hatte und nun auf die beiden zu kam.

»Treppensturz? Hast du nicht gesagt, du wärst über deine eigenen Füße gestolpert?«

»So war es ja auch. Ich habe mich erschrocken und bin gestürzt.« Caroline näherte sich den beiden und straffte die Schultern. »Es war meine eigene Schuld.«

»Wovor hast du dich erschrocken?« Nick kämpfte sichtlich um Fassung. Er schien die Wahrheit zu ahnen, denn sein Körper spannte sich an.

Caroline biss sich auf die Unterlippe. Sie wollte nicht, dass die beiden aufeinander losgingen. Nicht hier, und auch nirgendwo sonst. *Wie konnte sie den Ärger, der sich gerade anbahnte, vermeiden?* Sie schaute zu Richie.

»Hab ich mir gedacht«, murmelte Nick und fuhr sich durchs Haar. »Warum sollte er ein schlechtes Gewissen haben und sich entschuldigen, wenn er nichts damit zu tun hat?«

»Zum Glück ist es ja glimpflich ausgegangen«, warf Richie ein.

»Ach ja?« Nick funkelte Richie wütend an. »Hat sie dir
das gesagt? Dass nichts passiert ist?«

Nun verfinsterte sich auch Richies Miene. »Was geht
es dich an? Sie ist schließlich meine Verlobte.«

»Nein, Richie. Das bin ich nicht. Nicht mehr«, warf
Caroline ein, doch Richie ignorierte sie.

»Verlobte oder nicht, man geht mit niemandem so
um. Also, was hast du getan, dass sie sich so schwer verletzt hat?«

»Gar nichts hab ich getan!«, bellte Richie und trat so
nah an Nick heran, dass sich ihre Nasenspitzen beinahe berührten. »Verschwinde von hier. Du hast Caro
schon genug Flausen in den Kopf gesetzt. Sie gehört mir
und niemandem sonst.«

Noch ehe Caroline etwas erwidern konnte, riss Nick
den Arm hoch und packte Richie am Kragen. Dann
lehnte er sich vor und knurrte: »Sie gehört niemandem
außer sich selbst.«

Richie war nicht in der Lage, Nicks bohrendem Blick
standzuhalten. Seine Kieferknochen arbeiten sichtlich.
Bestimmt überlegte er gerade, wie er Nick eine verpas-
sen konnte, und das wollte Caroline auf gar keinen Fall.

»Nick, bitte, lass gut sein.«

Nick schaute aus dem Augenwinkel zu ihr hinüber.
Der angespannte Ausdruck auf seinem Gesicht wurde
weicher und er ließ von Richie ab. Dieser taumelte ei-
nen Schritt zurück und ging dann in eine Abwehrhal-
tung, als sei er jederzeit für einen Faustkampf bereit.
Nick wiederum versuchte, die Ruhe zu bewahren, was
Caroline ihm hoch anrechnete. Bisher hatte er sich, was
Richie anging, stets zurückgehalten und sie weder mit
Fragen noch mit Ratschlägen konfrontiert. Allerdings

brachte das direkte Aufeinandertreffen offenbar auch ihn an seine Grenzen. Das gefiel Caroline ganz und gar nicht. Sie wollte ihn keinesfalls noch mehr in ihre Angelegenheiten mit hineinziehen. Es war an der Zeit, dem Ganzen ein Ende zu setzen.

»Hört zu«, sagte sie und baute sich tapfer vor den Männern auf. »Ich möchte, dass ihr jetzt geht, und zwar beide. Wie euch vielleicht aufgefallen ist, seid ihr hier an meinem Arbeitsplatz. Ich brauche diesen Job dringend und kann daher nicht riskieren, ihn zu verlieren.«

Richie trat vor, woraufhin Nick die Lippen zusammenpresste und sich zurückzog. Anders als Richie hatte er verstanden, was Caroline wollte.

»Dann komm zu mir zurück, Täubchen.« Richie breitete die Arme aus und grinste sie hämisch an. »Bei mir musst du dir keine Sorgen um deinen Lebensunterhalt machen. Ich verdiene genug für uns beide und du brauchst nicht in einem minderwertigen Schuppen wie der Kuhweide oder diesem Trödelladen hier zu arbeiten.«

Sie hatte gewusst, dass er das sagen würde. Er war so vorhersehbar. »Es heißt Rentier-Werkstatt und dieser Trödelladen ist eine wunderschöne Buchhandlung. Ich arbeite gerne hier«, erklärte Caroline. Mit jedem Wort wurde die Luft um sie herum gefühlt dünner und sie kurzatmiger.

Richie winkte ab. »Ist mir egal. Ich liebe dich so, wie du bist, mein Täubchen. Mit all deinen Ecken und Kanten.«

»Willst du etwa behaupten, dass mein Wunsch nach finanzieller Unabhängigkeit ein Makel ist?«, fragte Caroline ungläubig.

»Geht es dir nur darum?«, verlangte er zu wissen.

Caroline schüttelte den Kopf. »Nein, Richie. Du stellst es so dar, als sei es etwas Schlechtes, wenn ich arbeiten gehe, doch das ist es nicht. Das war es nie.« Sie zwang sich dazu, die Fassung zu bewahren. Sie durfte ihm keine Angriffsfläche geben und keinerlei Schwäche zeigen. Das hatte sie lange genug getan. »Ich sage es gern noch mal, Richie. Bitte geh jetzt. Ich werde nicht zu dir zurückkommen und will dich auch nicht mehr wiedersehen.«

Nick schaute zwischen Richie und ihr hin und her und sah aus, als hätte er Probleme, den beiden folgen zu können.

»Aber du ... du fehlst mir, Täubchen. Ich brauche dich. Du bist mein Ein und Alles.«

Caroline, die weitaus mehr kitschige Liebesromane gelesen und Schnulzenfilme gesehen hatte als jeder andere sonst, starrte Richie sprachlos an. *Er klatschte eine Standardphrase an die nächste und dachte wirklich, sie würde darauf anspringen?* Ihr früheres Ich hätte das vielleicht sogar getan, ihr jetziges hingegen ... Sie hielt inne. *Wann hatte sie sich so verändert, dass sie in der Lage war, so zu denken?*

»Also?«, hakte Richie nach.

»Du sagst, du liebst mich?«

»Ja. Über alles.«

Caroline schluckte hart und sagte: »So habe ich mich bei dir aber nie gefühlt. Ganz im Gegenteil. Ich hatte immerzu den Eindruck, dass wir nicht zusammenpassen, und dass ich dich ... ausbremse.« Ihre eigenen Worte versetzten ihr einen Stich. Es tat weh, es auszusprechen, doch sie wusste, dass es die Wahrheit war. So war es immer gewesen und so würde es auch immer sein, wenn sie weiterhin bei Richie blieb.

Richie starrte sie an. In seinen Augen loderte wieder dieses Feuer, das sie in all der Zeit immer so sehr eingeschüchtert hatte. Schnell schaute sie zu Nick, der ihr ermutigend zunickte. Das entging auch Richie nicht, denn er lachte plötzlich auf.

»Macht dir das Spaß? Mit den Gefühlen von Männern zu spielen?« Er drehte sich zu Nick um und zeigte dabei auf Caroline. »Genau das tut sie. Sie nutzt uns schamlos aus, wie es ihr passt. Ich war derjenige, der sie aus der Gosse geholt hat! Der immer für sie da war und ihr die Einsamkeit genommen hat, als niemand sonst sie haben wollte!«

»Hör gefälligst auf damit!«, schrie Caroline und ballte die Hände zu Fäusten. Richie war der Einzige, der von ihrer Vergangenheit wusste, und das sollte auch so bleiben.

Er wandte sich wieder an Caroline und zischte: »Willst du diese Chance auf ein sorgloses Leben wirklich so einfach wegwerfen?«

»Ich bin lieber für den Rest meines Lebens einsam, als auch nur einen weiteren Tag mit einem Mann zusammen zu sein, der sich als Rentier verkleidet von einer fremden Frau verhauen lässt!«, fauchte sie.

»Dann zieh doch Leine, du fette Taube!«, brüllte Richie.

»Na na na, wie reden Sie denn mit meiner Mitarbeiterin?« Zu Carolines Entsetzen mischte sich Molly in das Gespräch ein. Sie lehnte mit verschränkten Armen an einem der Bücherregale und schien die Unterhaltung die ganze Zeit über verfolgt zu haben. »Caroline hat Sie gebeten zu gehen. Da Sie ihrer Bitte nicht nachgekommen sind, fordere ich Sie hiermit auf, meinen Laden auf der Stelle zu verlassen.« Zuckersüß grinste die ältere Dame den verdutzten Richie an und ging auf ihn zu. Dieser kam nicht einmal dazu, sich zu wehren, als sie ihn auch schon zum Ausgang schob. Nick überholte sie schnellen Schrittes und hielt die Tür für sie auf.

»Aber«, begann Richie, doch Molly versetzte ihm einen überraschend kräftigen Stoß, sodass er über die Türschwelle stolperte und sich kaum mehr auf den Beinen halten konnte.

»Lassen Sie sich hier nie wieder blicken oder wollen Sie Bekanntschaft mit Sheriff Brooks machen?« Und schon schlug sie Richie die Tür vor der Nase zu und verriegelte sie.

Er klopfte noch ein paar Mal kräftig gegen die Scheibe, gab dann aber auf und verschwand.

Mit einem Mal wich sämtliche Kraft aus Carolines Körper und sie taumelte zurück.

»Caroline? Alles in Ordnung?«, fragte Nick besorgt.

»Es tut mir so leid, Molly!« Ihre Stimme war brüchig und sie schlug sich beschämt die Hände vor das Gesicht. »Es tut mir aufrichtig leid! Das wird nie wieder vorkommen, versprochen«, schluchzte sie. »Hätte ich gewusst, dass er hier vorbeikommt, hätte ich ihn draußen abgefangen und weggeschickt.«

»Schon gut, meine Liebe. Mach dir keine Sorgen.« Molly kam auf sie zu und legte ihr tröstend eine Hand auf die Schulter. »Das hast du sehr gut gemacht. Ich bin stolz auf dich.«

Caroline ließ die Arme sinken und schaute Molly durch den Tränenschleier hindurch an. Es grenzte an ein Wunder, dass sie während Richies Aufenthalt nicht die Nerven verloren hatte. Sie blinzelte und wischte sich die Tränen aus dem Gesicht. »Das ist mir so furchtbar unangenehm. Ich mache dir und Nick immer nur Umstände.«

»Hör auf, so einen Quatsch zu erzählen. Was hältst du davon, wenn du dir den Rest des Tages freinimmst und etwas Schönes unternimmst, das dich auf andere Gedanken bringt?«

Caroline riss die Augen auf. »Heißt das, ich darf nicht mehr länger hier arbeiten? Bitte, Molly, es tut mir ...«

»Was redest du denn da?«, fuhr Molly dazwischen. »Natürlich wirst du weiter hier arbeiten. Du warst in den letzten Tagen so fleißig, da wird dir ein freier Tag bestimmt nicht schaden.«

»Ich bin doch erst seit fünf Tagen hier«, entgegnete Caroline.

»Na und? Du hast dich so schnell eingearbeitet und so viel gelernt. Willst du etwa mit mir darüber diskutieren?« Hilfesuchend schaute sie zu Nick. »Sag doch auch mal was dazu, junger Mann!«

»Wir könnten gemeinsam Plätzchen backen«, schlug er vor, woraufhin Molly zufrieden in die Hände klatschte.

»Wunderbar, ich liebe Plätzchen! Bring mir morgen welche mit, ja?«

Caroline schaute sprachlos zwischen den beiden hin und her. Sie wusste es sehr zu schätzen, dass die zwei sie aufheitern wollten. Gegen die beiden kam sie anscheinend nicht länger an, weshalb sie sich zu einem Lächeln zwang. »Na meinetwegen.«

»Prima, dann hätten wir das auch geklärt.« Molly strahlte und ging zur Eingangstür, um sie wieder aufzuschließen und einen Kunden hineinzulassen. Nick eilte zu der Leiter, die er zuvor achtlos auf dem Boden abgelegt hatte, und brachte sie zurück in den Lagerraum. Als er zurückkam, sagte Molly: »Und jetzt husch, husch, ab nach Hause mit euch.«

KAPITEL 13

NICK

Der Vorfall mit Richie hatte Nick viel Stoff zum Nachdenken gegeben und seinen Vorsatz, sich nicht einzumischen, vollkommen ruiniert. Bisher war Nick - abgesehen von seinem Vater – keinem Menschen begegnet, der ihn derart in Rage gebracht hatte wie Carolines Ex-Freund. Noch immer konnte er es nicht glauben, wie man so mit seinen Mitmenschen umgehen konnte, und schon gar nicht mit der Person, die man angeblich liebte. Nick hatte zwar kaum Ahnung von diesen Dingen, war aber durchaus in der Lage, zwischen echtem Wohlwollen und reinem Selbstnutz unterscheiden zu können. Das, was Richie vorhin abgeliefert hatte, war alles andere gewesen, bloß keine Zuneigung. Nick hatte lange darüber nachgedacht und Richies Verhalten analysiert. Er wäre der perfekte Studien-Teilnehmer, wenn es darum ginge, die schlechte Seite der zwischenmenschlichen Beziehungen zu untersuchen. Nach Nicks Erkenntnissen war Richie ein Mensch, der seine eigenen Fehler immerzu überspielte und stattdessen anderen in die Schuhe schob. In Caroline, die genau das Gegenteil war, da sie stets alle Mankos bei sich suchte, hatte er den perfekten Gegenpart gefunden. Sie spielte ihm in die Hände und das hatte ihm eine gewisse Macht verliehen, die er nun versuchte, auszuüben.

Nick war verdammt stolz auf Caroline, dass sie sich das nicht länger hatte bieten lassen. Hoffentlich war sie nun in der Lage, einen Schlussstrich unter diese ungesunde Beziehung zu ziehen.

»Darf ich dich etwas fragen?«

Caroline, die neben ihm lief, sah zu ihm auf. »Natürlich.«

»Was hat Richie damit gemeint, dass er dich aus der Gosse geholt hat, als dich sonst niemand wollte?«

Caroline presste die Lippen zusammen und schaute hastig weg.

»Habe ich etwas Falsches gesagt?«

»Darüber möchte ich lieber nicht reden.«

»Na gut.« Nick hob den Kopf und sah zum Himmel hinauf. Noch immer fielen dicke Flocken hinab. Allmählich konnte er den Schnee nicht mehr sehen. Vielleicht hätte er doch lieber nach Florida oder Kalifornien abhauen sollen. Aber dann wäre er Caroline nicht begegnet und diesen Gedanken fand er sehr bedauerlich. »Was für Plätzchen wollen wir backen? Hast du irgendwelche Vorlieben?«

Sofort hellte sich Carolines Miene auf. »Butterplätzchen und Kokosmakronen.«

»Butterplätzchen? Sind die nicht ein bisschen … Mainstream? Ich habe gehört, hier in Kanada backt man zur Weihnachtszeit immer Ahornplätzchen.«

Caroline schüttelte sich angewidert. »Ich mag keinen Ahornsirup.«

»Wow, damit habe ich nicht gerechnet. Deshalb rührst du ihn also nie an, wenn ich Pancakes mache.«

»Was magst du denn am liebsten?«, wollte Caroline nun wissen.

»Ganz klassische Lebkuchen«, antwortete Nick wahrheitsgemäß.

»Wie Mainstream«, wiederholte Caroline und grinste ihn an.

»Touché.«

»Aber das passt zu dir.«

»Wieso?« Er blieb stehen und schaute sie verwundert an.

Sie vergrub die Hände in den Taschen ihres Mantels und tänzelte um ihn herum. »Na du riechst doch auch wie ein Lebkuchenmann«, antwortete sie und kicherte.

»Oh, stimmt ja. Heißt das, ich muss aufpassen, dass du mich nicht anknabberst?« Er zwinkerte ihr frech zu.

»Tse, und wovon träumst du nachts?«

»Vielleicht von dir?«

Caroline hielt inne und ein sanfter Rotschimmer überzog plötzlich ihre Wangen. Dabei lächelte sie verlegen. »Hör auf, mich auf den Arm zu nehmen.«

»Ich hab nur Spaß gemacht«, redete Nick sich heraus. Es war nicht der richtige Moment, um Caroline zu erklären, dass er es tatsächlich ernst gemeint hatte.

Sie erreichten den Supermarkt und Caroline zog ihr Handy hervor. »Wir müssen zuerst noch die Zutaten heraussuchen.«

»Lass stecken. Ich weiß, was wir brauchen.«

Verblüfft starrte sie ihn aus großen Augen an. »Wie jetzt?«

Er zuckte mit den Schultern und grinste. »Das ist alles da drin.« Er tippte sich gegen die Schläfe. »Ich hab früher oft beim Backen mitgeholfen und bin gut darin, mir Rezepte zu merken.« In Wahrheit war es wesentlich schlimmer ... die Rezeptsammlung des Weihnachts-

mannes hatte nämlich zu seiner Grundausbildung gehört.

»Wow. Das erklärt, warum du ohne Anleitungen so
gut kochen kannst«, sagte Caroline beeindruckt. »Was
kannst du eigentlich nicht?«

»Hmmm.« Nick dachte nach. »Ich kann nicht gut mit
Menschen.«

»Das glaube ich dir nicht. Du bist doch ein sehr um-
gänglicher Typ.«

»Das mag sein, aber ich verstehe viele Dinge nicht.«

»Zum Beispiel?«

»Warum Richie so ein Arsch ist.«

»Das kann wohl nur er dir erklären«, antwortete
Caroline trocken. »Lass uns bitte nicht mehr über ihn
reden, ja?«

»Wie du möchtest.«

»Es gibt nichts Besseres als rohen Keksteig. Willst du
auch mal probieren?«

Caroline betrachtete die ausgerollte Masse skeptisch
und ihre Hände wanderten unwillkürlich zu ihrem
Bauch. Der kritische Blick in diese Richtung entging
Nick nicht.

»Stimmt etwas nicht?«, fragte Nick und hörte auf,
Sterne auszustechen.

Caroline schüttelte den Kopf. »Alles in Ordnung. Ich
warte lieber auf die fertigen Kekse.«

Nick seufzte und wusch sich die Hände. »Ich hoffe, du
nimmst dir den Spruch von Richie nicht zu Herzen.« Er
drehte sich zu ihr um und erwischte sie dabei, wie sie
ertappt auf den Boden starrte.

»Wenn es nur er gewesen wäre«, murmelte sie leise. »Ich habe es dir nie erzählt, aber wegen meines Aussehens habe ich den Job in der Rentier-Werkstatt verloren.«

Nick trat an Caroline heran und betrachtete sie. Ihre langen, rotbraunen Haare hatte sie zu einem Pferdeschwanz zusammengebunden und aus smaragdgrünen Augen schaute sie ihn traurig an. Sie trug einen schwarzen Schlabberpulli, der ihren Oberkörper unter viel zu viel Stoff kaschierte, sowie eine blaue Jeans. Seit ihrer ersten Begegnung, bei der sie das grüne Elfenkostüm getragen hatte, versteckte sie ihren Körper unter weiter Kleidung. Er hatte gedacht, dass das schlichtweg ihr Kleidungsstil war, doch nun verstand er, dass sie sich für ihren Körper schämte. *Was hatten dieser Mitch und seine blondierte Partnerin bloß gesagt, um Caroline zu so einem drastischen Schritt zu bewegen?*

»Du bist perfekt. Lass dir nichts anderes einreden«, sagte Nick voller Bedauern und streckte gedankenverloren die Hand nach ihr aus.

»Ich bin alles andere als perfekt.«

Mit diesen Worten riss sie ihn aus seiner Trance. Er fasste sich und war heilfroh, dass Caroline neben dem Ofen stand, weil er so die Hand schnell umlenken und diesen einschalten konnte. Kaum hatte er den Schalter gedreht, gab es einen merkwürdigen Knall und die beiden wurden von Dunkelheit umhüllt.

»Ähm ... ups?«

»Ist die Sicherung rausgeflogen?« Caroline lief zum Fenster. Die gesamte Nachbarschaft war in Finsternis gehüllt. Nicht mal die Straßenlaternen funktionierten mehr. »Scheint ein größerer Stromausfall zu sein.«

»Den hab nicht ich ausgelöst, oder?«, fragte Nick unsicher.

»Ich weiß nicht. Wo hab ich denn mein Handy?« Nick konnte hören, wie sie den Küchentisch abtastete. »Ah, hier. Es tut sich nichts. Dabei war mein Akku fast voll.«

Nun tastete auch Nick nach seinem Smartphone, das er zuvor auf dem Kühlschrank abgelegt hatte. Als er es fand, wollte er es entsperren, doch der Bildschirm blieb schwarz. »Komisch, meines funktioniert auch nicht. War das etwa ein EMP?«

»Ein EMP?«, wiederholte Caroline voller Neugier.

»Ein elektromagnetischer Impuls. Dadurch werden elektrische Geräte aller Art außer Kraft gesetzt. Meist passiert so etwas bei Angriffen aus dem All.«

»Du nimmst mich auf den Arm, oder?«

Nick lachte. »Ja, das tue ich.«

»Du bist doof.« Ihre Stimme begann zu zittern, was ihn sofort auf den Plan rief.

»Alles in Ordnung? Fürchtest du dich etwa in der Dunkelheit?« Er versuchte, etwas zu erkennen, konnte jedoch nur Carolines Umrisse ausmachen. Sie rieb sich über die Arme.

»Ja, ein wenig«, gab sie schließlich zu.

»Ich gehe runter in den Keller und schaue, ob noch alle Sicherungen drinnen sind.«

»Nein!« Caroline klammerte sich an seinen Arm. »Lass mich nicht allein. Bitte!«

Anhand ihrer Stimmlage konnte Nick erkennen, wie ernst es ihr damit war. »Wie du willst. Ich habe noch Kerzen im Wohnzimmer. Rühr dich nicht von der Stelle, sonst verletzt du dich womöglich noch.«

»In Ordnung.«

Nick tastete sich langsam an der Kücheneinrichtung entlang, bis er an der Tür zum Wohnzimmer angekommen war. Dort setzte er die Brille ab, da er ohne sie im Dunkeln wesentlich besser sehen konnte. Sofort fiel ihm die magische Signatur in der Luft auf. Konzentriert kniff er die Augen zusammen. »Scheint so, als läge ich mit dem EMP gar nicht so falsch.« *Wer hatte diesen magischen EMP ausgelöst und vor allem warum?*

»Hast du etwas gesagt?«

»Ich hab mir nur den Fuß gestoßen.« Um seine Fragen musste er sich später kümmern. Nun war erst einmal Carolines Sicherheit seine oberste Priorität. Geschickt schlängelte er sich an der Couch und dem Tisch vorbei, bis er die Anrichte, auf der der Fernseher stand, erreichte. Er legte die Brille achtlos auf der Oberfläche ab, öffnete den Schrank und kramte nach den Teelichtern, die er vor einiger Zeit dort gesehen hatte. In der hintersten Ecke fand er eine halb volle Packung, zwei Kerzengläser und eine Schachtel Streichhölzer. Er zog zwei Kerzen aus der Verpackung hervor, zündete sie an und legte sie behutsam in die Gläser hinein. Hinter ihm hörte er vorsichtige Schritte und drehte sich um. Caroline stolperte gerade an der Couch entlang.

»Hey, hab ich nicht gesagt, du sollst auf mich warten?« Er stand auf und ging mit den beiden Kerzengläsern in den Händen auf sie zu, um ihr durch den Lichtschein eine bessere Sicht zu ermöglichen.

»Tut mir leid.« Sie nahm ihm eines der Gläser ab. »Ich wollte nicht länger allein sein.« Traurig schaute sie zu ihm auf.

»Schon okay. Ich bin ja bei dir.« Er lächelte zaghaft und legte die freie Hand auf ihren Oberarm.

Der ängstliche Ausdruck wich mit einem Mal etwas anderem. *War das Faszination? Oder Erstaunen?* Sie hob die Kerze höher, sodass sie direkt vor seinem Gesicht war. »Deine Augen ... sie sind auf einmal so anders.«

Vor Schreck hielt er den Atem an. *Heiliger Mistelzweig! Wo war seine Brille?*

Sie ließ von ihm ab und kicherte. »Bestimmt nur eine optische Täuschung.«

»Was hast du denn gesehen?«, fragte er vorsichtig.

»Deine Augen haben so seltsam geleuchtet. Es sah fast so aus, als wären sie blau.« Sie kicherte erneut. »Dabei sind sie doch grün.«

»Das ist ja witzig.« Innerlich verfluchte er sich. *Warum war er bloß so ein unvorsichtiger Trottel?* Nervös schaute er sich um und erspähte seine Brille auf der Anrichte. Natürlich! Dort hatte er sie abgelegt. Er schnappte sie sich und setzte sie hastig wieder auf. »Schon besser«, merkte er an. »Ohne Brille bin ich nämlich blind wie ein Maulwurf.«

»Warum hast du sie dann abgesetzt?«

»Weil ...« Er überlegte kurz. »Na ja. Nur weil ein Maulwurf blind ist, heißt das ja nicht, dass er sich nicht im Dunkeln zurechtfindet, nicht wahr?«

Caroline lachte leise. »Ach so, na dann. Sind da drin noch mehr Kerzen?«

Froh, dass sie nicht weiter darauf einging, beugte Nick sich herunter. »Ein paar sind noch da«, sagte er und holte die restliche Packung aus dem Schrank. »Aber wir haben leider nicht genug Gläser.«

»Dann nehmen wir einfach welche aus der Küche.«

»Gute Idee.« Warum war Nick nicht darauf gekommen? Sein Überlebensinstinkt war wohl nicht mehr das, was er einmal gewesen war. Oder er brauchte das Risiko, um kreativ werden zu können. So ein Eisbär, der sich in der Finsternis anschlich, war mit Sicherheit eine größere Herausforderung als eine junge Frau, die sich im Dunkeln fürchtete. »Mach es dir auf der Couch bequem. Ich kümmere mich darum.«

»Danke.« Sie stellte ihre Kerze vor sich auf dem Tisch ab und nahm Platz.

Nick holte ein paar Gläser aus der Küche, zündete die Teelichter an und verteilte sie im Wohnzimmer, sodass ein Großteil des Raumes von einem angenehm-warmen Lichtschein erhellt wurde. An den Wänden wetteiferten die Schatten und das Licht der Flammen miteinander und es war nicht absehbar, wer von ihnen die Oberhand übernehmen würde. Er spürte, wie Caroline jede seiner Bewegungen beobachtete und richtete sich auf, nachdem er die verbliebenen Teelichter wieder im Schrank verstaut hatte. Mit einem Mal fühlte sich alles seltsam an. Er drehte sich zu Caroline um, die mit angezogenen Beinen auf der Couch saß und die Decke, die über der Lehne hing, über sich ausbreitete.

»Kommst du auch her?«, fragte sie und tippte auf den Platz neben sich. Dabei ließ sie ihn nicht aus den Augen.

Nick straffte die Schultern und sah sich verstohlen um. »Bist du dir sicher? Findest du nicht auch, dass die Atmosphäre im Raum merkwürdig ist?«

Sie schaute ihn irritiert an und fing dann an zu lachen. »Das nennt man romantisch. Aber sowohl du als auch ich wissen, dass das vollkommener Quatsch ist, nicht wahr? Wir sind nur Freunde.«

»Du hast recht. Tut mir leid, ich kenne mich damit nicht so aus«, gab er zu und kratzte sich verlegen am Hinterkopf.

»Womit?«

»Romantik und so.« Er ging zu Caroline und ließ sich neben ihr auf der Couch nieder. Sofort reichte sie ihm das andere Ende der Decke, sodass sie es sich beide darunter bequem machen konnten.

»Du, sag mal ...« Sie biss sich auf die Lippe und trotz der schlechten Beleuchtung erkannte Nick, dass sie Gelächter unterdrückte. »Kann es sein, dass du irgendwo abgeschottet von der Außenwelt aufgewachsen bist?«

Nick dachte darüber nach. »Kann man so sagen, ja.«

»Im Ernst?« Sie wirkte überrascht. »Im Kloster vielleicht? Oder irgendwo in der Tundra?«

»Wie kommst du denn auf ein Kloster?«, wollte er empört wissen. »Sehe ich etwa aus wie ein Mönch?«

»Nein. Wobei ... so, wie du dich manchmal verhältst ...«

»Hey!«

Caroline ließ sich nicht beirren und legte den Kopf leicht schief. Misstrauisch betrachtete sie ihn. »Warum streitest du die Tundra nicht ab?«

Weil es ziemlich nahe an der Wahrheit ist, dachte Nick und grinste schuldbewusst.

»Du gibst dich ganz schön mysteriös. Es soll Frauen geben, die das anziehend finden.«

»Ist das so?«

»Hmh.«

Nick war kurz davor, sie zu fragen, ob sie ebenfalls zu diesen Frauen gehörte, doch der Anstand hielt ihn zurück.

Caroline legte den Kopf in den Nacken und blickte an die Decke. »Hoffentlich funktioniert der Strom bald wieder, damit wir endlich weitermachen können.« Sie lächelte selig.

»Macht dich das Backen glücklich?«

»Irgendwie schon«, gab sie zu. »Ich habe schon ewig keine Plätzchen mehr gebacken. Es hat mich sehr gefreut, dass du mich gefragt hast.« Sie schaute zu ihm rüber. »Danke, Nick.«

»Übertreib es nicht mit der Dankbarkeit. Es sind nur Plätzchen.«

»Das meine ich nicht. Also ... nicht nur.« Sie nahm eine Haarsträhne, die sich aus ihrem Zopf gelöst hatte, und wickelte sie um den Finger. »Du hast dich heute Morgen für mich eingesetzt, und mir Mut gemacht, meine Gedanken in Worte zu fassen.« Ein trauriges Lächeln huschte über ihre Lippen. »Früher hätte ich das nicht gekonnt.«

»Was?«

»Richie die Meinung zu sagen. Wahrscheinlich hätte ich einfach so weitergemacht wie bisher, wenn ich dir nicht begegnet wäre.«

»Das heißt ...« Nick zupfte nachdenklich einen Fussel von der Decke. »Du hättest ihm verziehen, dass er dich mit einer anderen Frau betrogen hat?«

»Vermutlich hätte ich das nicht einmal mitbekommen.«

»Dann war es nicht umsonst.« Er verzog schelmisch das Gesicht.

Nun war sie es, die ihn fragend ansah. »Was meinst du damit?«

»Dass ich dir deinen Lebkuchen-Muffin vor der Nase weggekauft und so deinen Zorn auf mich gezogen habe.«

Caroline lachte auf und bewarf ihn mit einem der Couchkissen. »Du spinnst, Nick!«, rief sie und riss dann kreischend die Arme hoch, als Nick das flauschige Geschoss zurückwarf. »Hör auf!«

»Nö.« Er warf ihr noch ein Kissen entgegen. »Du hast damit angefangen.«

Sie rappelte sich auf, schüttelte die Decke ab und ergriff ein weiteres. »Das wirst du mir büßen!« Erfolglos versuchte sie, ihm mit dem Kissen eins überzuziehen, doch er kam ihr dabei zuvor und schnappte sich ihr Handgelenk. Vor Schreck ließ sie das Kissen los und es fiel zu Boden.

»Ach ja? Willst du etwa mit mir ringen?« Er grinste sie vielsagend an, weil sie direkt auf ihm lag. Er ließ ihre Hand los. »Ich fürchte, wenn das deine Art ist, mich zu bestrafen, werde ich freiwillig ein unartiger Junge sein.«

Sie schnappte nach Luft und wollte sich aufrichten, doch Nick legte die rechte Hand auf ihre Wange. Ihre Blicke trafen sich und die Welt hörte auf, sich zu drehen. »Warte«, hauchte er. Gespannt musterte sie ihn und ließ ihn gewähren. Ihr Körper zitterte leicht. Ob vor Angst oder Nervosität konnte Nick nicht sagen. Doch wenn sie sich vor ihm fürchtete, würde sie bestimmt nicht so ruhig auf ihn hinabschauen, oder? Es fühlte sich auf eine seltsame Art und Weise richtig an ... und irgendwie schön. Nick schluckte schwer, um das

Bedürfnis zu verdrängen, die letzte Distanz zwischen ihnen zu überwinden und ihre Lippen auf seinen zu spüren. Sie waren nur Freunde. Nicht mehr und nicht weniger. Darauf hatte sie bestanden. Also sollte er die Situation nicht ausnutzen. Doch so, wie sie ihn gerade anschaute, schienen ihr womöglich ähnliche Gedanken durch den Kopf zu gehen. Zumindest glaubte er das.

»Du verdienst jemand besseren als diesen Trottel«, murmelte Nick in Gedanken versunken und zog sie langsam zu sich herab.

»Was tust du da?«, fragte sie leise.

»Ich weiß es nicht.«

Im Lichtschein leuchteten ihre Augen wie glänzende Smaragde und ihre samtene Haut war angenehm warm. Nick konnte sich nicht mehr länger von ihr fernhalten. Sie zog ihn an wie ein Magnet. Er wollte sie berühren und derjenige sein, der gut genug für sie war. *Aber war er das wirklich? Was konnte er ihr schon bieten?* Seine Zeit in Snow Falls war begrenzt und sein Erbe stellte sich allem in den Weg, was er sich jemals gewagt hatte zu erträumen.

»Nick?«

»Hm?«

»Warum starrst du mich so an?«

Er blinzelte und kehrte abrupt aus seiner wirren Gedankenwelt zurück. »Tut mir leid. Ich habe nur über etwas nachgedacht.«

Sie runzelte die Stirn. »Darüber, ob du mich küssen willst?«

Erstaunt riss er die Augen auf. » *Was*? Nein, ich ...«

»Ich verstehe. Lass gut sein.« Caroline entzog sich seinen Händen und setzte sich ans andere Ende der Couch. »Ich verstehe das schon.«

»Nein, das tust du nicht«, rief Nick, der überhaupt nicht wusste, was gerade geschah. »Ich meine ... ich verstehe es ja selbst nicht.« Auch er setzte sich hin.

»Ich habe meine Aufgaben vernachlässigt. Das tut mir leid.« Sie hob die Kissen vom Boden auf und platzierte sie auf der Couch. Es war, als würde sie eine Mauer zwischen ihnen bauen. Nicht nur physisch, sondern auch psychisch. »Ab morgen werde ich wieder auf Wohnungssuche gehen, damit ich dir nicht mehr länger auf der Tasche liege.« Sie zwang sich zu einem Lächeln.

Nun verstand Nick erst recht nichts mehr. »Warum hast du es nur so eilig?«

»Du hast mir schon so viel geholfen. Sogar damit, einen Schlussstrich mit Richard zu ziehen. Ich kann dir nicht länger zur Last fallen.«

»Das tust du doch gar nicht«, versuchte Nick, sie zu beschwichtigen. »Wie oft soll ich dir das noch sagen?«

»Nick, es ist nicht normal, dass zwei Menschen einfach so zusammenziehen, obwohl sie sich gar nicht kennen. Du hast mich auf der Straße aufgesammelt, wir sind praktisch Fremde, verstehst du?«

»Nein, ich verstehe gar nichts mehr.« Er stand auf und lief ein paar Schritte auf und ab. Verzweifelt versuchte er, ihren Gedankengängen zu folgen. *Was genau war ihr Problem? Es funktionierte doch gut so, wie es war. Oder etwa nicht? Entging ihm irgendetwas?* Er seufzte. *Wie sollte er ihr klar machen, was in ihm vorging?* »Fühlt sich das hier fremd für dich an? Dieses ... du und ich?«

»Du meinst wir?«

»Ja, wir.«

»Du und ich.« Sie senkte den Kopf, nahm eine der Kerzen vom Tisch und betrachtete sie, als versuche sie, etwas darin zu erkennen. »Wir.« Dann schüttelte sie den Kopf und lachte freudlos. »Nein, das ist vollkommen absurd.«

Nick öffnete den Mund, doch es kam kein Ton heraus. Es fühlte sich an, als hätte sie ihm ein Messer in die Brust gerammt. Immer und immer wieder. Er war also tatsächlich nicht genug. Während er dies verinnerlichte, begriff er auch, was seit vielen Jahren sein Problem in Bezug auf seinen Vater war: Auch für ihn war er nicht gut genug. Bei Caroline hingegen sah die Sache anders aus. Insgeheim hatte er es längst gewusst, aber es aus ihrem Mund zu hören, war ... niederschmetternd.

Plötzlich flackerte es im Raum und die Lampen gingen wieder an.

»Oh, sieh nur, das Licht«, sprach Caroline das Offensichtliche aus und lachte nervös. »Wollen wir weitermachen?« Sie streckte die Hand nach ihm aus. »Mit dem Backen, meine ich.«

Nick schaute auf die offene Handfläche, die ihm zugeneigt war. *Was nun? Sollte er diese Hand ergreifen und sich in den Abgrund ziehen lassen, der ganz sicher dort auf ihn wartete? Oder sollte er ihrem Wunsch nachkommen und sie gehen lassen? Warum zum Mistelzweig streckte sie ihm die Hand entgegen, wenn sie ihn auf Abstand halten und verschwinden wollte?*

»Nick?«

Er nickte zögerlich. »Ja, wir machen weiter.« Dann nahm er ihre Hand und sie zog ihn zurück in die Küche.

Doch es war nur Nicks körperliche Hülle, die ihr folgte. In seinem Kopf überschlugen sich währenddessen die Gedanken: *War Caroline seine Prüfung? War Santa Claus so skrupellos und zog eine unschuldige junge Frau mit hinein? War das, was er fühlte, überhaupt echt?*

Der Kampf mit einem Eisbären war eine Sache, das Spiel mit dem Schicksal und den Gefühlen einer Frau eine ganz andere.

KAPITEL 14

NICK

In den letzten Tagen und Wochen hatte Nick sich nicht ein einziges Mal allein gefühlt. Er schätzte die Ruhe und den Frieden, und die gemeinsame Zeit mit Caroline empfand er als sehr unterhaltsam. Doch nun war er an einem Punkt angelangt, an dem ihm jemand zum Reden fehlte. Seit Stunden lag er im Bett und starrte die Decke an. Er konnte nicht aufhören, über Caroline und das, was sie in ihm auslöste, nachzudenken. Er wollte sie beschützen und für sie da sein. Sie wiederum hatte offenbar nicht das Geringste für ihn übrig und war nicht bereit, ihn an ihrem Leben teilhaben zu lassen. *Hatte sich Matty etwa genauso gefühlt, als Nick ihn Anfang Dezember abgewiesen hatte?*

Matty ... was er wohl gerade machte? Ob er immer noch als Schneemann durch die Gegend rollte? Vielleicht unternahm er ja auch eine Schneewanderung durch die Rocky Mountains, um seinen Geist und seinen Körper zu stärken. Oder er war möglicherweise von Big Foot gefressen worden. Nick presste die Lippen zusammen und zog die Arme, die er hinter seinem Kopf verschränkt hatte, hervor. Die Wahrscheinlichkeit, als Monsterfutter zu enden, war wesentlich größer, als dass der Elf die Zeit effizient genutzt hatte. »Armer Kerl«, murmelte Nick und warf einen Blick auf sein

Handy. Es war schon Mittag und der halbe Tag vergeudet. Caroline war bestimmt schon bei der Arbeit und lenkte sich von ihrem Leben ab. Darin war sie äußerst gut. Eine Meisterin des Versteckspiels. *Warum nur hatte sein Vater ausgerechnet sie als Prüfung für Nick ausgesucht? Hatte sie es nicht schon schwer genug?* Nick wollte ihr nicht noch zusätzliche Probleme aufbürden. Er hatte nie gewollt, dass sie zwischen die Fronten geriet und zum Spielball des Weihnachtsmannes wurde, und das nur, damit der alte Mann endlich in Rente gehen konnte. Was für eine herzlose Geste von jemandem, der sich um das Wohlergehen der Menschen sorgen sollte.

Lustlos schlurfte Nick in die Küche, um einen Kaffee zuzubereiten. Die schlaflose Nacht steckte ihm schwer in den Knochen, dabei war er an diese Lebensweise durchaus gewöhnt. Die Nächte durchzuarbeiten, gehörte genauso zu seiner Ausbildung wie das Erreichen der körperlichen Belastungsgrenze. Wie sonst sollte er irgendwann innerhalb eines Tages die Geschenke auf der ganzen Welt verteilen? Doch zu seiner Jobbeschreibung gehörte mit Sicherheit nicht das Gedankenchaos, das Caroline und Santa bei ihm auslösten.

Auf dem Küchentisch fand Nick eine leere Tasse sowie einen Teller mit frischen Pancakes vor. An dem Gefäß lehnte einer der Schneemannkekse, die sie am Abend zuvor gemeinsam gebacken und dekoriert hatten. In dessen Arm steckte ein Zahnstocher, an dem ein Zettel befestigt war. Der Anblick entlockte Nick ein amüsiertes Lächeln und er nahm dem Schneemann vorsichtig das Stück Papier ab. In geschwungener

Handschrift standen darauf die Worte: *Bin bei der Arbeit. Lass es dir schmecken. Caroline.*

»Warum machst du mir Frühstück, obwohl du mich loswerden willst?« Seufzend holte Nick die Kanne aus der Maschine und schenkte sich Kaffee ein. »Du bist echt das größte Rätsel der Menschheitsgeschichte.«

Und um dieses Rätsel zu lösen, musste er sie besser kennenlernen. Indem er sie unabsichtlich bedrängte wie am Vorabend, kam er bestimmt nicht weiter. Er sollte gezielter vorgehen, wenn er herausfinden wollte, wie er ihr helfen konnte. Schließlich hing ihrer beider Zukunft davon ab.

Da er mit seinen Grübeleien nicht weiterkam, hatte Nick beschlossen, seine Arbeit ausnahmsweise von zu Hause aus zu erledigen. Die App stand kurz vor der Fertigstellung und er musste sie nur noch ausgiebig testen. Womöglich könnte sie schon an diesem Weihnachtsfest zum Einsatz kommen. Doch Nick war momentan nicht gut auf seinen Vater zu sprechen, weswegen er in Betracht zog, ihm den digitalen Komfort einfach vorzuenthalten.

Draußen war das Schneegestöber zu einer dichten Schneewand herangewachsen. Nick erwischte sich bei der gruseligen Vorstellung, dass Matty sich versehentlich in Pulverschnee verwandelt hatte und nun durch das Gebirge wirbelte. Tollpatschig, wie der Elf nun mal war, war der Gedanke gar nicht so abwegig. Allerdings hatte Nick noch nie davon gehört, dass die Magie am Nordpol so gehörig danebengegangen war, dass sich ein Elf in seine Einzelteile zerlegt hatte. Dafür war sie auch nicht ausgelegt. Aber Nick war sich nicht sicher, ob Matty sich wieder zusammensetzen könnte. »Heiliger Mistelzweig, genug mit den Horrorvorstellungen. Ich sollte doch rausgehen, um den Kopf freizukriegen.« Nick fuhr sich mit einer Hand über die Augen, dann zog er sich einen Schal, eine Mütze und seinen Mantel über und schlüpfte in die Stiefel. *Warum nur musste immer alles so kompliziert sein? Wieso konnte er nicht ein normales Leben führen, so wie all die anderen Menschen?* Wie gern wäre er zur Highschool gegangen und anschließend auf ein College. Er hätte Freunde gefunden, viel erlebt ... ihm hätten alle Türen offen gestanden und er hätte sich beruflich in dem verwirklichen können, was ihm Spaß machte. Stattdessen wurde seine Schulbildung von einer alten, griesgrämigen Privatlehrer-Elfe übernommen und er war sein Leben lang von Weihnachtsstimmung umgeben. Sein einziger Freund war ein trotteliger Assistenz-Elf, der vermutlich gerade irgendwo auf einem Selbstfindungstrip durch die Rocky Mountains irrte, weil Nick es ihm aufgetragen hatte. Ganz schön deprimierend und verrückt.

Nick trat hinaus ins Schneetreiben und spürte sofort jede einzelne Flocke, die ihm ins Gesicht peitschte. Es war, als wollten sie ihn verhöhnen für das, was er war. *Ob es seinem Vater ebenso ergangen war? Wohl eher nicht.* Santa war schon immer von Elfen, die ihn bewunderten, umgeben gewesen. Nick hingegen bevorzugte es, sich in seiner Freizeit in sein Zimmer zurückzuziehen, zu programmieren oder Videospiele zu zocken. Doch das war in Ordnung gewesen und er hatte sich niemals allein gefühlt.

Bis jetzt.

Caroline war ihm so nah und zugleich so fern, wodurch er am eigenen Leib zu spüren bekam, wie es war, die Hand des einen Menschen, der einem wichtig war, nicht ergreifen zu können, und das, obwohl sie sich direkt vor ihm befand.

In Gedanken schwelgend ließ Nick sich einfach von seinen Füßen tragen. Er hatte keinen blassen Schimmer, wo er hinwollte, und stellte seinen Körper daher einfach auf Autopilot. All die Dinge, mit denen er nicht umzugehen wusste, wurden ihm langsam zu viel und er brauchte unbedingt Abstand zu alldem. *Wie hatte er es bloß zulassen können, dass die Neugier ihn so gefühlsduselig machte?* Dabei wollte er die Menschen nur besser kennen- und verstehen lernen. Er hatte niemals vorgehabt, sich auf sie einzulassen und Bindungen einzugehen. Bindungen, deren sicherer Verlust ihn schmerzhaft treffen würden. Ihm war von Anfang an klar gewesen, dass er seiner Bestimmung nicht entkommen konnte. Es handelte sich hierbei lediglich um einen Aufschub, den er aus einer Laune heraus erzwungen hatte. *War es ein Fehler gewesen, sich gegen das Schicksal aufzulehnen?*

Er blieb stehen und stellte fest, dass er sich vor der Buchhandlung befand. »Was stimmt nicht mit mir?«, grummelte er genervt. »Warum zieht es mich immer wieder zu ihr?«

Seufzend öffnete er die Tür. Die Glocke über ihm klingelte leise. Im Verkaufsraum war es still und – soweit Nick das mit seiner beschlagenen Brille sagen konnte – niemand war zu sehen.

»Blödes Ding«, fluchte er und setzte das Gestell ab, um sie von dem trüben Nebel zu befreien. Kaum hatte er sie abgenommen, bemerkte er den leichten Hauch von Magie um sich herum. »Was zum ...?« Er schaute sich neugierig um und lief die Regalreihen entlang. Je näher er der Kasse kam, desto stärker wurde die Magie.

»Bin gleich für Sie da«, hörte er Molly rufen, deren grauer Lockenschopf nur spärlich über dem Tresen hervorlugte. Es polterte ein paar Mal und sie seufzte schwer. »Dass diese Vertreter auch immer so viel Papierkram dalassen müssen.«

Nick näherte sich ihr langsam und war nicht sicher, was ihn erwarten würde.

Schneller, als man es bei der alten Dame vermuten würde, richtete sich Molly auf und sah sich Nick gegenüber, dem vor Schreck die Gesichtszüge entglitten. Doch er war nicht der Einzige. Molly war ebenso überrascht und schrie erschrocken auf. Sie wich zurück und stolperte. Daraufhin explodierte die magische Aura um sie herum und entblößte lange, spitze Elfenohren.

»Eine E-Elfe?« Nick wollte seinen Augen nicht trauen und zeigte unverblümt auf Mollys Ohren.

»Nick Claus!«

Als ihnen beiden auffiel, was für ein Theater sie veranstalteten, legten sie zeitgleich die Zeigefinger an die Lippen und zischten sich an.

»Sei still, sie kann dich sonst hören!«

»Mach die sofort weg, sie kann sie sonst sehen!«

Molly rannte panisch um den Tresen herum und zerrte Nick in Richtung Büro. »Caroline, kannst du bitte kurz hier übernehmen? Ich muss etwas Wichtiges klären!«

Ohne Carolines Antwort abzuwarten, schob Molly Nick mit erstaunlicher Kraft ins Hinterzimmer und knallte die Tür hinter ihnen zu. Kurzatmig standen sie sich gegenüber und starrten sich an.

»Du bist eine Elfe!«, wiederholte Nick aufgebracht. »Warum zum Mistelzweig bist du eine Elfe?«

»Weil ich als Elfe geboren wurde«, grummelte Molly. »Was ist mit dir? Warum bist du nicht am Nordpol, sondern streunst hier in Snow Falls herum?«

»Ach komm schon, Molly. Als ob du das nicht wüsstest. Deswegen bist du doch hier.«

Molly lehnte sich gegen die Tür. Ein versöhnliches Lächeln trat auf ihre Lippen. »Ich bin nur den Gerüchten gefolgt und war mir nicht sicher, ob ich dich wirklich treffen würde.«

»Was für Gerüchte?«

»Dass du eine Rebellion gegen Santa anzettelst. Alle sind ganz aus dem Häuschen.« Sie kicherte, doch als sie Nicks verblüfften Gesichtsausdruck bemerkte, hielt sie inne. »Ups. Jetzt habe ich wohl ein bisschen zu viel verraten, was?«

»Alle? Wen meinst du damit?« Nick starrte Molly perplex an. »Was hat das zu bedeuten?«

Molly zuckte mit den Schultern und spielte das Unschuldslamm. »Na die Elfen vom Nordpol. Conny hat mich gebeten, auf meinen Reisen einen Blick auf dich zu werfen und sie auf dem Laufenden zu halten.« Sie kramte in ihrer Rocktasche, zog ein knallpinkes Smartphone hervor und richtete es auf ihn. »Du bist wirklich ein hinreißender junger Mann. Kein Wunder, dass Caroline so vernarrt in dich ist.« Es klickte laut, als sie das Foto schoss. Triumphierend strahlte sie bis über beide Ohren, tippte etwas in ihr Handy und ließ es dann in Windeseile wieder in ihrer Tasche verschwinden. »Conny wird sich bestimmt riesig freuen, dass du wohlauf bist.«

»Hast du es die ganze Zeit über gewusst?« Dann dämmerte es Nick. »Oh, jetzt verstehe ich, warum du mir die Brille so schnell wiedergegeben hast, als die Schneelawine mich getroffen hat.«

»Exakt«, gab sie zu.

»Am Nordpol habe ich dich aber noch nie gesehen, oder? Ich dachte eigentlich, ich würde einen Großteil der Elfen kennen.«

Sie zuckte mit den Schultern. »Ich habe immer im Hintergrund in der Buchhaltung gearbeitet. Wir sind uns, glaube ich, noch nie zuvor begegnet.«

Mit dieser Abteilung hatte Nick in der Tat nur wenig zu tun. »Wie hast du mich dann erkannt?«

»Conny hat mir ein Foto mitgegeben. Du hast dich allerdings ziemlich verändert.« Nun holte sie ein Bild hervor, auf dem Nick mit dunkler Hornbrille, einem breiten Zahnspangengrinsen und einer Topffrisur zu sehen war, die den Beatles Konkurrenz machte. »Als du deine Brille verloren hattest, habe ich dich an deiner außergewöhnlichen Augenfarbe erkannt. Von da an war ich mir sicher, dass du es bist. Geahnt habe ich es aber bereits bei unserer ersten Begegnung.«

»Heiliger Mistelzweig, gib das sofort her!« Nick griff nach dem Foto, aber Molly ließ es genauso schnell wieder verschwinden, wie es aufgetaucht war.

»Na na na, junger Mann. Du willst doch nicht etwa eine alte Dame anfallen?«

»Bitte *was*?«

»Keine Sorge, ich werde es niemandem zeigen. Es sei denn, Caroline besteht darauf. Dann könnte ich mich vielleicht breitschlagen lassen.« Hämisch grinste sie ihn an.

»Bitte, tu das nicht!«, flehte Nick. »Wenn Caroline das zu Gesicht bekommt, wird sie mich niemals als richtigen Mann wahrnehmen.«

»Dann tust du jetzt besser genau das, was ich sage, und das Bild wird für immer im Erinnerungsalbum deiner Haushälterin verschwinden.«

Nick konnte es nicht glauben, dass er sich ernsthaft von einer alten Elfe bestechen ließ. Nicht einmal Matty war das je gelungen. Nur hatte er dieses Mal keine Wahl, wenn er nicht sein Gesicht verlieren wollte. »Was sind deine Forderungen?«

»Antworten!«

»Worauf?«

»Auf meine Fragen natürlich, du trotteliger Weihnachtsprinz.«

»Trotteliger Weihnachtsprinz?«

»Bist du ein Papagei, oder was?« Sie schnalzte mit der Zunge und schüttelte den Kopf. »Scheint so, als habe Santa dir nicht gerade viele Manieren beigebracht.«

»Der hat mir fast gar nichts beigebracht«, grummelte Nick und nahm Abstand. Er hatte doch lediglich Caroline besuchen wollen. Wie hatte er in so eine miserable Lage geraten können? Genervt von sich selbst schaute er sich um. Das Büro war genauso wie die Buchhandlung weihnachtlich dekoriert. Auf dem Schreibtisch stand ein kleiner Weihnachtsbaum, der sich drehte und mit zahlreichen bunten Lichtern geschmückt war. Über dem Bürostuhl hing ein roter Mantel mit weißem Kragen.

»Was soll das denn?« Er zeigte auf das Kleidungsstück.

»Ich wollte mich auch mal wie der Boss fühlen.«

»Hast du zu viel Eggnog getrunken?«

Sie winkte ab. »Lenk nicht ab. Also ist es wahr, dass
du rebellierst?«

Nick ließ sich auf der Tischkante nieder. »Als Rebellion würde ich das nicht bezeichnen.«

»Als was denn dann?«

»Einen Aufschub.«

»Wovon?«

»Wird das hier ein Verhör?«

»So ähnlich. Bitte fahr fort.«

Er verschränkte die Arme vor der Brust und legte den
Kopf in den Nacken. »Ich wollte die Menschen zuerst
besser kennen- und verstehen lernen, ehe ich Dads
Erbe antrete, und wenn ich seine dämliche Prüfung bestehe, gewährt er mir mehr Zeit.«

»Was für eine Prüfung?«

»Ich hatte eigentlich gehofft, dass du mir das sagen
könntest.«

Zaghaft schüttelte sie den Kopf. »Ich weiß weniger, als
du denkst. Santa war schon immer ein seltsamer alter
Kauz und hat sich von niemandem in den Sack
schauen lassen.«

Enttäuscht seufzte Nick auf. War ja klar, dass Molly
ihm nicht helfen würde. »Warum hast du ausgerechnet
Caroline eingestellt? Hast du gewusst, dass ich mit ihr
zu tun habe?«

»Nein, hab ich nicht. Die Begeisterung für Bücher und
ihr Verkaufsgeschick haben mich überzeugt.«

»Was für ein Zufall.« Nick wurde ungeduldig und glaubte ihr kein Wort. Das Gespräch behagte ihm nicht und er wollte seine wertvolle Zeit nicht mehr länger mit Elfen verschwenden. Er hatte Molly nicht auf dem Schirm gehabt, doch nun wusste er nicht, ob er ihr trauen konnte.

»Eine letzte Frage habe ich noch.«

»Ach ja?«

»Conny will wissen, ob du immer noch jeden Tag deinen Teller voll Kekse isst.«

»Echt jetzt? Das brennt ihr auf der Seele?«

Molly zuckte mit den Schultern. »Also?«

»Nein, tu ich nicht.«

»Wenn es daran hapert, dass du nicht backen kannst, dann könnte ich ...«

»Kein Bedarf!«, unterbrach Nick sie grimmig. »Was springt für dich dabei heraus, wenn du mich ausspionierst?«

»Das hier.« Molly breitete glücklich die Arme aus und drehte sich im Kreis. »Ich habe schon immer von einer eigenen Buchhandlung geträumt und wollte nicht mehr länger Zahlen für Santa herumschubsen. Der Duft der Bücher ist so viel reizvoller und befriedigender.« Glücklich legte sie den Kopf in den Nacken und schloss die Augen. »Hach, einfach herrlich, nicht wahr?«

Nick starrte sie nachdenklich an. »Hast du am Nordpol ein Buchungssystem benutzt?«

»Du meinst, am Computer? Nein, die gesamte Buchhaltung läuft manuell mithilfe von Kassenbüchern.«

Nick stöhnte auf. Sobald er die App fertiggestellt hatte, musste er sich dringend dieser Sache annehmen.

»Bist du zufrieden mit Santas Arbeitsmethoden?«

Er schüttelte den Kopf. »Zugegeben, ich stimme nicht mit allem überein, was mein Vater macht. Vielleicht sollten wir diese miserablen Zustände dem Betriebsrat melden?«

»Wir haben einen Betriebsrat?«, stieß Molly erstaunt hervor.

Nick grinste. »Nicht, dass ich wüsste. Wäre aber lustig, wenn die Elfen plötzlich anfangen würden zu streiken.«

Molly kicherte wie ein kleines Mädchen. »Du bist ein böser Junge, Nick. Deine Rebellion wird alles verändern. Davon bin ich überzeugt.«

Ehe Nick sie berichtigen konnte, dass es sich keineswegs um eine Rebellion handelte, klopfte es an der Tür. »Molly? Deine Expertise wird gebraucht«, rief Caroline.

»Bleib hier, bis ich dir ein Zeichen gebe, dass du verschwinden kannst. Wenn sie sieht, dass ich mit dir allein hier drin war ... Wir wollen die liebe Caroline doch nicht eifersüchtig machen.« Molly zwinkerte ihm schelmisch zu, woraufhin sich Nick jegliche Widerworte verkniff. Die Elfe war genauso seltsam wie alle anderen auch. *Was, wenn er eines Tages auch so wurde? Vielleicht war er es ja schon? War das womöglich der Grund dafür, dass Caroline nicht mehr als nötig mit ihm zu tun haben wollte?*

Molly stellte ihren Verschleierungszauber wieder her und öffnete die Tür. Dann drehte sie sich noch einmal zu ihm um. »Vergiss nicht, deine Brille aufzusetzen.«

»Mist, stimmt ja.« Er schob das Gestell zurück auf die Nase und ging Molly hinterher, ohne ihren Anweisungen zu folgen. Dort lief er natürlich direkt Caroline in die Arme.

Kapitel 15

Caroline

»Was machst du denn hier?« Caroline hatte mit vielem gerechnet, aber nicht mit Nick, der aussah, als hätte man ihn gerade in flagranti erwischt.

Außerdem entging ihr nicht, dass Molly Nick mit dem Ellenbogen einen Stoß in die Rippen verpasste und ihm etwas zuraunte.

»Ich hatte etwas mit Molly zu besprechen«, antwortete er. »Sie hat mich zu sich gebeten.«

Molly setzte ihr liebliches Omi-Lächeln auf. »Ja, genau. Wäre es nicht toll, wenn Nick uns bei den Aufbauarbeiten des Schneefestivals unterstützt?«

»Ja, sicher.« Caroline schaute fragend zwischen den beiden hin und her. Irgendetwas stimmte hier nicht, denn Nick verhielt sich äußerst seltsam.

Noch verdächtiger war es allerdings, dass er nicht den leisesten Schimmer zu haben schien, wovon Molly sprach. Auf seinen panisch-fragenden Blick hin erklärte sie: »Jeder Gewerbetreibende in Snow Falls muss sich daran beteiligen. Da Caroline und ich zierliche Damen sind und mit dem Weihnachtsgeschäft so viel um die Ohren haben, dachte ich mir, es wäre nett, einen starken jungen Mann wie dich ins Rennen zu schicken.« Sie tätschelte Nick den Rücken.

Zierlich ... ich ... na klar, schoss es Caroline durch den Kopf, doch sie widerstand dem Drang, es zu kommentieren.

»Das mach ich natürlich gern«, presste Nick hervor und setzte ein Lächeln auf, das Caroline ihm ganz und gar nicht abkaufte. Oh je, er war so ein unfassbar schlechter Lügner.

Molly klatschte in die Hände. »Wunderbar! Dann wäre das ja geklärt.«

»Ich habe kein Problem damit, ebenfalls beim Aufbau zu helfen«, warf Caroline ein und wandte sich an Nick. »Sobald die Buchhandlung schließt, kann ich dich gerne unterstützen.«

»Wenn du darauf bestehst.« Molly grinste zufrieden.

»Nein, das ist nicht nötig«, sagte Nick schnell. »Du hast schon genug um die Ohren. Wir sehen uns später.« Er drehte sich um und marschierte schnurstracks zur Tür.

Caroline fühlte sich von seiner Reaktion vollkommen überrumpelt. »Warte!«

Aber Nick hörte nicht auf sie und trat ins dichte Schneetreiben hinaus. Hastig brachte er einige Meter Abstand zwischen sich und die Buchhandlung, so als sei er auf der Flucht.

»Nick!« Ihr Ruf hallte über die Straße und er blieb schließlich doch stehen. Sie rannte auf ihn zu und machte vor ihm Halt. »Was ist los? Habe ich etwas falsch gemacht?«

»Es ist alles in Ordnung«, sagte er und versuchte sich erneut an einem Lächeln. »Ich habe nur gerade viel zu tun, mehr nicht.«

»Schon klar. Deswegen hilfst du auch beim Aufbau.« Ihr Tonfall war nüchtern und es fiel ihr schwer, die Enttäuschung zu verbergen. Dabei gab es etwas, dass sie ihn dringend fragen wollte. Sie wusste, dass der Zeitpunkt nicht der richtige war, aber sie hatte den ganzen Tag über Mut dafür gesammelt, um sich zu überwinden. »Weißt du, ich wollte mit dir über etwas reden.«

»Schieß los.«

»Wollen wir übermorgen gemeinsam zum Schneefestival gehen?«

Er sah sie lange an und Caroline dachte schon, er wolle ihr nicht antworten, doch dann sagte er: »Tut mir leid, Caroline, aber ich habe schon etwas anderes vor.«

Wie erstarrt stand sie vor ihm. Bibbernd vor Kälte, weil sie wieder einmal ohne ihre Jacke losgestürmt war, und weil ihr nichts Besseres einfiel, sagte sie: »Ich verstehe. Dann bis später.« Hals über Kopf rannte sie los, um in die Buchhandlung zurückzukehren.

Kaum hatte sie die Tür hinter sich geschlossen, kam Molly auf sie zu.

»Jetzt lass die Schultern nicht hängen. Es sind doch nur ein paar Tage, die er mit dem Aufbau beschäftigt sein wird.«

»Darum geht es nicht.« Caroline lächelte traurig. Es war ihr unglaublich schwergefallen, ihn zu fragen, ob er Zeit mit ihr verbringen wollte, und es war naiv gewesen, zu denken, dass er sie bestimmt nicht abweisen würde. Schließlich hatte er, seit sie sich begegnet waren, alles für sie getan. Jeden Wunsch hatte er ihr von den Lippen abgelesen. Er hatte ihr das Gefühl vermittelt, bedeutsam zu sein.

»Du magst ihn, nicht wahr?«

»Kann sein«, gab Caroline widerstrebend zu. »Aber ich glaube, ich habe ihn vor den Kopf gestoßen.« Sie hatte die halbe Nacht wach gelegen und über das, was am Vorabend geschehen war, nachgedacht. *Was wäre wohl passiert, wenn sie sich nach vorne gelehnt und ihn geküsst hätte?* Ihr gesamter Körper schrie danach, ihn zu berühren. Mit aller Kraft hatte sie sich zur Vernunft zwingen müssen, um Abstand zwischen sie beide zu bringen.

»Das glaube ich nicht. Der Junge ist hart im Nehmen.«

Caroline ging zum Krimi-Regal und begann, die Bände zu sortieren. »Keiner wird gern in die Freunde-Schublade gesteckt. Auch Nick nicht.«

»Du hast gerade erst eine sehr schmerzhafte Trennung hinter dir. Da ist es wahrscheinlich zu früh, nach vorne zu schauen. Oder was meinst du?«

»So schmerzhaft war sie nicht. Eigentlich eher ... befreiend.«

»Verstehe.«

Die Türglocke ertönte und gleich mehrere Kunden betraten den Laden. Froh über die Ablenkung marschierte Caroline auf sie zu und tat das, was sie am besten konnte: ihre eigenen Sorgen verdrängen.

Caroline war daran gewöhnt, ihre Probleme selbst zu lösen. So war es schon immer gewesen und so sollte es immer sein. Eigentlich. Doch es gab Dinge, mit denen sie nicht klarkam, und das waren die Herausforderungen der modernen Technik. Insbesondere dann, wenn es um wichtige Angelegenheiten wie Präsentationen für die Uni ging, die sie während der Ferien vorbereiten musste. Außerdem wollte sie online nach Wohnungen schauen. Wenn der Laptop allerdings nicht startete, war sie schnell mit ihrem Latein am Ende.

Seit über einer Stunde versuchte sie vergeblich, das Gerät hochzufahren, doch es passierte einfach nichts. Mittlerweile war sie den Tränen nahe. Was sollte sie machen, wenn ihr Laptop ausgerechnet jetzt den Geist aufgab? Sie besaß nicht das Geld, um sich einen Neuen zu kaufen, da bald die nächsten Semestergebühren fällig waren.

Verzweifelt kramte sie ihr Handy hervor und suchte nach der Telefonnummer des Elektronikladens. Schon nach dem zweiten Klingeln ging jemand dran.

»Guten Abend«, begann Caroline, wurde jedoch von einer mechanischen Stimme unterbrochen.

»Vielen Dank für Ihren Anruf. Leider rufen Sie außerhalb unserer Servicezeiten an. Sie können uns ...«

Caroline legte auf. Frustriert warf sie das Smartphone auf den Tisch und sackte auf ihren verschränkten Armen zusammen. »Das darf nicht wahr sein«, jammerte sie und schloss die Augen, um die Tränen zurückzudrängen.

»Ist etwas passiert?«

»Mein Laptop fährt nicht mehr hoch«, nuschelte sie in ihre Armbeuge und schreckte dann hoch.

Nick stand direkt neben ihr und entledigte sich gerade seines Mantels. Achtlos ließ er ihn auf den freien Stuhl neben ihr fallen. »Soll ich es mir mal anschauen?«

Caroline sah mit gemischten Gefühlen zu ihm auf. Seit dem Treffen in der Buchhandlung am vorherigen Tag hatten sie sich nur einmal kurz am Morgen gesehen und da war die Konversation eher spärlich ausgefallen.

Sie wollte schon ablehnen, doch ihr Mundwerk war offenbar schneller als ihr Verstand. »Wenn es dir keine Umstände macht, gern.«

Kaum hatte sie den Satz beendet, lehnte er sich auch schon über ihre Schulter und drückte ein paar Tasten. Sie atmete unauffällig tief ein und der Geruch von Lebkuchen stieg ihr in die Nase. Mittlerweile war er ihr so vertraut und sie konnte nicht genug davon bekommen. Leise kicherte sie.

»Was ist?«, wollte Nick wissen und zog sich zu ihrem großen Bedauern zurück.

»Ich liebe den Geruch von Lebkuchen einfach. Man könnte meinen, dass ich süchtig danach bin«, erklärte sie.

Nick streckte die Hand nach dem Ladekabel aus, hielt dann aber mitten in der Bewegung inne. Er seufzte leise, schloss die Augen und legte seinen Kopf für einen kurzen Augenblick auf ihrer Schulter ab. »Warum quälst du mich so, Caroline?«, hauchte er in ihr Ohr. Auf ihren Armen breitete sich augenblicklich eine Gänsehaut aus und ihr Körper verkrampfte, als ihr bewusst wurde, was sie gerade gesagt hatte. Nick richtete sich wieder auf. »Dein Ladekabel ist kaputt. Ich besorge dir morgen ein neues.« Er zeigte auf eine gebrochene Stelle kurz vor dem Stecker, die Caroline bisher vollkommen entgangen war.

»Oh, danke schön«, stammelte sie.

Nick nahm seinen Mantel und lief an ihr vorbei. Dabei schaute er sie nicht einmal an. »Keine Ursache. Ich bin müde. Gute Nacht.« Er verließ den Raum genauso rasch, wie er gekommen war.

Caroline konnte diese Distanz zwischen ihnen kaum ertragen. Dabei war sie diejenige gewesen, die ihn auf Abstand hatte halten wollen. Aber warum eigentlich, und wieso sagte sie so peinliche Sachen, wenn sie nur Freunde waren? Sie gab einen gequälten Laut von sich und schlug die Hände über dem Kopf zusammen. »Ich bin so eine trottelige Kuh!«

KAPITEL 16

NICK

An diesem Tag war Nick schon in aller Frühe aufgebrochen, um das Ladekabel für Caroline zu besorgen und die restlichen Aufbauarbeiten hinter sich zu bringen. Nachdem er das Ladekabel abgeliefert hatte, war er bis zum späten Nachmittag damit beschäftigt, Eisskulpturen hin und her zu karren, die restlichen Holzbuden aufzubauen und dem verzweifelten Organisator des Schneefestivals tatkräftig unter die Arme zu greifen. Die Anwesenden hatten schnell bemerkt, dass Nick eine Affinität zu Weihnachten besaß und daher genau wusste, wo welche Kugel und welche Lichterkette zu hängen hatte, um ein umwerfendes Bild abzugeben. Dementsprechend war er in den letzten Tagen umfangreich in die Arbeiten mit einbezogen worden und hatte deshalb im Anschluss keinerlei Kraft und Muße mehr, sich mit der Prüfung seines Vaters zu beschäftigen. Dass er keine Zeit für Caroline hatte, tat ihm leid. Er war schon lange nicht mehr so müde und erschöpft gewesen. Hätte er Magie eingesetzt, wäre es ihm mit Sicherheit besser ergangen, doch da er sich den Menschen nicht offenbaren wollte, hatte er zur guten alten Handarbeit zurückgreifen müssen. Dadurch hatte er zugleich erkannt, dass er die Magie immer als selbstverständlich hingenommen hatte, und lernte den Alltag und die Mühen der Menschen immer mehr zu schätzen.

Die größte Arbeit stellten zweifellos die Gefühle dar, die er verspürte, seit er in Snow Falls angekommen und Caroline begegnet war. Sie löste Dinge in ihm aus, die er nicht kannte und mit denen er daher nicht umzugehen wusste. Er verstand Caroline einfach nicht.

Nachdem er ihr vor zwei Tagen einen Korb gegeben hatte, verbrachte Nick kaum noch Zeit mit ihr. Dabei hatte er sich fest vorgenommen, ihr zu sagen, dass es ein Fehler gewesen war, ihr abzusagen, und er sehr gern etwas mit ihr unternehmen wollte. Am Abend zuvor hatte sich die perfekte Gelegenheit ergeben, doch sie hatte ihn mit ihrem Lebkuchen-Geständnis dermaßen aus dem Konzept gebracht, dass er nicht mehr gewusst hatte, wo unten und wo oben war.

Das musste er dringend in Ordnung bringen.

Kaum war der Aufbau des Festivals abgeschlossen, machte er sich daher in Windeseile auf den Weg zur Buchhandlung, um Caroline dort abzufangen. Vor dem Schaufenster hielt er kurz inne. Der goldene Mistelzweig erinnerte ihn daran, dass er immer noch die Schneekugel in der Manteltasche hatte. Wie hatte er sie bloß vergessen können? Er zog sie hervor und betrachtete sie. Der schwebende Zweig war weiterhin goldfarben und zu Nicks Verwunderung trugen die Äste jetzt winzige weiße Kügelchen.

»Wusstest du, dass man die Früchte der Mistel Kusskugeln nennt?«

Nick machte vor Schreck einen Satz zur Seite. »Molly!«

Die alte Dame stand auf einmal neben ihm und kicherte leise. »Das ist eine hübsche Schneekugel. Wo hast du die her?«

»Aus der Rentier-Werkstatt.« Nick hielt sie in die Höhe, damit Molly sie genauer betrachten konnte. »Ich glaube, es steckt Magie in ihr, denn der Zweig verändert mit der Zeit sein Aussehen.«

»Dann ist sie wohl etwas ganz Besonderes. Genauso wie du und Caroline.« Sie zwinkerte Nick vielsagend zu.

Nick seufzte und steckte die Kugel wieder ein. »Kann ich zu ihr?«

Molly schüttelte den Kopf. »Sie ist schon nach Hause gegangen. Sie meinte, sie habe heute noch etwas zu erledigen.«

»Dann sollte ich wohl dort nach ihr suchen.«

Molly klopfte ihm aufmunternd auf die Schulter. »Sie war in den letzten Tagen ziemlich neben der Spur. Ich glaube, ihr beide solltet dringend miteinander reden.«

»Das ist schwerer, als ich dachte«, gab Nick zu und lächelte traurig. »Zuerst muss ich allerdings etwas wieder gutmachen.«

»Viel Erfolg, mein Junge.« Molly lächelte zuversichtlich und kehrte in die Buchhandlung zurück.

Als Nick die Wohnungstür aufschloss, hörte er Stimmen. Das war ungewohnt, da er Caroline außer bei ihren Vorlesungen noch niemals mit jemandem hatte telefonieren hören. Auf leisen Sohlen lief er durch die Wohnung und blieb vor ihrem Schlafzimmer stehen. Die Tür stand einen spaltbreit offen, sodass er sie auf dem Bett sitzen sehen konnte. Den Laptop balancierte sie auf dem Schoß. Auf dem Bildschirm erkannte er eine Frau mit dunklen, zusammengebundenen Haaren und einem weißen Kittel. Die Farbe und die Form ihrer Augen waren denen von Caroline sehr ähnlich, doch mehr Gemeinsamkeiten konnte Nick auf die Schnelle nicht erkennen. Ihr Gesichtsausdruck war kühl und distanziert; nicht so warmherzig wie Carolines.

»Wo ist Dad?«, fragte Caroline.

»Er hat viel zu tun und ist gerade im OP. Hör zu, Caroline, ich habe jetzt keine Zeit für dich. Können wir das auf nächste Woche verschieben? Meine Sekretärin soll einen Termin mit dir ausmachen.«

»Mom, ich wollte dir nur kurz etwas erzählen.«

Die Frau seufzte. »Du hast fünf Minuten.«

Caroline wirkte ehrlich erfreut. »Ich habe einen neuen Job in einer Buchhandlung angenommen. Sie heißt *Zum goldenen Mistelzweig*. Es ist toll dort.«

»Aha.« Ihre Mutter schaute desinteressiert an der Kamera vorbei.

»Außerdem habe ich mich von Richard getrennt.«

»Von wem?«

»Von Richard Jones. Wir waren fünf Jahre lang zusammen. Ich habe ihn dir und Dad vor vier Jahren an Weihnachten vorgestellt.«

»Da waren wir in Brasilien«, erklärte ihre Mutter. »Wie sollen wir ihn da gesehen haben?«

»Per Video-Chat.« Carolines Stimme wurde leiser. »So wie immer. Es ist lange her, Mom.«

»Sprich nicht immer in Rätseln, Kind«, ermahnte sie ihre Tochter.

»Dass wir uns gesehen haben, meine ich. Also persönlich. Du und Dad ... ihr fehlt mir.«

Nick starrte fassungslos auf den Bildschirm. Während Caroline sich ihrer Mutter öffnete, lehnte diese sich zur Seite und hackte auf ihre Tastatur ein.

»Ich muss jetzt Schluss machen, Caroline. Ich leite dich bezüglich eines Termins an Sidney weiter.« Kaum hatte sie das gesagt, wurde der Bildschirm umgeschaltet und eine blonde, junge Frau schaute Caroline überrascht an.

»Oh, so schnell habe ich nicht mit dir gerechnet.«

»Hey Sidney.« Caroline zwang sich zu einem Lächeln, doch ihre Traurigkeit konnte sie damit nicht überspielen.

Sidney schaute sie mitleidig an und klickte nebenbei mit der Maus herum. »Lass mich kurz den Wochenplan checken ...«

»Lass gut sein. Ich verzichte«, fuhr Caroline dazwischen. »Es ist doch immer dasselbe mit ihnen.«

»Tut mir leid. Sie sind eben beide viel beschäftigt.«

»Ja, das stimmt.« Caroline lachte freudlos auf. »Das waren sie schon immer.«

Die junge Frau zuckte mit den Schultern. »Alles Gute zum Geburtstag, Caro.« Sie winkte in die Kamera. »Bis bald.«

»Danke.« Carolines Stimme war so leise, dass Nick sie kaum noch verstehen konnte. Sie beendete den Videochat und schloss seufzend den Laptop.

Nick wusste nicht, was ihn mehr erschütterte. Seine eigene Dummheit, weil er ihr an ihrem Geburtstag eine Abfuhr verpasst hatte und sich dessen nicht einmal bewusst gewesen war, oder die Ignoranz ihrer Mutter, die anscheinend nichts für ihre Tochter übrig hatte. Dieses Verhalten erklärte so vieles und all die verstreuten

Puzzleteile begannen plötzlich, sich Stück für Stück zusammenzusetzen.

Zaghaft klopfte er an die Tür. »Caroline?«

Erschrocken sah sie auf. »Nick?« Schnell wischte sie sich mit dem Arm über die Augen. »Wie lange stehst du schon da?«

»Lange genug«, gab er zu und trat ein. »Magst du deshalb keine Ärzte?«

Wortlos nickte sie.

»Zum ersten Mal, seit ich dich kenne, habe ich das Gefühl, dich zu verstehen.«

»Wie meinst du das?«

»Deine Art zu reden. Diese Unterwürfigkeit, weil du es immer allen recht machen willst. Dass du immerzu die Schuld bei dir suchst und dich andauernd entschuldigst.« Er ging auf sie zu und blieb genau vor ihr stehen. »Dieser Selbsthass.«

»Selbsthass?« Sie starrte ihn aus verweinten Augen an. »Warum sagst du so etwas, Nick?«

»Weil ich Augen im Kopf habe. Glaubst du, ich merke nicht, was du dir jeden Tag antust? Alles willst du allein schaffen, weil du denkst, eine Last für andere zu sein. Meintest du das damit, als du Richie gesagt hast, du würdest ihn ausbremsen?«

Sie presste die Lippen zusammen und senkte den Blick. Doch dann nickte sie. »Dasselbe haben meine Eltern immer zu mir gesagt.«

»Das ist Blödsinn.« Traurig schaute Nick sie an, dann streckte er die Hand nach ihr aus. »Komm mit.«

»Wohin?« Ihre Stimme war brüchig, doch sie zögerte nicht und legte ihre Hand in seine.

»Ich habe da etwas vorbereitet.« Er grinste und zog sie hoch. »Zieh dich aber warm an. Wir gehen nämlich aus.«

194

KAPITEL 17

CAROLINE

Caroline stand noch immer unter Schock, weil Nick sie beim Videochat mit ihrer Mutter erwischt hatte. Richie war bisher der Einzige, der von dem schlechten Verhältnis mit ihren Eltern wusste.

»Weißt du, ich kenne das Gefühl, wenn die eigenen Eltern einen nicht so akzeptieren, wie man ist.«

Überrascht schaute Caroline ihn an. Gemeinsam liefen sie die Hauptstraße entlang in Richtung Stadtmitte. Bisher hatten sie beide geschwiegen, doch jetzt erkannte sie, dass er ihr nur Zeit hatte lassen wollen, das Erlebte zu verarbeiten. Seine rücksichtsvolle Art rührte sie immer wieder aufs Neue. »Es ist nicht nur die Akzeptanz an sich. Sie wünschen sich vielmehr, dass ich nie geboren worden wäre. Sie haben mich immerzu als Last empfunden.«

»Haben sie dir das tatsächlich so gesagt?«

Caroline nickte traurig. »Bei jeder Gelegenheit. Deswegen bin ich mit sechzehn von Zuhause ausgezogen.«

Nick verzog mitfühlend das Gesicht. »Das dachte ich mir schon.«

Caroline schwieg und grübelte darüber nach. Schließlich überwand sie sich und fragte: »Wie gehst du damit um?«

Er schaute sie an und zuckte mit den Schultern. »Na ja ... mein Leben lang wurde ich darauf vorbereitet, das Familienunternehmen zu übernehmen. Aber ich bin noch nicht so weit, und seit ich in Snow Falls bin, habe ich viel gelernt und weiß nun, dass ich ohne dieses Wissen nicht würdig bin, das Erbe anzutreten.«

»Das klingt aber nach einem großen Vermächtnis«, erwiderte Caroline beeindruckt.

Nick nickte ernst. »Ja, das kann man so sagen.«

»Wie hast du es geschafft, aus deinem Käfig auszubrechen?«

»Ich habe das Fenster geöffnet und bin rausgestiegen«, antwortete er schmunzelnd. »Und ich habe es keine Sekunde lang bereut.« Nick griff nach ihrer Hand und umschlang ihre Finger mit seinen.

»Dann hoffe ich mal, dass mir dieser Schritt auch irgendwann gelingt ...«

Sie hatten die festlich geschmückte Stadtmitte erreicht und blieben unter dem Eingangsbanner stehen, wo ein Fotograf ein Bild von ihnen machte. Nick schaute dabei lächelnd zu Caroline hinab. »Das wirst du! Manchmal muss man mutig sein. So wie du, als du mich gefragt hast, ob ich heute mit dir ausgehe.«

Sie spürte eine Hitze in den Wangen, die auf gar keinen Fall auf die Kälte zurückzuführen war. »Du musst das nicht tun, Nick. Ich weiß, dass du keine Lust dazu hast.«

»Lass es mich erklären«, bat er und sah sie eindringlich an. »Doch das müssen wir bitte auf später verschieben, damit meine ganze Arbeit nicht umsonst war.«

»Ich laufe nicht weg. Versprochen.«

»Gut«, sagte er, streckte den freien Arm aus und deutete vor sie. »Dann präsentiere ich dir hiermit das Winterwunderland.«

Sie setzten ihren Weg fort und betraten das Areal. Menschen tummelten sich zwischen Eisskulpturen, geschmückten Tannenbäumen und prächtig dekorierten Handwerksständen, Spielen und Leckereien. In der Nähe des Eingangs befand sich ein farbenfrohes Karussell, das voller Kinder war. Ihr wunderbares Lachen hallte zu ihnen hinüber.

Caroline blieb stehen und schaute sich mit großen Augen um. In der Mitte des Platzes stand ein Tannenbaum. Der Bürgermeister von Snow Falls hielt soeben eine Ansprache und schaltete die Baumbeleuchtung unter tosendem Beifall der Menge ein. Sie waren gerade noch rechtzeitig angekommen, um sich dieses Spektakel nicht entgehen zu lassen.

»Was ist passiert? Im letzten Jahr war das Schneefestival nicht einmal halb so schön gestaltet.«

Nick rieb sich mit einem schuldbewussten Grinsen den Nacken und führte Caroline inmitten des Schnee-Skulpturen-Feldes. Jede von ihnen wurde von unten beleuchtet, sodass sie von innen heraus strahlten. »Möglicherweise hatte ich meine Finger im Spiel und habe ein paar Anmerkungen durchsetzen können.« Er deutete auf ein Terminal am Rande des Skulpturen-Feldes, vor dem eine Gruppe Kinder stand und munter mit den Tasten herumspielte. Dadurch veränderten sich die einzelnen Beleuchtungsfarben. Der Eisbär unmittelbar neben Nick und Caroline glühte in einem bedrohlichen Rotton.

»Wow.« Caroline ließ seine Hand los und drehte sich im Kreis. Die Lichter sorgten nicht nur dafür, dass die Umgebung erstrahlte, sondern auch die Gesichter der Menschen. Es war, als würde jeder von ihnen von innen heraus leuchten und all die Begeisterung blendete Caroline. Sie konnte ihre eigene Freude über all die Schönheit nicht länger verbergen und drehte sich ausgelassen zu Nick herum. »Es ist wundervoll.«

»Das ist nur für dich«, sprach er leise und legte die Hände auf ihre Oberarme. »Alles Gute zum Geburtstag, Caroline.«

Tränen traten ihr in die Augen, und all die Traurigkeit, die sie den ganzen Tag über gequält hatte, war wie weggeblasen. Es waren Freudentränen. Darüber, nicht allein zu sein und ihn an ihrer Seite zu haben. »Danke, Nick. Das bedeutet mir unendlich viel.«

Zufrieden lächelte er sie an und ihr Herz begann, wie wild zu pochen. Sie holte tief Luft und sein Lebkuchenduft stach sogar hier aus der Masse an weihnachtlichen Geruchsexplosionen heraus. Sie standen ganz nah beieinander und schauten sich an. Seine bloße Anwesenheit schnürte ihr die Luft ab und sie konnte einfach nicht länger warten. Gerade, als sie etwas sagen wollte, kam Nick ihr zuvor.

»Caroline«, wisperte er und beugte sich ihr entgegen. »Es tut mir leid, dass ich dich verletzt habe.«

Der Schmerz in seinem Blick sorgte dafür, dass ihre Beine weich wurden. Er meinte es ernst. Ebenso wie sie. »Ich hätte dich damit nicht überfallen dürfen.«

»Das hast du nicht. Ich war nur nicht darauf vorbereitet.«

»Aber jetzt bist du es?«

Er nickte. »Darf ich ... etwas ausprobieren?«

Sie konnte seine Nervosität genauso deutlich spüren wie ihre eigene. »Nur zu.«

Er ließ sie nicht aus den Augen, als er seine rechte Hand in ihren Nacken legte und die letzte Distanz zwischen ihnen überwand. Seine warmen Lippen streiften ihre zaghaft, als wolle er ihre Reaktion abwarten. Sie lächelte und gab ihm mit einem leichten Nicken zu verstehen, dass es in Ordnung war. Es war sogar mehr als das. Sie wollte es so sehr – schon seit dem Abend des Stromausfalls, wo sie sich nähergekommen waren.

Als er fortfuhr und sie endlich richtig küsste, konnte Caroline sich kaum noch auf den Beinen halten. Nick schlang den anderen Arm um ihre Taille und hielt sie fest. So, wie er es seit ihrer ersten Begegnung getan hatte. Er war da! Ihr Licht in der Dunkelheit. Nick, der sie in den letzten zwei Wochen immer wieder über ihre Grenzen hinaus hatte gehen und neuen Mut fassen lassen. Es war ein überwältigendes Gefühl und machte sie schlicht und ergreifend überglücklich.

Zu ihrem Bedauern ließ Nick wieder von ihr ab und schaute sie aus glänzenden, grünen Augen an.

»Hat dein Versuch funktioniert?«, fragte sie ihn neckend.

»Ich denke schon.« Er strich ihr eine lose Haarsträhne aus dem Gesicht. »Ich glaube, ich bin dir noch eine Erklärung schuldig.«

»Das denke ich auch.«

Er senkte den Kopf und Caroline hätte schwören können, dass dieselbe Verlegenheit, die auch sie immerzu spürte, wenn es um Nick ging, nun über sein Gesicht huschte. »Du hast gesagt, wir sind Fremde. Aber ... warum fühlt es sich dann nicht so an?«

Caroline biss sich auf die Unterlippe. Sie wusste ganz genau, was er meinte. Sie hatte es nur nicht wahrhaben wollen.

»An jenem Abend wollte ich dich küssen«, fuhr er fort.

»Ich weiß«, erwiderte Caroline.

»Doch ich fürchte, ich kann dir nicht geben, was du verdienst. Zumindest nicht auf Dauer.«

Die Ernsthaftigkeit in seiner Stimme machte Caroline stutzig. »Warum nicht?«

Er wandte den Blick ab. »Es tut mir leid. Ehrlich. Ich kann es dir nicht sagen. Es ...«

Nick wurde von einem Schneeball unterbrochen, der ihn frontal im Gesicht traf. Die Kugel explodierte regelrecht und bedeckte seinen gesamten Oberkörper mit Schnee- und Matschresten.

»Nick! Alles in Ordnung?«, rief Caroline und begann, den Schnee von ihm abzuklopfen.

Nick schaute etwas benommen aus der Wäsche, und seine Brille saß schief auf seiner Nase. »Den hab ich nicht kommen sehen«, sagte er nüchtern und wischte sich den Matsch aus dem Gesicht.

Zwei Kinder kamen aufgeregt angerannt und blieben vor den beiden stehen. »Entschuldige! Wir wollten dich nicht treffen.« Der kleine Junge hopste nervös von einem Bein aufs andere.

»Schon gut, es ist ja nichts passiert«, antwortete Nick in versöhnlichem Tonfall.

»Das war echt komisch. Ben hat den Ball nach vorne geworfen und dann ist er einfach in deine Richtung weggeflogen«, erklärte das Mädchen und zeigte auf eine Gruppe Kinder. Sie waren weit genug weg, um Caroline und Nick mit so einem großen Ball unmöglich treffen zu können.

Auch Nick schaute nachdenklich in die angegebene Richtung und zog die Stirn kraus. »Wirklich seltsam.« Doch dann entspannte er sich wieder und beugte sich zu den Kindern hinab, sodass sie auf Augenhöhe miteinander waren. »Passt einfach besser auf, dass ihr niemanden mehr trefft, ja?«, sagte er freundlich. »Viel Spaß noch.«

»Danke, euch auch!« Die Kinder machten sich erleichtert auf den Weg zurück zu ihren Freunden.

Nick beobachtete sie, wie sie ihre Schlacht wieder aufnahmen, und vergrub die Hände in den Manteltaschen. Mit einem Mal hellte sich sein Gesicht auf und er zog etwas hervor. »Das habe ich ja vollkommen vergessen!«

»Was denn?«, fragte Caroline neugierig, als er ihr die flache Hand entgegenstreckte. Darauf lag eine Schneekugel.

»Die ist für dich.«

Caroline starrte ihn mit offenem Mund an. »Im Ernst?« Er nickte und sie nahm ihm die Kugel aus der Hand. Fasziniert betrachtete sie den goldschimmernden Mistelzweig inmitten eines glitzernden Schneesturms. »Sie ist wunderschön«, hauchte sie. »Sie erinnert mich an die Buchhandlung.«

»Das stimmt. Aber noch mehr erinnert sie mich an dich.«

»An mich?«

Er nickte und ein geheimnisvolles Lächeln huschte über seine Lippen.

Caroline kicherte erfreut. »Danke. Das bedeutet mir wirklich viel. Ich werde gut auf sie aufpassen.«

Nick sah aus, als wollte er etwas sagen, überlegte es sich jedoch anders. Stattdessen richtete er den Kragen seiner Jacke und bot ihr den Arm an. Er räusperte sich mehrmals, als wenn er seine Unsicherheit überspielen wollte. »Wollen wir ... ähm ... uns gemeinsam das Festival anschauen?«

Caroline nickte und hakte sich bei ihm unter. Eigentlich hatte sie Fragen zu dem, was er vorhin angedeutet hatte. Doch sie wollte den Moment nicht kaputtmachen. An Morgen denken konnte sie auch später noch. Nun wollte sie gemeinsam mit Nick das Hier und Jetzt genießen, und zugleich den perfektesten Geburtstag, den sie je feiern durfte. Außerdem wollte sie sich die Erinnerung an diesen ersten, außergewöhnlichen Kuss nicht zerstören.

Sie berührte behutsam ihre Lippen mit dem Zeigefinger und lächelte selig. Nick roch nicht nur nach Lebkuchen, er schmeckte auch so.

In dieser Nacht dachte Caroline viel nach. Über das, was war. Das, was ist, und das, was sein könnte. Mit einem Mal fühlte sich ihr Leben gar nicht mehr so katastrophal an wie noch vor ein paar Tagen. Seit Nick von ihrem Geheimnis erfahren hatte, spürte sie sogar eine gewisse Leichtigkeit. Er hatte ihre Mauer durchbrochen und Caroline musste sich nicht länger verstecken oder gar schämen. Zumindest nicht vor ihm. Natürlich würden sich all die negativen Gedanken, die sie all die Jahre mit sich herumgeschleppt hatte, nicht von jetzt auf gleich in Luft auflösen, aber vielleicht war sie mit

Nicks Unterstützung in der Lage, daran zu wachsen. Sie bewunderte ihn insgeheim für seine Entscheidung, der Vergangenheit den Rücken zuzukehren und woanders neu anzufangen. Denselben Wunsch hatte sie damals auch gehegt, als sie New York verlassen hatte. Doch mit der Zeit hatte sie ihn aus den Augen verloren, und war schließlich mit Richie zusammengekommen. Das konnte sie im Nachhinein nicht gerade als Erfolgserlebnis verbuchen. Ändern konnte sie es aber auch nicht. Stattdessen nahm sie sich vor, ihre neugewonnene Stärke zu nutzen und wieder zu leben. Sie musste nicht länger in Richies Schatten verweilen. Ihr Entschluss stand fest. Sie hatte genügend Trübsal geblasen und würde ihr Glück endlich selbst in die Hand nehmen.

»Es ist schon spät, Caroline. Geh nach Hause.«

Sie schaute hoch. Molly stand hinter der Kasse und kümmerte sich um die Tagesabrechnung. Während sie die Scheine zählte, beobachtete sie Caroline aufmerksam.

»Wie machst du das bloß, ohne hinzuschauen?«

»Jahrelange Übung. Ich habe ewig in der Buchhaltung gearbeitet und dabei gelernt, das Wesentliche im Blick zu behalten und trotzdem meine Arbeit zu erledigen«, erklärte die alte Dame und legte das Bündel zurück. »Seit du hier bist, stimmt die Kasse an jedem einzelnen Tag. Ich bin froh, dass ich dich habe.«

»Ich mag die Arbeit auch sehr gern«, antwortete Caroline aufrichtig.

»Offenbar ein wenig zu sehr, nicht wahr?« Molly zeigte auf die Uhr, die über ihr an der Wand hing.

»Mach, dass du nach Hause kommst. Dein Weihnachtsprinz wartet auf dich.«

»Er ist nicht mein Prinz.« Caroline hielt inne und kicherte verlegen. »Glaube ich zumindest.« Sie wurden von einem aufdringlichen Klopfen an der Tür unterbrochen. »Oh, wer mag das sein?« Schnellen Schrittes machte Caroline sich auf den Weg zum Eingang und entriegelte das Schloss.

Vor ihr stand ein abgehetzter junger Mann mit geröteten, sommersprossigen Wangen. Er zog eine grüne Bommelmütze vom Kopf und entblößte sein feuerrotes Haar.

»Guten Abend, wir haben leider schon geschlossen«, erklärte Caroline.

»Ich möchte zu Molly«, keuchte er und versuchte, an Caroline vorbeizuspähen.

»Schon gut, lass den Jungen rein. Wir sind verabredet.«

Caroline musterte den Rotschopf neugierig, ehe sie beiseitetrat. Irgendetwas stimmte nicht mit ihm. Sie konnte es allerdings nicht benennen, was genau ihre Aufmerksamkeit auf sich zog. Vielleicht war es sein außergewöhnliches Gesicht oder das rote Haar. Wenn man ihn in ein Elfenkostüm steckte, wie sie es in der Rentier-Werkstatt getragen hatte, würde er mit Sicherheit bezaubernd aussehen.

»Caroline, warum grinst du mich so komisch an?« Er sah aus, als fühle er sich unbehaglich.

»Tut mir leid. Ich habe mich nur an etwas erinnert«, antwortete sie. »Ich bin gleich weg.«

Molly nickte und winkte ihr fröhlich zu, als Caroline hastig ihre Sachen zusammensammelte und zur Tür ging. »Bis morgen, Molly.«

»Schönen Feierabend!«

Als Caroline an die frische Luft trat, blieb sie stehen und drehte sich noch einmal um. Nachdenklich runzelte sie die Stirn und beobachtete Molly und den Rotschopf, die sich lebhaft unterhielten. Sie war sich sicher, dass sie ihm noch nie zuvor begegnet war, aber ... »Komisch. Woher wusste der Typ, wie ich heiße?«

Es war ungewöhnlich, dass es nicht nach leckerem Essen duftete, als Caroline die Wohnung betrat. Da das Licht brannte, konnte sie ausschließen, dass er nicht zu Hause war. »Nick?«, rief sie und durchquerte das Wohnzimmer.

»Ich bin hier«, antwortete er aus der Küche.

Als Caroline den Raum betrat, fielen ihr als Erstes die vielen Zuckerstangenüberreste auf, die auf dem Tisch lagen. Alle hatten zernagte Enden, als wäre den ganzen Tag auf ihnen herumgekaut worden. »Haben wir Mäuse in der Wohnung?«, fragte Caroline Nick, der grübelnd am Laptop saß und nicht einmal aufgeschaut hatte, als sie hereingekommen war. In seinem Mundwinkel hing schon die nächste Stange.

»Wie bitte?« Er schaute erschrocken auf. Caroline deutete auf das Chaos auf dem Tisch. »Oh, ich fürchte, ich habe es ein bisschen übertrieben.«

»Ein bisschen übertrieben ist gut, junger Mann«, sagte Caroline und lachte. »Ab ins Bad mit dir zum Zähneputzen.«

»Mach ich gleich, Mom«, murmelte er und starrte wieder auf den Bildschirm.

»Was machst du da?«

»Nichts.«

»Wie, nichts? Ich dachte, du arbeitest an einem Projekt?«, hakte Caroline nach.

»Ja, schon, aber ich bin seit heute Morgen kein Stück weitergekommen.« Er nahm die Zuckerstange aus dem Mund und schmiss sie auf den Tisch. Genervt seufzte er auf und klappte den Laptop zu. »Ich gebe auf. Warum bist du schon zu Hause?«

Caroline zog die Stirn kraus und warf einen Blick auf die Uhr am Herd. »Es ist schon nach neun.«

Er riss fassungslos die Augen auf. »Das kann nicht sein! Oh verdammt ...« Resigniert ließ er sich gegen die Stuhllehne fallen und rutschte beinahe unter den Tisch.

»Ist alles in Ordnung mit dir?« So durch den Wind hatte sie Nick noch nie erlebt.

»Schon gut«, wehrte er ab und stand auf. »Ich konnte mich nicht konzentrieren und habe dabei offenbar vollkommen die Zeit aus den Augen verloren.«

»Verstehe.« Caroline wurde nun unsicher. »Ist es wegen gestern? Weil wir uns geküsst haben?«

»Nein, das ist es nicht ...« Er hob die Hand und schob die Brille zurecht, als plötzlich ein Knacken ertönte. Sofort hielt er inne.

»Was war das?« Caroline beugte sich vor, um das Gestell, das schon seit gestern Abend ein wenig schief auf Nicks Nase saß, genauer zu begutachten. Vorsichtig berührte sie die Fassung, die daraufhin in zwei Teile zerbrach und zu Boden fiel. »Oh Mist!« Sofort ging

Caroline auf die Knie und sammelte die Bruchstücke ein. »Der Bügel ist abgebrochen, aber den können wir ganz bestimmt wieder drankleben.«

»Kein Problem, das mach ich schon selbst.« Nick wollte ihr die Brille abnehmen. Dabei kreuzten sich ihre Blicke.

Verblüfft starrte Caroline ihn an. Sofort drehte Nick den Kopf weg. Blitzschnell platzierte sie das Gestell auf den Tisch und griff nach seinem Gesicht. »Sieh mich an, Nick.« Sie legte die Hände an seine Wangen, doch er starrte angestrengt zu Boden und hielt die Lider halb geschlossen.

»Nick!«, rief sie und lachte. »Guck mich an, sonst küss ich dich!«

»Hm, das klingt verlockend«, murmelte er, schaute aber dann doch zu ihr auf.

Erstaunt öffnete Caroline den Mund und betrachtete ihn eingehend. »Dann habe ich mir das also nicht eingebildet.«

»Wovon sprichst du?«

»Ich dachte immer, deine Augen seien grün, dabei sind sie blau.« Sie kicherte, weil ihr ein verrückter Gedanke kam. »Sie erinnern mich an die Eisberge in der Arktis.«

»In der Arktis?«, wiederholte Nick und war plötzlich wie erstarrt. »Das ist bestimmt nur eine optische Täuschung. Muss am Licht liegen.« Er lachte nervös und blinzelte noch mehr als zuvor.

Caroline seufzte und stand auf. »Irgendwo habe ich hier Klebestreifen gesehen ...« Sie öffnete eine Schublade nach der anderen. In der Dritten wurde sie schließlich fündig. »Da ist die Rolle ja.« Vorsichtig nahm sie die

Brille und den Bügel zur Hand und wickelte ein Stück Klebeband darum, bis die Verbindung hielt. »Du kannst sie zwar nicht mehr zusammenklappen, aber da du die Brille sowieso immer trägst, ist das ja auch nicht notwendig.« Vor Nick ging sie in die Hocke und setzte ihm das Gestell behutsam wieder auf die Nase.

Er schluckte sichtbar und wirkte noch nervöser als zuvor. Kaum hatte er die Brille vor Augen, verstand Caroline, warum er sich so seltsam verhielt.

»Das ist nicht möglich«, flüsterte sie irritiert und beugte sich noch weiter vor, sodass ihre und Nicks Nasenspitzen sich fast berührten. Sie schob die Brille zuerst rauf und dann wieder runter. Rauf und runter. »Nick, wie kann es sein, dass deine Augen hinter der Brille grün sind und ohne sie blau?«

»Na ja, also ...«

»Das ist ja unglaublich!«, jauchzte Caroline aufgeregt, stand auf und strahlte bis über beide Ohren. »Ich hatte keine Ahnung, dass es solche Brillen gibt.«

»Kontaktlinsen sind mir zu umständlich«, erwiderte Nick und rückte das Gestell zurecht. Er erhob sich ebenfalls und steckte die Kleberolle zurück in die Schublade.

»Warum tust du das?« Sie stellte sich vor ihn und musterte sein Gesicht. Mit den dunklen, welligen Haaren, die ihm bis zum Kragen reichten, dem Drei-Tage-Bart und den grünen Augen sah er absolut umwerfend aus. Langsam streckte sie die Hand aus und zog ihm vorsichtig die Brille von der Nase. Sie schnappte nach Luft und öffnete den Mund, obwohl kein Ton herauskam. Seine eindringlichen, eisblauen Augen raubten ihr jeglichen Verstand. Ihr war nicht klar gewesen, was für eine Wirkung eine andere Augenfarbe bei ihm haben konnte.

»Caroline? Geht es dir gut?«, fragte er zaghaft.

»Du bist atemberaubend, Nick«, wisperte sie und schob ihre Zurückhaltung beiseite. Achtlos legte sie die Brille auf den Tisch und zog sein Gesicht zu sich hinab. Nicks Anziehungskraft war irgendwie magisch und Caroline konnte sich ihr einfach nicht länger entziehen. Sie brauchte ihn … wollte ihn so sehr. Sofort schlang er die Arme um ihre Taille und Caroline verlor den Boden unter den Füßen, als er sie küsste.

KAPITEL 18

NICK

Nick starrte unentwegt auf Carolines Adventskalender, der neben der Kaffeemaschine stand. Am Morgen hatte sie das 15. Türchen geöffnet. Sechs Tage waren bis zur Wintersonnenwende noch übrig. Die Deadline seines Vaters rückte immer näher heran und Nick war dem Geheimnis der Prüfung noch immer kein Stück näher gekommen. Er hatte eine weitere schlaflose Nacht hinter sich, nachdem Caroline ihn am Vorabend überrumpelt hatte. Sie ahnte bestimmt, dass mit ihm etwas nicht stimmte. Doch was sollte er tun? Ihr die Wahrheit sagen? Sie würde ihn für vollkommen durchgeknallt halten, oder ihm vorwerfen, dass er sie auf den Arm nahm, nachdem sie ihm so eindrucksvoll bewiesen hatte, wie sehr sie Weihnachten liebte.

Doch vielleicht war es an der Zeit, sich jemandem anzuvertrauen. Caroline hatte vormittags einen Termin im Rathaus, sodass er und Molly hoffentlich genug Zeit hätten, in Ruhe miteinander zu sprechen. Er konnte sich wesentlich bessere Gesprächspartner als die alte Elfe vorstellen. Da es allerdings keine Alternativen gab, musste er wohl jedoch mit ihr Vorlieb nehmen.

Also machte er sich missmutig auf den Weg zur Buchhandlung und hoffte, dort ein paar Antworten zu bekommen. Kaum hatte er den Laden betreten, bereute er die Entscheidung bereits. Molly hatte alle Hände voll zu tun und kam kaum hinterher, die vielen Kunden zu bedienen. Bisher hatte Nick den Laden immer leer vorgefunden und sich gefragt, weshalb Caroline nach der Arbeit so erschöpft war. Nun wusste er, warum. Die Mittagspause schienen offenbar sämtliche Bewohner von Snow Falls dazu zu nutzen, um ihre Weihnachtseinkäufe zu erledigen.

»Nick, wie gut, dass du da bist! Zeigst du der jungen Dame bitte, wo die Weihnachtsbücher stehen?«, rief Molly ihm von der Kasse aus zu.

»Weihnachtsbücher?« Er schaute sich suchend um und entdeckte das entsprechende Regal in der Nähe der Eingangstür. Kurz darauf kam eine schwarzhaarige Frau angelaufen.

»Ich suche den Roman *Schneemann mit Herz*«, sagte sie und schaute ihn erwartungsvoll an.

»Äh, okay.« Sie traten gemeinsam vor das Regal. Nick überflog die Titel auf den Buchrücken und fand den Roman schließlich im obersten Fach. Er zog den Band heraus und reichte ihn der jungen Frau. »Ist es das?«

»Vielen Dank«, rief sie erfreut und winkte ihm freundlich zu, als sie zur Kasse ging.

Die nächste halbe Stunde verbrachte Nick damit, weitere Bücher herauszusuchen, Molly kassierte währenddessen die Kundschaft ab. Er war beeindruckt, dass sie jedes gewünschte Buch auf Lager hatte. Entweder kannte sie ihre Kunden unheimlich gut oder sie hatte einfach alles bestellt, was sie zwischen die Finger bekam.

Als endlich Ruhe eingekehrt war, ließ sich Nick in einen der Lesesessel in der Kinderbuchecke fallen und verschnaufte. »Ist das etwa jeden Tag so?«

»In der Mittagszeit und wenn die Leute Feierabend haben, herrscht hier Hochbetrieb. Ohne meine fleißige Mitarbeiterin ist das leider nicht zu stemmen«, antwortete Molly. »Caroline kommt heute später. Hat sie dir das nicht gesagt?«

»Doch, aber ich wollte zur dir.«

»Oh, wie schön. Bitte warte einen Moment.« Sie verschwand im Büro und kehrte kurze Zeit später mit zwei Tassen Kakao zurück. »Was führt dich zu mir?«

Dankbar nahm Nick die Tasse entgegen und nippte daran. Der Geruch von Schokolade und Zimt erinnerte ihn an seine Kindheit. Seine Mutter hatte den Kakao genauso zubereitet. Sofort schob er den unliebsamen Gedanken an sie beiseite. »Ich möchte mit dir über Vaters Prüfung sprechen.«

Molly drehte ihre Tasse in der Hand und legte den Kopf leicht schief. »Warum glaubst du, dass ich damit etwas zu tun haben könnte?«

»Das tue ich nicht. Ich möchte nur mit jemandem darüber reden. Vielleicht finde ich ja so etwas heraus, das ich bisher übersehen habe.«

Sofort hellte sich Mollys Miene auf. »Du kannst dir gar nicht vorstellen, wie sehr mich das freut. Schieß los, mein Junge. Detective Molly ist zur Stelle.«

Nick schluckte und erklärte: »Ich glaube, dass Caroline meine Prüfung ist.«

»Wie kommst du denn darauf?«

Er lehnte sich zurück. »Seit ich ihr begegnet bin, kann ich an nichts anderes mehr denken. Sie trägt so viele

Lasten mit sich herum und ich weiß einfach nicht, wie ich ihr helfen kann. Dabei glaube ich, dass es meine Aufgabe ist. Stattdessen macht sie Dinge mit mir.«

Molly hob fragend die Augenbrauen. »*Dinge*? Die von der schmutzigen Sorte?«

Er ignorierte ihren Kommentar und versuchte, seine Gedanken zu ordnen. »Wenn ich sie sehe, fängt mein Herz immer sofort an zu rasen. Ich habe das Gefühl, dass ich keine Luft mehr bekomme, wenn sie mich berührt. Oder ...« Er senkte beschämt den Blick. »... wenn sie mich küsst. Da wird mir so unglaublich warm.« Seine rechte Hand wanderte unwillkürlich zu seiner Brust ... zu der Stelle, wo sich sein Herz befand. »Ich will sie um jeden Preis beschützen und bei ihr sein. Allein der Gedanke daran, dass ich ohne sie zurückkehren muss ...« Nick schaute Molly unglücklich an. »Das tut weh. Sehr sogar.«

Molly starrte ihn zuerst verblüfft an und brach dann in schallendes Gelächter aus. »Du bist der Knaller, Nick!« Sie drückte ihm ihre Tasse in die Hand, um sich vor Lachen den Bauch zu halten. Als sie sich allmählich wieder beruhigte, wischte sie sich die Lachtränen aus den Augenwinkeln. »Weißt du wirklich nicht, was mit dir los ist?«

Nick, der das alles ganz und gar nicht zum Lachen fand, stellte angesäuert beide Tassen zwischen ihnen auf dem Boden ab. »Nein, das tue ich nicht. Sonst würde ich mich bestimmt nicht vor dir zum Affen machen.«

»Du meine Güte, dein Vater ist so eine alte Glucke.« Molly schüttelte verständnislos den Kopf und verdrehte die Augen. »Hat er dir nichts über das wahre Leben beigebracht?«

»Ich hatte eine sehr intensive Weihnachtsausbildung«, erklärte Nick. »Aber das war es auch schon. Deshalb bin ich ja hier.«

»Hast du als Teenager denn nicht mal den Nackt-Wichtelkalender gehabt?«

Er riss entsetzt die Augen auf. »Den ... *was?*«

Molly kicherte, was Nick noch mehr zur Weißglut trieb. »Das war nur ein Scherz. Wenn Santa davon wüsste, gäbe es mächtig Ärger.«

»Ich hätte es mir denken können, dass du dich nur lustig über mich machst«, fauchte Nick. Sein Geduldsfaden war zum Zerreißen gespannt und er konnte nicht mehr länger seelenruhig im Lesesessel sitzen und Kakao trinken. »Wenn du mich nicht ernst nimmst, kann ich auch wieder gehen.« Angesäuert stand er auf und warf Molly einen wütenden Blick zu. »Danke für Nichts!«

»Jetzt warte doch mal!« Sie hob beschwichtigend die Hände und hörte endlich auf zu grinsen. »Dich beschäftigt das also wirklich?«

Er nickte.

»Also gut ... Das Gefühl, was du da beschreibst, nennt man im Volksmund Liebe.«

»Liebe?«, wiederholte Nick tonlos und erstarrte.

»Ganz genau. Liebe ist, wenn man eine tiefe Zuneigung zu einem anderen ...«

»Ich weiß, was das Wort bedeutet«, unterbrach er sie genervt.

Sämtlicher Schelm war aus ihrem Gesicht gewichen. Nun war es ihr großmütterliches Lächeln, das sie sonst nur Caroline schenkte. »Du hast dich in Caroline verliebt!«

»Das ist schlecht«, sagte Nick trocken und fuhr sich mit einer Hand über die Stirn. »Wirklich schlecht.«

Am Eingang ertönte das Glöckchen, doch weder er noch Molly ließen sich davon unterbrechen.

»Nein, das ist etwas Gutes«, antwortete sie und hielt seinem starren Blick stand. Dabei hob sie mahnend den Zeigefinger. »Es ist außerdem menschlich, und genau deswegen bist du doch hergekommen. Um zu lernen!«

»Nein, das ist es nicht!«, blaffte er sie an. »Mir läuft die Zeit davon, Molly. Mit dieser Information kann ich rein gar nichts anfangen und ich bin keinen Schritt weitergekommen.«

»Nick, beruhige dich«, versuchte Molly ihn zu beschwichtigen.

»Hör zu, ich kann mich nicht um alles gleichzeitig kümmern. Das mit Caroline macht die Lage unnötig kompliziert und ich habe weder die Zeit noch die Nerven dazu, mich mit so etwas auseinanderzusetzen. Meine gesamte Zukunft hängt schließlich davon ab.«

Hinter ihm fiel etwas zu Boden und er fuhr erschrocken herum. Caroline stand da und schaute ihn ausdruckslos an. Neben ihr lag ihre Handtasche auf dem Parkett.

Molly seufzte tief und murmelte: »Das musst du selbst wieder geradebiegen, Junge.«

Nick öffnete den Mund, um sich zu erklären, doch er bekam keinen Ton heraus.

Caroline setzte ihr falsches Lächeln auf und sagte: »Gut, dass wir das geklärt haben. Normalerweise bin ich diejenige, die immer abhauen will, aber da ich hier arbeite, möchte ich dich bitten, jetzt zu gehen.«

»Caroline, ich hab das nicht so gemeint. Ich ...«

Sie schüttelte den Kopf. »Lass es gut sein, Nick. Verschieben wir das besser auf einen anderen Zeitpunkt. Das hier ist nicht der richtige Ort, um mir deine Mitleidsmasche anzuhören.«

»Das ist keine ...«

»Nick, bitte geh«, mischte Molly sich ein. »Klärt das später, wenn die Gemüter sich ein bisschen beruhigt haben. Mir ist das sehr unangenehm, wenn ihr eure privaten Konflikte hier austragt.«

»Verräterin«, murmelte Nick so leise, dass nur Molly es hören konnte. Frustriert ließ er die Schultern hängen und schlurfte niedergeschlagen auf den Ausgang zu.

»Keine Sorge, Nick. Du musst dich bald nicht mehr mit mir herumschlagen«, zischte Caroline wütend, pflückte einen Weihnachtsstrumpf aus dem Schaufenster und warf ihn Nick zu. »Jetzt bist du ein freier Elf.«

Nick fing den Strumpf auf und starrte Caroline verblüfft an. »Woher weißt du ...«

»Verschwinde, Nick!«, herrschte Molly ihn so gebieterisch an, dass er zusammenzuckte und so schnell wie möglich das Weite suchen wollte.

Er war so ein Idiot. Nicht Caroline war diejenige, die alles komplizierter machte, sondern er. Es war ihm zuvor nicht bewusst gewesen, aber mit seinem absonderlichen Verhalten bereitete er Caroline noch viel mehr Probleme. Es wurde Zeit, die Prüfung zu beenden und nach Hause zurückzukehren, so wie sein Vater es von vornherein geplant hatte. Es war Nick nie vorherbestimmt gewesen, die Aufgabe zu meistern, sonst hätte sich viel klarer herauskristallisiert, was zu tun war. Das Einzige, das er offenbar mit Bravour konnte, war andere zu verletzen.

Wütend auf sich selbst, schlenderte Nick in Richtung Park. Es dauerte nicht lange, bis er fand, was er suchte. Der Schneemann stand in der Nähe eines Spielplatzes, auf dem sich einige Kinder gerade eine wilde Schneeballschlacht lieferten. Misstrauisch beäugte Nick das Schneemonstrum und ging geradewegs darauf zu.

»Ich weiß, dass du da drin steckst, Matty«, sagte er im gereizten Tonfall. Der Schneemann schwieg. Nick ließ sich nicht beirren und fuhr fort: »Was hat der alte Sack sich bloß dabei gedacht, sie mit in die Sache hineinzuziehen? Was hat Caroline getan, um ausgerechnet beim Weihnachtsmann in Ungnade zu fallen? Das ist so eine billige Nummer. Macht es ihm etwa Spaß, andere leiden zu sehen? Klar, er ist wie immer der Gute und ich bin der Böse, weil ich es mir mit ihr verbockt habe. Die Prüfung ist gelaufen, Matty. Ich habe versagt!« Schwer atmend starrte er dem Schneemann in die kohlrabenschwarzen Augen. »Ignorierst du mich etwa? Jetzt sag doch endlich was!« Rasend vor Wut, weil er sich mit jedem Wort weiter in die ganze Sache hineingesteigert hatte, trat er dem Schneemann in den unteren Ballen.

Hinter ihm tuschelten vorbeilaufende Passanten und riefen ihre Kinder zu sich, um sie in Sicherheit zu bringen.

»Warum sprichst du mit Schneemännern? Tut dir die Menschenwelt nicht gut?« Matty trat neben Nick und betrachtete den armen Schneemann mit einer mitleidigen Miene.

Nick schaute zwischen seinem stummen Gesprächspartner und Matty hin und her, dann machte er einen Schritt zurück und ließ sich in den Schnee fallen. Er legte die Hand über die Augen und seufzte tief. »Das darf nicht wahr sein«, nuschelte er. »Hat sich denn jeder gegen mich verschworen?«

»Ach komm schon«, versuchte Matty, ihn zu trösten, und setzte sich neben Nick auf den schneebedeckten Boden. »Eine Verwechslung ist noch lange kein Grund, gleich die Ohren hängen zu lassen.«

Nick grunzte nur.

»Du, sag mal ... warum hast du nicht einfach deine Brille abgesetzt oder Magie benutzt, um herauszufinden, ob ich da wirklich drin stecke?«

»Hatte keine Lust«, antwortete Nick. »Ich bin in letzter Zeit ganz gut ohne Magie ausgekommen.«

»Hab ich gemerkt«, murmelte Matty, was Nick sofort hellhörig werden ließ.

»Wie bitte?«

»Ach, nichts. Was wolltest du denn von Mr. Schneemann? Ich kam erst dazu, als du angefangen hast, ihn zu beschimpfen und zu misshandeln.«

»Ich hab versagt.« Nick setzte sich wieder hin. Er hatte all seine Wut und den Frust an einem seelenlosen Schneemann ausgelassen, und nun fehlte ihm die Kraft, alles zu wiederholen. Er zog die Knie an den Oberkörper und umschlang sie mit den Armen. »Die Prüfung ist vorbei, Matty.«

»Wie kommst du darauf?«

»Weil mein Vater ein grausamer Mann ist und ich seine Schandtaten nicht mehr länger unterstützen werde.«

»Übertreibst du nicht ein wenig?« Matty zog die Augenbrauen hoch. »Ich verstehe dein Problem nicht.«

»Und ich verstehe ihn nicht!«, gab Nick frustriert zurück.

»Was hast du bloß?« Verwundert betrachtete Matty Nick genauer. »So schlimm ist das alles doch gar nicht.«

»Nicht schlimm?« Nick stand auf und fuhr sich aufgebracht mit beiden Händen durch die Haare. »Matty, es ist sogar sehr schlimm! Ich hab meine Gefühle nicht mehr im Griff und verletze damit andere!«

»Warum bist du denn so grantig?« Matty stand auf, nahm jedoch Abstand von Nick. Wahrscheinlich aus Angst, ebenfalls getreten zu werden.

»Ach, vergiss es. Du bist mir auch keine Hilfe. Sag meinem Vater, dass er mich gernhaben kann.«

Matty kratzte sich am Kopf. »Aber er hat dich doch gern.«

Nick schnaubte, drehte sich um und stapfte aufgebracht davon.

Kapitel 19

Caroline

Wut beschrieb nicht mal ansatzweise, was Caroline gerade fühlte. Nein, sie war stinksauer, enttäuscht und traurig. Sie hätte es wissen müssen, dass Nick ein Mann wie jeder andere war. *Hatte sie aus der Sache mit Richie denn gar nichts gelernt? Warum war sie so naiv zu denken, dass Nick sich vom Rest der Männerwelt unterschied und es ernst mit ihr meinte?* Sie war so dumm, dass sie ihn geküsst und Gefühle zugelassen hatte, die sie schon lange nicht mehr gespürt hatte. Wenn sie ehrlich war, hatte sie noch nie in ihrem ganzen Leben so stark empfunden. Nicht einmal am Anfang, als sie frisch mit Richie zusammen war. Nick hatte etwas in ihr ausgelöst, das bisher nur ihm gelungen war. Sie hatte sich in seiner Nähe wohl und sicher gefühlt. Seine Worte, seine Berührungen ... egal, was er getan hatte, es hatte ihre Seele jedes Mal wie ein samtenes Laken umschmeichelt. Nachdem Mitch und Kitty-Kay ihr Selbstbewusstsein mit Füßen getreten hatten, war es Nick gelungen, sie wieder aufzubauen. *War das alles gar nicht echt gewesen? Hatte er nur mit ihr gespielt?* Es fiel ihr schwer, das zu glauben.

Erschöpft ließ sie sich zwischen zwei Bücherregale sinken und presste die Hände auf die Augen. Sie war eben doch nur eine Last. Genau, wie es ihre Eltern ihr immerzu eingetrichtert hatten. Jahrelang hatte sie sich anhören müssen, dass sie ihrer Mutter durch ihre Existenz die Karriere zerstört hatte. Immer wieder hatte diese betont, wie sehr sie sich wünschte, dass ihre Tochter niemals geboren worden wäre und sie auf ihren Mann hätte hören und Caroline abtreiben lassen sollen. Liebe war so ein furchtbares Gefühl …

»Stopp«, ermahnte sich Caroline und massierte ihre Schläfen. Sie musste aufhören, an der Vergangenheit festzuhängen. Schließlich war sie nicht mehr von ihren Eltern oder von Richie oder sonst jemandem abhängig. Auch nicht von Nick.

Die Glocke an der Eingangstür riss sie aus ihren düsteren Gedanken.

»Molly! Wir haben ein Problem!«

Caroline schaute hoch und sah gerade noch, wie der seltsame Rotschopf, der bereits am Vortag in der Buchhandlung gewesen war, an den Regalreihen, zwischen denen sie saß, vorbeistürmte.

»Matty? Was ist los?«

»Oh je, was soll ich denn bloß tun? Nicht auszudenken, was Santa mit mir macht, wenn er davon erfährt.«

»Wenn er wovon erfährt?«

»Ich glaube, Nick will nicht nach Hause zurückkehren. Er hat gesagt, Santa sei ein grausamer Mann und könne ihn mal gernhaben. Was meint er damit?«

»Das ist eine freundliche Umschreibung für *am Arsch lecken*«, erklärt Molly geduldig.

»*Was?*« Mattys Stimme wurde noch schriller. »Ist Nick denn von allen guten Geistern verlassen?«

Caroline verstand kein Wort und stand langsam auf. *Wer war dieser komische Kerl und was hatte er mit*

Nick zu schaffen? Sie schlich zum Ende der Regalreihe und spähte vorsichtig um die Ecke. Wie erwartet, entdeckte sie den Rotschopf, der wild gestikulierend vor Molly stand.

»Was denkt der sich dabei? So darf er doch nicht über seinen Vater reden!« Wütend stampfte der junge Mann mit dem Fuß auf den Boden und riss sich die grüne Bommelmütze vom Kopf.

Caroline klappte der Unterkiefer herunter. Sie hatte durchaus schon Segelohren gesehen, aber so lang und spitz waren bisher noch keine gewesen. Die Ohren, das wirre, rote Haar, die Sommersprossen ... auf eine seltsame Art und Weise wirkte Matty überhaupt nicht menschlich.

»Jetzt mach dir mal nicht ins Hemd. Der Junge hat sich gerade seine Grundlage in Snow Falls ruiniert und musste ganz bestimmt nur Dampf ablassen.«

»Was für eine Grundlage?«

Molly schmunzelte und gab sich geheimnisvoll. »Na, das Mädchen.«

»Das Mädchen?«, wiederholte Matty fassungslos. »Du glaubst doch nicht im Ernst, dass da etwas läuft.« Matty lief puterrot an. »Oder etwa doch?«

Molly seufzte leise. »Du und Nick, ihr gebt euch anscheinend nichts, wenn es um menschliche Gefühle geht. Aber weißt du ...« Sie beugte sich näher zu Matty und hielt die Hand hoch, als wollte sie ihm etwas zuflüstern. »Ich glaube, er wird ihr schon bald die Wahrheit sagen.«

»Die Wahrheit?« Matty riss erschrocken die Augen auf. »Das darf er nicht! Santa würde das niemals zulassen!«

»Ach nein?« Molly schaute direkt in Carolines Richtung.

Es war zu spät, sich zu verstecken. Caroline war auf frischer Tat beim Lauschen ertappt worden.

Matty folgte ihrem Blick und wurde schlagartig blass. »Du wusstest, dass sie hier ist, oder?«, schimpfte er auf Molly ein, die selbstzufrieden grinste. »Warum tust du so etwas leichtsinniges? Du gefährdest damit uns alle, Molly!«

Molly zuckte mit den Schultern. »Du warst derjenige, der in die Buchhandlung gestürmt kam und direkt losgeplaudert hat, ohne sich zu vergewissern, dass wir allein sind.«

»Wenn Santa das erfährt …«

»Ich habe niemals gesagt, dass ich in Santas Namen hier bin, Matty«, erklärte Molly ruhig.

Ihm entgleisten daraufhin die Gesichtszüge. »Bist du nicht?«

Molly kicherte und nickte Caroline zu. »Ich bin nur hier, um Nicks Glück etwas auf die Sprünge zu helfen.«

»Ihr steckt also alle unter einer Decke?« Caroline starrte die beiden verblüfft an. »Könnt ihr mir bitte erklären, was hier vor sich geht? Warum hast du so lange Ohren?« Sie zeigte auf den Rotschopf.

»Damit ich dich besser hören kann«, erwiderte Matty trocken, woraufhin er einen Klaps auf den Hinterkopf erntete.

»Hör auf mit dem Blödsinn.« Molly wandte sich Caroline zu und legte ihr die Hände auf die Oberarme. »Hör mir gut zu, Caroline. Es tut mir sehr leid, dass du es auf diese unglückliche Art und Weise erfahren musstest, aber versprich mir, dass du Nick unter allen Umständen zuhören wirst, wenn er nachher angekrochen kommt«, meinte sie beschwichtigend. »Das wird er nämlich mit Sicherheit, denn er ist ein guter Junge.« Ihr Blick wanderte nun zu Matty. »Ganz im Gegensatz zu seinem engstirnigen Vater und seinem trotteligen Assistenten.«

Matty funkelte sie wütend an. »Da wäre ich mir nicht so sicher. Nick ist außer sich und ...«

Molly schnippte mit den Fingern, woraufhin ein Post-it von der Kasse herbeigeflogen kam und Mattys Mund zuklebte. Er nuschelte etwas Unverständliches, doch der Post-it sorgte dafür, dass kein Wort mehr über seine Lippen kam.

»Wie dem auch sei«, fuhr Molly fort, allerdings hörte Caroline ihr nicht mehr zu.

Mit offenem Mund starrte sie zuerst Matty und dann Molly an. Der Zettel war wie durch Zauberhand zu dem Rotschopf geflogen und ... »Wie ... wie ist das möglich? Wie hast du ...?«, stammelte sie fassungslos.

Als Molly den Blickkontakt mit Matty abbrach, riss dieser sich den Zettel aus dem Gesicht. »Wie kannst du es wagen?«, donnerte er. »Für wen arbeitest du wirklich, wenn nicht für Santa?«

»Ich bin meine eigene Chefin und lebe meinen Traum als Buchhändlerin.«

Es wurde ihr plötzlich alles zu viel. Caroline riss sich von Molly los und strich sich verzweifelt den Pony aus der Stirn. Sie wollte verstehen, was gerade passiert war und dafür brauchte sie Antworten. »Wer ist Santa?«

»Na Santa Claus natürlich, was denkst du denn?«, blaffte Matty sie an.

»Santa Claus, verstehe«, sagte Caroline nüchtern. »Und du bist einer seiner Elfen?«

Sofort beruhigte Matty sich wieder. Mit vor Stolz geschwellter Brust antwortete er: »Ganz genau. Außerdem bin ich der persönliche Assistent seines Sohnes.«

»Und dieser Sohn ist Nick«, schlussfolgerte Caroline.

»Richtig.«

»Was ist mit dir Molly?«

Molly lächelte Caroline auf ihre typische Art an, schnippte mit den Fingern und mit einem Mal wurden auch ihre Ohren länglich und spitz. Sie sahen genauso aus wie die, die Caroline immer in der Rentier-Werkstatt getragen hatte.

»Darf ich?« Ohne eine Antwort abzuwarten, streckte Caroline die Hand aus und berührte Mollys Ohren. Diese fühlten sich warm und knorpelig an, genauso wie Carolines. Nur mit dem feinen Unterschied, dass Mollys lang und spitz wie aus einem Märchenbuch waren. »Das ist Magie, oder? Ihr könnt zaubern.« Caroline fing an zu lachen und hielt sich den Bauch. Lachtränen traten ihr in die Augen und sie wischte sie mühsam mit dem Ärmel weg. Matty und Molly beobachteten sie schweigend. Als sie sich allmählich wieder beruhigte, sagte sie atemlos: »Entweder habt ihr alle den Verstand verloren oder ihr erlaubt euch einen echt üblen Scherz mit mir. Raus damit, wo ist die versteckte Kamera?« Als weder Matty noch Molly sich rührten oder gar die Miene verzogen, schüttelte Caroline ungläubig den Kopf. »Ist das euer Ernst?«

Schuldbewusst starrte Matty zu Boden.

Molly klopfte ihr sanft auf die Schulter. »Geh nach Hause, Caroline. Ich weiß, das ist viel zu verarbeiten.

Vor allem die Magie ist für Menschen schwer begreifbar. Aber jetzt wirst du Nicks Beweggründe bestimmt verstehen.«

Caroline schnaubte, gab sich jedoch versöhnlich. »In Ordnung. Ähm, Molly?«

»Ja?«

»Darf ich trotzdem morgen wiederkommen?«

Mollys Miene wurde weicher. »Natürlich darfst du das. Was soll ich denn ohne dich machen?«

KAPITEL 20

NICK

Nick hockte auf der Couch und starrte Löcher in die Luft. Er wusste schlichtweg nicht, was er tun sollte. Wenn er nach Hause ging, würde er Caroline niemals wieder sehen. Aber wenn er blieb, würde sein Vater ihn finden und ihn in seinen Sack stecken, um ihn zurück zum Nordpol zu karren. Nick könnte fliehen, aber selbst dann würde er nicht weit kommen, weil Santas Schergen überall auf der Welt verteilt agierten. Egal, wie er es drehte und wendete: Er würde letztendlich den Kürzeren ziehen.

»Ein Leben als Mensch wäre schon echt cool«, murmelte er und ließ sich zur Seite fallen. Seiner Mutter war der Ausstieg aus der Weihnachtssekte erfolgreich gelungen, als sie damals mit dem Chef der Spielzeug-Küchenabteilung abgehauen war. Vielleicht sollte er sich an sie wenden, um herauszufinden, wie das mit dem Durchbrennen richtig funktionierte, und gemeinsam mit Caroline seine Vergangenheit hinter sich lassen. Aber wohin könnten sie schon gehen? »Aaaaach, verdammt noch mal!« Nick warf seine Brille auf den Couchtisch und stülpte sich ein Kissen über den Kopf. Bevor er sich noch weiter darüber Gedanken machte, musste er zuerst die Sache mit Caroline regeln. Sie zu verlieren, war für ihn keine Option, daher sah er keine andere Möglichkeit, als ihr die Wahrheit zu erzählen. Doch wie würde sie reagieren, wenn er sagte: »Tut mir leid, es war alles ein Missverständnis. Santa Claus benutzt dich nur, um mich zurück nach Hause zu holen, damit ich der nächste Weihnachtsmann werden kann. Ho ho ho!« Er stöhnte auf. Sie würde glauben, dass er sie verarsche und ihn trotzdem verlassen. Sein Liebesleben war von Anfang an zum Scheitern verurteilt gewesen.

Als es an der Tür klingelte, ließ Nick das Kissen sinken. Schwungvoll erhob er sich, sodass er beinahe von der Couch fiel, und stolperte zur Wohnungstür. Dort angekommen, riss er sie auf und sah sich einer erschrockenen Caroline gegenüber. Sie war beladen mit zwei Pizzakartons und einem schwer aussehenden Stoffbeutel vom Supermarkt.

»Was tust du hier?«

»Noch wohne ich hier, schon vergessen?«, antwortete sie nüchtern. »Können wir bitte reden?«

»Natürlich. Komm rein.« Er trat beiseite, um sie hineinzulassen.

»Ich hoffe, du hast Lust auf Pizza und Bier. Mir ist nämlich gerade danach.« Caroline marschierte schnurstracks an ihm vorbei ins Wohnzimmer, stellte die Kartons und den Beutel ab und fegte dabei beinahe Nicks Brille vom Tisch. Danach begann sie, sich aus ihrem Mantel zu schälen.

Unsicher folgte Nick ihr und nahm ihr das Kleidungsstück ab.

»Danke.« Sie setzte sich auf die Couch und packte mehrere Dosen Bier aus. »Ich war heute bei der Stadtverwaltung und habe mich dort nach freien Zimmern und Wohnungen erkundigt«, erklärte sie.

Das zu hören, stimmte Nick traurig. »Verstehe.«

»Doch bevor ich die nächsten Schritte in Betracht ziehe, möchte ich gern die Wahrheit erfahren.«

»Die Wahrheit?«

»Über dich, Nick. Ich will verstehen, warum du das vorhin zu Molly gesagt hast.« Sie lächelte unglücklich. »In den letzten beiden Wochen haben wir sehr viel Zeit miteinander verbracht und ich dachte, du würdest anders von mir denken. Außerdem hast du mir immer wieder versichert, dass ich bei dir Willkommen bin. Deswegen möchte ich dir die Chance geben, mir zu erklären, was da los war.«

Ihre Reaktion verschlug Nick die Sprache. Zum einen verspürte er Stolz, weil sie viel selbstbewusster war als noch vor zwei Wochen, aber zum anderen machte ihm die Angst, sie aufgrund der Wahrheit verlieren zu können, schwer zu schaffen. Allerdings konnte er die Mauer zwischen ihnen nicht so stehen lassen, weil er Dinge gesagt hatte, die vollkommen anders gemeint gewesen waren. »Du wirst mir vielleicht nicht glauben«, sagte er leise und setzte sich neben sie.

»Versuch es. Ich höre dir zu.«

»Aber zuerst will ich dir sagen, dass es nicht nötig ist, dass du ausziehst«, sprudelte es aus ihm hervor. »Du kannst hier wohnen bleiben. Ich überlasse dir die Wohnung.«

»Wie bitte?«

»Ich werde nicht mehr lange in Snow Falls bleiben können. Mit meiner Vermieterin habe ich bereits darüber gesprochen, dass du hier zu denselben Konditionen leben kannst wie ich. Du brauchst also nicht weiter zu suchen.«

»Warum solltest du von hier weggehen?«, wollte Caroline wissen.

»Ich habe es verbockt«, erklärte Nick niedergeschlagen.

»Was hast du verbockt?«

»Alles!«

Caroline hob den rechten Zeigefinger und pikste ihm damit in die Brust. »Das kannst du nicht einfach allein entscheiden. Nicht nach alldem, was zwischen uns passiert ist. Woher willst du denn wissen, dass du die Sache nicht wieder in Ordnung bringen kannst, wenn du es nicht einmal versuchst?«

»Caroline ...«

»Das, was du zu Molly gesagt hast, hat mich sehr enttäuscht und auch verletzt«, unterbrach sie ihn. »Aber dass du jetzt einfach aufgibst, ohne zumindest den Versuch zu wagen, es mir zu erklären, macht mich stinkwütend.«

Schon wieder wusste er nicht, was er darauf erwidern sollte. Caroline saß direkt vor ihm, selbstbewusster und schöner denn je. Ihre braunen Haare hatte sie zu zwei langen Zöpfen geflochten, die ihr bis zur Brust reichten, und sie trug zu der engen Jeans ein figurbetontes, rotes Longshirt, das ihre sanften Kurven umschmeichelte. »Wer bist du?«, wisperte er.

»Ich bin die, zu der du mich gemacht hast, Nick. Doch was wichtiger ist: Wo bist du? Wer bist du und vor allem: Was bist du?«

»Das sind ganz schön viele seltsame Fragen.«

»Noch seltsamer als die Wahrheit kann es nicht sein«, murmelte sie. Sie zog sich zurück, nahm eine Dose Bier und öffnete sie. Sie reichte sie ihm und machte sich ebenfalls eine auf. »Nur zu. Ich habe Zeit.« Sie hob den Deckel eines Pizzakartons an und nahm sich ein Stück.

Nick zögerte. Wie viel konnte er ihr zumuten? »Also, das von vorhin«, er hielt inne und gab sich innerlich einen Ruck. »Du hast da etwas missverstanden.«

»Inwiefern?«

»Ich habe dir ja von dem Familienunternehmen erzählt ...«

Caroline nickte.

»Mein Vater will, dass ich seine Nachfolge schon sehr bald antrete, aber ich bin noch nicht bereit dafür. Deshalb haben wir einen Deal ausgehandelt. Wenn ich seine Prüfung bestehe, gibt er mir mehr Zeit, mich darauf vorzubereiten.«

»Aha.« Caroline nippte an ihrem Bier. »Und wo ist das Problem?«

»Ich habe keine Ahnung, worum es in der Prüfung geht, und dann kam noch dazu etwas dazwischen.«

»Was denn?«

Nick schluckte schwer, ehe er antwortete: »Du.«

»Hm.« Sie zog die Beine auf die Couch und setzte sich im Schneidersitz hin. »Soll das heißen, ich stehe dir im Weg?«

»Nein, das meinte ich damit nicht«, wehrte Nick ab. »Es ist vielmehr so, dass ich nun erst recht hierbleiben will.« Er senkte den Kopf und fuhr leiser fort: »Aber solange ich nicht weiß, worin die Aufgabe besteht, kann ich das nicht.«

»Warum fragst du deinen Dad nicht einfach?«

»Er ist ein Sturkopf. Bevor er von seinem Schaukelstuhl aufsteht und mir hilft, wirft er mich eher den Bären zum Fraß vor.«

Caroline zog überrascht die Augenbrauen hoch. »Das wage ich zu bezweifeln.«

»Wenn du mir nicht glaubst, dann zeige ich es dir.« Nick stand auf und drehte sich um. Was hatte er schon zu verlieren? Behutsam zog er den Saum seines Pullovers hoch, sodass sein nackter Brustkorb zu sehen war. Hinter sich hörte er, wie Caroline scharf die Luft einsog.

»Oh Nick«, flüsterte sie und im nächsten Moment fuhren ihre Fingerspitzen sanft die Narben an seiner linken Seite entlang. »Was ist passiert?«

»Er hat mich mit einem Eisbären ringen lassen.« Nick lachte freudlos auf, zerrte den Pullover wieder herunter und konnte den Groll in seiner Stimme nicht verbergen. Er wollte ihr Mitleid nicht, aber wie sonst sollte er ihr begreiflich machen, dass mit seinem Vater nicht gut Plätzchenessen war?

»Das ist grausam«, gab Caroline zu.

»Noch grausamer ist es, dass ich glaube, dass du etwas mit der Prüfung zu tun hast. Ich fürchte, er hat dich in die ganze Sache hineingezogen.«

»Warum sollte er so etwas tun? Was hab ich ihm denn getan, um auf der Liste der unartigen Kinder zu landen?«

»Ich habe keine Ahnung.« Es dauerte einen Augenblick, bis er begriff, was sie da gerade von sich gegeben hatte. »Warte mal ... was hast du gesagt?« Nick riss erschrocken die Augen auf. »Woher weißt du ...?« Dann ging ihm plötzlich ein Licht auf.

»Oh Molly.«

»Matty«, antwortete Caroline gleichzeitig.

»Du kennst Matty?«

Caroline zuckte mit den Schultern. »Wer kennt ihn nicht? Lustiger Kerl.«

Nick seufzte.

»Erzähl mir alles«, forderte sie ihn auf. »Ich will jedes Detail wissen.« Sie nahm einen tiefen Schluck aus ihrer Dose und schaute ihn wissbegierig an. »Nick, ich bin bereit für die Wahrheit.«

»Da bin ich mir nicht so sicher.« Nick nippte ebenfalls an seinem Bier und verzog angewidert das Gesicht. Dann begann er, Caroline die Geschichte vom Weihnachtsmann und seinem rebellischen Sohn zu erzählen.

KAPITEL 21

CAROLINE

»Du glaubst also, dass ich der Schlüssel bin«, fasste Caroline zusammen und fühlte sich von den ganzen Informationen wie erschlagen. Sie hatte mit vielem gerechnet, aber nicht mit so einer haarsträubenden Geschichte, die einem Fantasy-Roman entsprungen sein könnte.

Nick nickte und nahm einen herzhaften Bissen von seinem Pizzastück.

»Und wenn du die Prüfung nicht bestehst, musst du zurück zum Nordpol und schon in diesem Jahr die Nachfolge deines Vaters antreten? Du wirst also der neue Santa Claus?«

»Genau genommen bleibe ich Nick«, nuschelte er und schluckte den Pizzahappen hinunter. »Santa ist der Name meines Vaters.«

»Hieß der Weihnachtsmann nicht schon immer so?«

»Das liegt daran, dass er seit über zweihundert Jahren im Amt ist.«

Caroline verschluckte sich an ihrem Bier und hielt sich die Hand vor den Mund. »Zweihundert Jahre?«

»Die Magie macht ihn zwar nicht unsterblich, verlängert aber sein Leben enorm.«

Erschöpft lehnte Caroline sich zurück. »Dir ist schon klar, wie verrückt das alles klingt, oder?«

»Ich erwarte nicht, dass du mir glaubst«, sagte er sichtlich niedergeschlagen. »Wenn ich ehrlich bin, habe ich schon damit gerechnet und deswegen alles in die Wege geleitet, damit du dir keine Sorgen mehr um eine Bleibe machen brauchst, wenn ich weg bin.«

Caroline sah ihn lange und intensiv an. Die Wahrheit zu kennen, fühlte sich seltsam an, aber sie war motivierter als jemals zuvor. »Du wirst nicht aufgeben, oder?« Als er schwieg, beugte sie sich zu ihm hinüber und umfasste sein Gesicht. »Nick, du hast in den letzten Wochen so viel für mich getan. Ich glaube, es wird Zeit, dass ich dir etwas zurückgebe.«

Verblüfft starrte er sie an. »Was meinst du damit?«

»Hast du schon mal daran gedacht, was ich möchte?«

Er öffnete den Mund, doch sie legte ihm den Zeigefinger auf die Lippen.

»Soll ich es dir verraten?«

Er nickte.

»Ich will dich, Nick!«

»Caro...«

»Lass mich bitte ausreden«, unterbrach sie ihn. »Du kannst nicht verschwinden, ohne zumindest versucht zu haben, diese Prüfung zu bestehen. Ich habe mein Leben lang nach der Pfeife anderer getanzt, wollte am liebsten unsichtbar sein und niemandem zur Last fallen.« Sie ballte die Hände zu Fäusten und spürte das Adrenalin, das durch ihre Adern rauschte. »Aber wenn das bedeutet, dass ich mir den Weihnachtsmann zum Feind mache, um meinen selbstsüchtigen Wunsch erfüllt zu bekommen, dann werde ich das tun. Ich will dir unter allen Umständen helfen. Das ist mein Wunsch.«

»Dir ist schon klar, wie verrückt das alles klingt, oder?«, wiederholte er ihre Worte und in seinen wunderschönen blauen Augen leuchtete etwas auf. Caroline war sich sicher, dass sie seinen Kampfgeist geweckt hatte.

»Lass mich bitte nicht hängen«, sagte sie leise. »Sag mir, was hat es dir bedeutet, als du mich geküsst hast?«

»Ich weiß nicht genau, was du meinst«, antwortete er und hatte Mühe, ein schelmisches Grinsen zu unterdrücken. »Kannst du es mir bitte noch einmal demonstrieren?«

Caroline schnaubte belustigt. Er wollte spielen? Das konnte er haben! Noch immer lagen ihre Hände auf seinen stoppeligen Wangen. »Wenn das so ist, frische ich deine Erinnerung gerne noch einmal auf.« Eine Sekunde später beugte sie sich vor und küsste ihn.

Dieses Mal war es anders als die beiden Male zuvor. Es war viel intensiver. Sie rückte noch näher an ihn heran. Sofort umfasste er ihre Hüften und zog sie auf seinen Schoß, sodass sie schließlich rittlings auf ihm hockte. Dabei ließen sie keine Sekunde voneinander ab. Seine eine Hand ruhte auf ihrem Rückgrat, die andere vergrub er in ihrem Haar.

Die Welt um sie herum explodiere in tausend Farben und jede schöne Erinnerung, die sie mit Nick geschaffen hatte, tauchte nun vor ihr auf ... jeder Blick, jede Berührung, jeder Kuss ... All das jagte einen Schauer nach dem anderen über ihre Haut. Plötzlich wurde Caroline bewusst, was sie da fühlte. Sie liebte ihn mit jeder Faser ihres Körpers, und sie war bereit, alles zu geben, um ihm zu helfen. Es war ihr egal, wer er war und wo er herkam. Er war Nick, ein unglaublicher Mann, mit dem sie die letzten Wochen zusammengelebt und der sie aus dem tiefen Dunkel der Vergangenheit befreit hatte. Ihr ganzes Leben hatte sie im Schatten verbracht, doch nun war sie endlich dort angekommen, wo sie hingehörte: in seinen Armen.

Atemlos ließen sie irgendwann voneinander ab und schauten sich intensiv an.

»Deine Augen. Sie haben sich verändert«, stellte Caroline fasziniert fest. Es sah aus wie ein Schneesturm, ein Strudel aus Eis und Schnee, der in diesen blauen Weiten tobte. Als ob sich all seine Gefühle darin widerspiegelten. »Sie sind wunderschön.«

Nick brach den Blickkontakt ab und blinzelte ein paar Mal. »Das passiert normalerweise nur, wenn ich Magie benutze«, sagte er sichtlich irritiert. »Deswegen trage ich die Brille. Damit es nicht auffällt.«

»Oh.« Diese Erkenntnis traf Caroline vollkommen unvorbereitet. »Das heißt, ich hätte nicht einmal gemerkt, wenn du mich verzaubert hättest?«

Nick schüttelte den Kopf. »Die Brille unterdrückt meine Magie. Aber ich habe keine mehr benutzt, seit ich dich getroffen habe.« Er schaute verlegen drein und strich ihr eine lose Haarsträhne hinters Ohr. »Ich fürchte, du bist diejenige, die mich verzaubert hat.«

»Was soll das heißen?«, hakte Caroline nach. Sie musste wissen, was er fühlte. Sie wollte es aus seinem Mund hören, auch wenn es nur allzu offensichtlich war.

»Ich will nicht, dass du Weihnachten allein verbringst. Nie wieder.«

»Nur Weihnachten?«

Nick lachte auf. »Du machst mich wirklich fertig.«

Caroline lächelte vielsagend und zuckte mit den Schultern.

Er lehnte seine Stirn gegen ihre. »Caroline«, hauchte er an ihre Lippen, sodass sie unwillkürlich eine Gänsehaut bekam. »Ich wünsche mir, dass ich bei dir bleiben darf. Mehr als alles andere auf der Welt. Du … du bist meine Welt.«

»Das wünsche ich mir auch«, gab sie leise zu. Dann grinste sie ihn schelmisch an. »Aber weißt du was?«

»Hm?«

»Ich glaube nicht, dass du das Zeug zum Weihnachtsmann hast«, sagte sie und kicherte. »Du bist viel zu unkoordiniert und chaotisch.« Sie fuhr mit den Fingerspitzen unter seinen Pulli und tastete sich seinen flachen Bauch entlang. »Außerdem wirst du lächerlich in dem Kostüm aussehen.«

»Dann musst du mir wohl mehr Plätzchen backen«, entgegnete Nick lächelnd.

Caroline beugte sich vor und hauchte ihm ins Ohr: »Außerdem gefällt mir nicht, dass jeder auf der Welt dich kennen wird.«

»Sie werden mich ja nicht sehen. Ich komme doch immer nachts.«

Caroline unterdrückte ein Lachen und biss sich auf die Innenseite ihrer Wange, um sich wieder zu fassen. »Was ich damit sagen will, ist: Solange ich die Einzige bin, die dich lieben darf, ist es mir egal, wer du bist.«

Nick sog scharf die Luft ein, als sie ihre Hüften verführerisch auf seinem Schoß kreisen ließ. »Du darfst alles tun, was du willst, aber hör bloß nicht auf damit«, stöhnte er und warf den Kopf in den Nacken. Seine

Augenlider waren halb geschlossen und Caroline konnte seine Erregung deutlich spüren.

Zufrieden kicherte sie. »Wie du willst.«

KAPITEL 22

NICK

Als Nick die Augen öffnete, hatte er sofort das Gefühl, dass irgendetwas nicht stimmte. Das laute Krachen, das kurz darauf folgte, war Beweis genug. Er richtete sich erschrocken auf und schaute zum Fenster. Dort waren die Spuren zweier Schneebälle zu sehen.

»Was zum ...?« Er stand hastig auf, trat an die Scheibe und öffnete das Fenster. Schon kam der nächste Ball angeflogen und traf ihn mitten ins Gesicht ... schon wieder. Nick war längst klar, wer dahintersteckte. »Matty!«, donnerte er, woraufhin der rothaarige Elf hinter einem Busch hervortrat. »Hör auf, mir ständig Schneebälle ins Gesicht zu werfen! Ich hab die Schnauze voll davon!«

»Was ist denn los?«, fragte Caroline, doch Nick war zu sehr damit beschäftigt, seinen Assistenten wütend anzufunkeln.

»Niiiick!« Matty rannte auf die Hauswand zu und begann, die Feuerleiter hinaufzuklettern. Geschickt hangelte er sich von Fenstersims zu Fenstersims, bis er schließlich durch das Schlafzimmerfenster kroch. Auf der Fensterbank hielt er inne und starrte Nick aus schockgeweiteten Augen an. »Entschuldige bitte, ich wollte nur die Scheibe treffen.«

»Wir haben auch eine Tür«, schnaubte Nick. »Da unten geht es ins Treppenhaus und dann sind es nur noch ein paar Treppenstufen, bis du wie ein gesitteter Elf bei uns klingeln kannst.«

»Tut mir leid, aber … äh … könntest du bitte …«, stammelte Matty nervös, wedelte wie wild mit den Händen herum und wandte beschämt den Blick ab.

»*Was?*«

»Na das!«

Nick stöhnte genervt auf. »Red gefälligst in ganzen Sätzen, wenn du willst, dass dich jemand versteht.«

»Jetzt bedeck dich endlich!«, klagte der Elf lautstark und drehte sich hastig um. Dabei fiel ihm Caroline auf, die noch immer im Bett lag und ihre Blöße mit einer Decke verbarg. Sie sah nicht weniger schockiert aus als Matty, der vor Scham puterrot anlief und die Hände vor das Gesicht schlug.

»Raus hier!«, brüllte Nick und deutete auf die Tür. »Sofort, Matty!«

Der Elf zuckte zusammen und eilte, so schnell er konnte, an Nick vorbei.

Nick starrte ihm wutentbrannt hinterher. *Was fiel dem Kerl ein?* »Der hat wohl noch nie was von Privatsphäre gehört«, grummelte er und drehte sich zu Caroline um. »Alles in Ordnung?«

Ihre Wangen waren leicht gerötet und auf ihren Lippen lag ein amüsiertes Grinsen. »Ist doch nichts passiert. Außer, dass du ihn womöglich mit deiner *Rute* erschreckt hast.« Sie zeigte auf ihn, woraufhin Nick an sich hinabsah. Erst jetzt fiel ihm auf, dass er splitterfasernackt vor ihr stand.

»Ups.«

»Hat er dich mit dem Schneeball schlimm erwischt?«
Caroline erhob sich und kam auf ihn zu. Ihr Körper war
eine wahre Augenweide und Nick verspürte den drin-
genden Wunsch, die Geschehnisse der letzten Nacht zu
wiederholen. Allerdings war jetzt nicht der richtige
Zeitpunkt dafür. Matty war bestimmt nicht ohne
Grund hier und Nick hatte das untrügliche Gefühl, dass
ihm nicht gefallen würde, was er gleich zu hören bekommen würde. Er streckte die Arme aus und zog Caroline an sich. Es fühlte sich so gut und richtig an, sein
Mädchen in den Armen zu halten, und er hauchte ihr
einen sanften Kuss auf den Scheitel.

»Halb so wild. Ist ja nicht das erste Mal. Man könnte
meinen, ich sei es allmählich gewohnt.«

Mitleidig tätschelte sie ihm den Kopf. »Dann lass ihn
mal besser nicht länger warten«, sagte sie und löste sich
von ihm. »Zieh dir aber was an, bevor er noch einen
Herzinfarkt bekommt.«

Nick seufzte bedauernd und ließ seine Fingerspitzen
ein letztes Mal über ihre Taille wandern.

Ein paar Minuten später betraten sie gemeinsam –
und vollständig bekleidet – das Wohnzimmer. Matty
lief ungeduldig auf und ab und murmelte dabei irgendwelche unverständlichen Worte. Der panische Ausdruck auf seinem Gesicht machte Nick stutzig.

»Alles in Ordnung?«, fragte er und trat vor seinen
Freund. Unter anderen Umständen hätte es ihn bestimmt gefreut, ihn nach all den Sorgen und Bedenken
um sein Wohlergehen in einem Stück wiederzusehen,
doch die Situation machte es Nick beinahe unmöglich,

etwas anderes als Gereiztheit über das unpassende Timing zu empfinden.

»Nichts ist in Ordnung und es ist alles nur deine Schuld«, krächzte Matty aufgebracht. »Wenn du da gewesen wärst, wo du hingehörst, wäre das alles nicht passiert!«

Nick zog die Stirn kraus. »Ich fürchte, ich kann dir nicht folgen.«

»Es gab einen kompletten Technikcrash. Der Computer mit der Datenbank ist abgestürzt und lässt sich nicht mehr starten.«

»Der mit der Excel-Datei, die ihr jedes Jahr ausdruckt?«

Matty schaute Caroline aus großen Augen an. »Woher weiß sie davon, Nick?«

Nick winkte ab. »Selbst schuld. Ich hab Dad bestimmt schon tausend Mal gesagt, dass Windows XP keinen Support mehr bekommt und vollkommen veraltet ist.«

»XP? Das nutzt doch heutzutage keiner mehr«, stellte Caroline verwundert fest.

»Richtig. Die Digitalisierung macht auch vor dem Nordpol nicht halt. Das hat mein Vater leider nur noch nicht begriffen.« An Matty gewandt sagte Nick: »Ich hab ihn mehrfach gewarnt, dass ihn seine mittelalterlichen Methoden irgendwann teuer zu stehen kommen.«

»Deine Anschuldigungen helfen uns nicht weiter«, grummelte Matty. »Was machen wir denn jetzt?«

Nick grinste und schaute dann zu Caroline, die sofort verstand und ebenfalls lächelte. »Vielleicht kann ich helfen.«

»Und wie?« Matty trippelte nervös von einem Bein aufs andere.

»Ich habe meine freien Wochen dazu genutzt, um an etwas Neuem zu arbeiten. Es ist zwar noch nicht ganz fertig, aber das schaffe ich bestimmt.«

»Das Problem ist nur, dass uns die Zeit davonläuft«, antwortete der unglückliche Elf.

Caroline trat neben Matty und legte ihm eine Hand auf die Schulter. »Beruhig dich. Hat das ganze Auswirkungen auf das jetzige Weihnachtsfest?«

»Aber natürlich!«, quiekte er hysterisch.

»Dad braucht die Listen für die Verteilung der Geschenke. Wenn er die nicht hat, gehen alle Kinder auf der Welt leer aus«, erklärte Nick seelenruhig.

»Wir müssen schleunigst zum Nordpol zurück«, rief Matty.

»Und wo liegt das Problem?«

»Na ja ...« Matty kratzte sich beschämt am Kopf. »Die Teleportationsportale sind ebenfalls außer Betrieb.«

Nick fluchte. »Dann müssen wir eben den umständlicheren Weg per Flugzeug nehmen.«

»Könnt ihr nicht auf Rentieren fliegen oder euch von den Engeln holen lassen?«, schlug Caroline vor, woraufhin Nick belustigt schnaubte.

Matty starrte sie entrüstet an und wandte sich dann an Nick. »Kann es sein, dass sie ein bisschen ...«, er machte eine Drehbewegung neben seiner Schläfe, »durchgeknallt ist?«

»Sagt der Typ mit den Elfenohren.« Caroline warf ihm einen beleidigten Blick zu und verschränkte die Arme vor der Brust.

Bevor Matty es tun konnte und Caroline noch mehr beschimpfte, erklärte Nick: »Die Rentiere hören nur auf meinen Vater, und Engel gibt es nicht.«

»Echt nicht?« Caroline zog einen zuckersüßen Schmollmund, den Nick ihr am liebsten weggeküsst hätte. »Was ist mit dem Osterhasen?«

Nick erkannte an ihrem Gesichtsausdruck, dass sie nur scherzte. Matty hingegen nahm das alles sehr ernst.

»Natürlich gibt es den!« Er straffte die Schultern und reckte die Nase besserwisserisch in die Höhe. »Santa ist ein großer Fan seines Eierlikörs.«

»Du meine Güte.« Caroline ließ sich auf die Couch fallen und schaute sie nachdenklich an. Dabei spielte sie mit der Schneekugel herum, die Nick ihr geschenkt hatte. Irgendwann fragte sie: »Was ist mit dem Grinch?«

»Reine Fiktion«, erklärte Matty.

»Die Zahnfee?«

»Aberglaube.«

»Der Sandmann?«

»Heiliger Mistelzweig!« Matty stampfte wütend mit dem Fuß auf dem Boden auf. »Wir haben jetzt keine Zeit für den Blödsinn!«

»Dein Assistent führt sich auf wie Rumpelstilzchen.«

»Da ist was dran.« Nick zückte belustigt sein Handy und rief die Internetseite einer Fluggesellschaft auf. »Ich kümmere mich um die Flüge und du bewahrst so lange einfach die Ruhe, in Ordnung?«, fragte er Matty.

»Ich bin ruhig!«, krakeelte dieser und funkelte Nick wütend an.

»Natürlich. Wie ein zahmes Eisbärbaby.«

Matty zuckte zusammen. »Hör auf, über Eisbären zu reden.«

»Haben die dich etwa auch verhauen?«, fragte Caroline besorgt.

Nick schmunzelte und scrollte die Flugangebote durch. »Nein, Matty ist stattdessen um sein Leben gerannt. Hätte ich wohl auch tun sollen.«

»Pff«, machte Matty und zog eine beleidigte Schnute.

»Also? Wann brechen wir auf?«

Auf Carolines Frage hin hob Nick überrascht den Kopf. »Wir?«

Caroline lächelte unsicher. »Das Ganze könnte ein Hinterhalt sein. Was, wenn dein Vater dich damit nur nach Hause locken will, damit du freiwillig zurückkehrst?« Sie senkte den Kopf und fuhr leiser fort: »Das würde bedeuten, dass ich dich womöglich nie wiedersehe, und das wäre furchtbar.«

»So etwas Durchtriebenes würde Santa niemals tun«, versicherte Matty ihr.

»Ach ja?« Nick wechselte in sein Handymenü und öffnete eine Anwendung. »Das lässt sich recht schnell durch die Portal-App herausfinden.« Er schaute die Liste durch und runzelte die Stirn. Matty und Caroline beobachteten ihn aufmerksam. Dann sagte er: »Alle Portale sind tatsächlich offline.«

»Sag ich doch! Vertraust du mir denn überhaupt nicht mehr?« Mattys Augen glänzten feucht. »Ich dachte, wir seien mehr als nur ein Assistent und sein Boss. Ich dachte ...«

»Darf ich dir eine Frage stellen, Matty?«, unterbrach Caroline ihn und stand auf.

Matty nickte und schniefte.

»Hegst du romantische Gefühle für Nick?«

»Romantische ... Gefühle?«, wiederholte der Elf und starrte sie mit leerem Blick an.

»Liebst du ihn?«, fragte sie freundlich, woraufhin Nick sich auf die Innenseite seiner Wange biss, um nicht laut loszulachen. *Wann war Caroline denn so direkt und so amüsant geworden?*

»Nein, natürlich nicht! Du etwa?«

Nicks Lachdrang verschwand. Stattdessen wurde seine Neugier geweckt. War Matty eigentlich klar, was er mit seiner Frage auslöste? Caroline bedeutete Nick unheimlich viel und er musste automatisch an Mollys Worte denken. Wie es dagegen um ihre Gefühle bestellt war, konnte er trotz ihrer Ansage vom Vorabend nicht so recht beurteilen. Schließlich konnte sie mit ihrem Geständnis auch etwas anderes meinen. Etwas körperlicheres vielleicht.

Caroline schaute zu Nick hinüber und ihre Züge wurden weicher. Das Lächeln flog ihr förmlich auf die Lippen. »Ja, das tue ich.«

Sein Herz begann zu rasen. Also hatte er es sich nicht eingebildet. Er schluckte ergriffen. Noch nie zuvor hatte jemand ihm gegenüber so offen seine Zuneigung kundgetan.

Matty klappte ebenfalls die Kinnlade hinunter und er wandte sich langsam an Nick: »Und was ist mit dir?«

»Ich ...« Nick zögerte kurz. Schmerzlich wurde ihm bewusst, wie schwer es war, Gefühle offen zuzugeben.

»Du solltest dich um die Flüge kümmern«, kam Caroline ihm zu Hilfe und löste so die angespannte Situation.

»Richtig.«

»Wie kommen wir denn zum Nordpol?« Caroline ließ sich zwar nichts anmerken, aber Nick war klar, dass auch sie gern eine Antwort auf Mattys Frage gehabt hätte.

Durch sein Zögern hatte er seine Chance verspielt und musste sein Geständnis daher auf später verschieben. Immerhin hatten sie eine lange Reise vor sich, die es zunächst allerdings zu planen galt. Er öffnete erneut den Browser auf seinem Handy. »Am Einfachsten ist es, per Flugzeug nach Alta oder Lakselv zu reisen und von dort aus weiter mit dem Bus zum Nordkap. Dort nehmen wir dann den Nordpolar-Express.« Nick wählte die nächstmögliche Verbindung aus. »Wir werden auf jeden Fall mehrmals umsteigen müssen.«

»Das kann aber dauern«, klagte Matty.

»Gib mir mal die Kreditkarte und deinen Pass«, verlangte Nick und streckte die Hand aus. »Ich buche uns die nächstbesten Flüge.«

Grummelnd zog Matty ein Portemonnaie aus der Hosentasche und wühlte darin herum, bis er eine rot-weiß gestreifte Mastercard und einen tannengrünen Pass fand.

Nick bemerkte Carolines erstaunten Blick, bevor sie ebenfalls ihren Pass aus der Tasche kramte, und er erklärte: »Die Flugkosten sind sehr hoch. Wenn Dad einen Techniker einfliegen lassen würde, müsste er sowohl die Anreise als auch die Arbeitszeit bezahlen. Er wird mir also dankbar sein.« Grinsend gab er die Fluggastdaten und die Kreditkartennummer ein und buchte drei Plätze.

»Wie kommt der Weihnachtsmann denn an Geld?«

»Er ist an der Börse«, erklärte Matty stolz. »Dort investiert er in Coca Cola-Aktien. Vor allem zur Weihnachtszeit floriert der Kurs, weil das Unternehmen mit seinem Gesicht wirbt.«

»Wow.«

»Wir müssen noch heute nach Calgary zum Flughafen. Von dort aus fliegen wir nach Denver, dann weiter nach Deutschland. In Frankfurt steigen wir um in den nächsten Flieger, der uns nach Oslo bringt. Anschließend geht es weiter nach Alta. Dort nehmen wir den Bus der Linie 62«, erklärte Nick.

»Wie lange werden wir unterwegs sein?« Caroline sah plötzlich gar nicht mehr so überzeugt davon aus, dass das Ganze eine gute Idee war.

Nick warf einen Blick auf sein Smartphone. »Knapp zweiunddreißig Stunden. Wir starten um halb drei in Calgary und sind morgen Abend um acht Uhr in Alta.«

»Heiliger Mistelzweig.« Matty klatschte sich die Hand gegen die Stirn und ließ sich auf die Couch fallen. »Wie macht ihr Menschen das bloß? Das ist ja eine Zumutung.«

»Außerdem fürchte ich, werden wir eine Nacht dort verbringen müssen, weil der Bus zum Nordkap nur zwei Mal am Tag fährt.«

»Nordkap?«, wiederholte Caroline aufgeregt.

»Von da aus kommen wir zum Nordpol.«

»Das heißt also ...« Matty zählte etwas an den Fingern ab und riss dann fassungslos die Augen auf. »Wir kommen erst am 18. Dezember zu Hause an? Dann haben wir also nicht mal mehr sechs Tage, um Weihnachten zu retten?«

»Beruhig dich. Ich krieg das schon hin«, antwortete Nick und wandte sich an Caroline. »Nimm dir ausreichend warme Kleidung mit. Am Nordpol ist es deutlich kälter als in den Rocky Mountains.«

Caroline seufzte und lächelte schüchtern. »Na gut, dann gehe ich mal packen. Scheint so, als hätten wir eine sehr abenteuerliche Reise vor uns.« Sie drehte sich um und verschwand ins Schlafzimmer.

»Darauf kannst du wetten«, rief Nick ihr hinterher und lachte.

Matty lümmelte auf der Couch herum und presste sich die Hände auf die Augen. »Ich wollte vor ihr nichts sagen, weil ich weiß, dass du sowieso machst, was du willst, aber Nick ... ein Mensch am Nordpol? Bist du von allen guten Geistern verlassen?«

Nick zuckte mit den Schultern. »Was soll schon groß passieren? Dad ist auf meine Hilfe angewiesen und Caroline gehört jetzt zu meinem Leben.«

»Warum hast du dann meine Frage nicht beantworten können?«

Nick warf dem Elfen einen zornigen Blick zu. »Geh Plätzchen essen, Matty. Ich muss meinen Kram für die Reise vorbereiten.«

»Pfff, Feigling«, raunte Matty, verschwand aber in die Küche.

»Du hast Recht, Kumpel«, gab Nick leise zu und begann ebenfalls, seine Tasche zu packen.

Kapitel 23

Caroline

Die nächsten fünfunddreißig Stunden kamen Caroline wie ein Traum vor. Bisher hatte sie noch nie so eine weite Reise unternommen. Die langen Flugzeiten waren anstrengend, aber irgendwie auch aufregend. Matty hatten sie mit Baldrian und einer Schlafmaske ruhig gestellt, weil ihm die zahlreichen Menschen unheimlich waren und er unter Flugangst litt. Dadurch hatte er Mühe, seine Magie aufrechtzuerhalten, um seine auffälligen Elfenohren zu verstecken. Nick hingegen nutzte die viele Zeit, um die Entwicklung seiner App abzuschließen und sie ausgiebig zu testen.

Bei ihrer Ankunft in Alta war Caroline todmüde und ihr Körper schmerzte vom vielen Sitzen. Weil sie ihren Kopf auf Nicks Schulter gebettet hatte, um im Flugzeug ein wenig schlafen zu können, war nun ihr Nacken ganz verspannt.

Mit dem Taxi fuhren sie zu einem Hotel, das sich in der Nähe der Bushaltestelle befand, von der aus sie am nächsten Tag zum Nordkap starten wollten. Gemeinsam schlurften sie in die Hotellobby. Dort sprach Nick mit der Rezeptionistin und überraschte Caroline dabei mit seinem fließenden Norwegisch. Mit zwei Schlüsselkarten trat er vor sie und Matty.

»Wir haben Glück. Sie haben noch ein Doppel- und ein Einzelzimmer für uns frei.«

»Toll! Wir haben schon lange keine Pyjamaparty mehr gemacht«, rief Matty erfreut.

Nick schüttelte den Kopf und drückte ihm eine der beiden Karten in die Hand. »Vergiss es. Du bekommst das Einzelzimmer. Das befindet sich im Erdgeschoss.« Er zeigte auf eine Tür, die zu den Hotelräumen führte. »Caroline und ich sind im zweiten Stock.«

Mit offenstehendem Mund schaute Matty zwischen Nick und Caroline hin und her. »Heißt das etwa, ihr beide ...? Zusammen? Allein?«

Nick verdrehte die Augen. »Bestell dir was zu essen aufs Zimmer und genieß den restlichen Abend.« Er nahm Caroline die Reisetasche ab und ließ den armen Matty einfach in der Lobby stehen.

Caroline warf dem Elfen einen entschuldigenden Blick zu. »Gute Nacht, Matty.« Müde winkte sie ihm zu. Der arme Kerl tat ihr leid. Soweit sie es in Erfahrung hatte bringen können, hatte er Himmel und Hölle in Bewegung gesetzt, um Nick in Snow Falls zu finden. Leider war Matty ihr gegenüber nicht besonders gesprächig und schien ihr außerdem nicht über den Weg zu trauen. Hastig folgte sie Nick zum Aufzug. »Du solltest netter zu ihm sein. Er meint es doch nur gut.«

»Ich weiß«, antwortete Nick und rückte seine Brille zurecht. »Er ist ein guter Kerl, aber manchmal auch ein bisschen nervig.«

Schuldbewusst lächelte Caroline, weil sie genau wusste, was Nick meinte. »Ich glaube, er mag mich nicht besonders.«

»Gib ihm Zeit. Er ist bloß misstrauisch, weil er noch nie zuvor ein Wort mit einem Menschen gewechselt hat. Der taut schon noch auf.«

»Wenn du meinst.« Sie traten in den Fahrstuhl und fuhren in den zweiten Stock. »Ich könnte eine Dusche vertragen«, meinte Caroline und verzog das Gesicht. Nachdem sie so lange unterwegs waren, fühlte sie sich nicht mehr wohl in ihrer Haut.

»Klingt verlockend.« Nick trat vor die Tür mit der Nummer 24 und öffnete sie mit der Schlüsselkarte. Dann wandte er sich mit einem verführerischen Schmunzeln zu Caroline um. »Darf ich denn mitkommen?«

»Lauf nicht so schnell, Nick!«, japste Caroline. Sie rannten mitsamt ihrem Gepäck zum Gesundheitszentrum von Alta und konnten kaum mit Nick schritthalten. »Er hat sich doch entschuldigt.«

Matty hechelte ihnen hinterher, unfähig, auch nur einen Ton von sich zu geben. Nick nahm keine Rücksicht auf den armen Elf.

»Dass er ausgerechnet heute verschlafen muss«, knurrte Nick, der nicht mal außer Puste war.

Caroline hingegen fühlte sich, als würde ihre Lunge gleich explodieren. Nicht auszudenken, wie es dem pummeligen Matty gehen musste, der ein gutes Stück hinter ihnen herlief.

»Diese ... Polarnächte ... bringen ... meinen ... Rhythmus ... durcheinander ...!«, keuchte Matty.

»Spinn nicht rum! Zu Hause haben wir die auch«, fauchte Nick zurück.

»Hab ... mich ... aber ... an ... Kanada ... gewöhnt.«

»Das hätte uns genauso passieren können«, versuchte Caroline ihn zu beschwichtigen.

»Wir haben zwei Wecker gestellt, was kann da schon schiefgehen?«

Sie blieb ihm die Antwort schuldig, da sie genau wusste, dass es keinen Zweck hatte, jetzt mit ihm darüber zu diskutieren. Caroline dachte mit Schrecken daran, dass selbst zwei gestellte Wecker versagen konnten. Zum Beispiel, wenn man diese nur auf Wochentage eingestellt hatte, aber am Wochenende brauchte.

Nick und sie hatten gemütlich gefrühstückt und ihnen war zu spät aufgefallen, dass Matty sich noch gar nicht hatte blicken lassen. Nachdem sie an seiner Tür geklopft hatten, erschien ein verschlafener Elf im Pyjama mit passender Schlafmütze vor ihnen.

Als sie um die nächste Straßenecke bogen, legte Nick – trotz Wanderrucksack und Carolines Reisetasche – noch einen Zahn zu und hängte sie ab. Er begann, mit den Armen zu wedeln, und rief irgendetwas auf Norwegisch, das sie nicht verstand. Zu ihrem Entsetzen erkannte sie nun auch, warum: Der Bus der Linie 62 war bereits losgefahren.

»Nein, bitte wartet!«, schrie sie und wedelte ebenfalls mit den Armen.

Sie hatte nicht damit gerechnet, doch tatsächlich hielt der Bus ein paar Meter hinter der Bushaltestelle noch einmal an. Nick erreichte ihn als Erstes und stellte sich in die Tür.

»Matty, beeil dich!«, rief Caroline über ihre Schulter hinweg und kam kurz darauf ebenfalls am Bus an.

Der Fahrer starrte sie missbilligend an und sagte etwas, woraufhin Nick entschuldigend den Kopf senkte und ein paar Worte erwiderte. Schwer atmend taumelte Matty schließlich hinein und die Tür schloss sich hinter ihm. Sie bedankten sich ausgiebig und suchten anschließend freie Plätze. Der Bus war erstaunlich voll. In der hintersten Reihe wurden die drei schließlich fündig. Vollkommen fertig, verstauten sie ihr Gepäck und ließen sich in die Sitze fallen.

»Gerade noch mal Glück gehabt.« Caroline schnappte nach Luft und lehnte sich zurück.

»Tut mir echt leid«, schnaufte Matty, der sich die rechte Hand aufs Herz presste, als hätte er Angst, dass es ihm aus dem Brustkorb springen würde.

Nick warf Matty einen angesäuerten Blick zu. Caroline betrachtete ihn dabei fasziniert. »Warum schaust du mich so an?«, fragte er sie. »Hab ich was im Gesicht?«

»Wie kommt es, dass du weder aus der Puste bist, noch zu schwitzen scheinst?«

»Jahrelanges Training. Was glaubst du, was für eine Schweißfahne der Weihnachtsmann hinter sich herziehen würde, wenn er nach so einer kurzen Strecke schon zu schwitzen beginnen würde? Die Menschen würden ihn wegen Geruchsbelästigung verklagen.«

»In den USA machen sie das bestimmt«, erwiderte Caroline belustigt und kuschelte sich an Nick. Der streckte eine Hand aus und umfasste ihre. »Ihr habt echt an alles gedacht.«

»Das macht die Erfahrung. Santa ist schon so lange in der Branche, dass er all seine Arbeitsabläufe perfektioniert hat«, erklärte Matty, der sich im Gegensatz zu Nick den Schweiß von der Stirn wischte.

»Bis auf sein IT-System«, warf Nick ein. »Und die Buchhaltung.«

»Wisst ihr, was ich lustig finde?« Nick und Matty schauten Caroline neugierig an und sie fuhr fort. »Es heißt, erwachsene Kinder besuchen ihre Familien an den Feiertagen immer nur, um die Technik wieder zum Laufen zu bringen.«

»Warum sitzt du dann mit uns im Bus, anstatt nach Hause zu fahren?«

»Matty!«, zischte Nick den Elfen an. »Das geht dich überhaupt nichts an.«

Caroline lächelte traurig. »Ich fahre schon seit Jahren nicht mehr zu meinen Eltern. Weder an den Feiertagen noch sonst irgendwann. Da gibt es nichts, das ich reparieren könnte.«

Matty machte ein betroffenes Gesicht. »Warum denn nicht?«

Nick wollte erneut eingreifen, doch Caroline hob die Hand. »Schon gut. Es macht mir nichts aus.« An Matty gewandt erklärte sie: »Mom und Dad arbeiten viel und haben keine Zeit, sich mit mir abzugeben.«

»Klingt wie Nicks Vater«, murmelte Matty und schlug sich hastig die Hand vor den Mund.

Nick zuckte mit den Schultern. »Das mag sein, Matty, aber er hat zumindest Pläne für mich.«

»Tut mir leid«, nuschelte der Elf niedergeschlagen.

»Hast du eigentlich Molly Bescheid gegeben, dass du auf Reisen bist?«, lenkte Nick zu Carolines Erleichterung ab.

Sie nickte. »Ich habe sie kurz vor unserer Abreise angerufen und um unbezahlten Urlaub gebeten.«

Nick hob verwundert die Augenbrauen. »Was hat sie gesagt?«

Caroline senkte verlegen den Blick. »Sie bezahlt mir die Zeit trotzdem, da ich mich auf einer geheimen Rettungsmission befinde. Schließlich hängt Weihnachten von uns ab.« Sie musste lachen. »Das klingt wie in einem seltsamen Superhelden-Comic.«

Nick legte den Arm um sie und grinste belustigt. »Das wird noch viel verrückter werden. Der Nordpol wird dir wie eine andere Welt vorkommen.«

Die Busreise dauerte fast fünf Stunden an. Während Matty jede der vierundfünfzig Haltestellen kommentierte, hatte Caroline einen Großteil der Fahrt dazu genutzt, um zu schlafen. Der Jetlag machte ihr sehr zu schaffen und Nick achtete die ganze Zeit darauf, ihr in seinen Armen einen gemütlichen Schlafplatz zu bieten. Zu ihrem Bedauern hatte sie die Durchfahrt des Nordkap-Tunnels verpasst, der das norwegische Festland mit der Insel Magerøya verband. Erst, als sie kurz vor ihrer Ankunft aufwachte, erzählte Matty ihr aufgeregt von dem Unterwassertunnel. Caroline verlor jedoch das Interesse an seinen Erzählungen, je näher sie dem Zielort kamen. Sie drückte sich die Nase an der Scheibe platt, als sie die wunderschöne Schneelandschaft, die sie umgab, bemerkte. Caroline war das weiße Wunder zwar schon aus den Rocky Mountains gewöhnt, doch das hier war etwas ganz anderes. Es fühlte sich irgendwie magisch an, wie die glitzernden Flocken zu Boden fielen. Obwohl es mitten am Tag war, war es stockfinster und nur gezielt eingesetzte Scheinwerfer spendeten ein atmosphärisches Licht.

»Nun dauert es nicht mehr lang, bis wir da sind«, sagte Nick und streckte ihr eine Hand entgegen, um ihr beim Aussteigen aus dem Bus zu helfen.

»Danke.« Caroline schaute sich fasziniert um. »Wie geht es nun weiter?«

Nick grinste. »Wir müssen dorthin, wo alle Touristen hinwollen.«

Ratlos sah Caroline ihn an und schüttelte den Kopf. »Ich weiß nicht mal, wo genau wir sind, geschweige denn, was man sich hier anschauen kann.«

»Er meint das Felsplateau, das aus dem Eismeer hinausragt«, erwiderte Matty und zeigte in Richtung eines Gebäudes. »Das da ist die Nordkap-Halle. Aber wir müssen weiter bis zum Globus. Und dann ...« Er ließ die Augenbrauen auf und ab hüpfen. »Dann wird es erst richtig verrückt.«

»Aus deinem Mund klingt das vollkommen plausibel.« Caroline rückte ihre Wollmütze zurecht und zog den Schal höher. Das viele Umsteigen und die zahlreichen neuen Eindrücke hatten sie bisher von ihrem eigentlichen Ziel abgelenkt, doch nun, wo sie dem Nordpol so nah waren, stieg ihre Aufregung immer mehr an. »Wie weit ist es noch?«

»Etwa zweitausend Kilometer«, antwortete Nick und schulterte Carolines Reisetasche, als würde sie nichts wiegen. Gemeinsam liefen sie an der Nordkap-Halle vorbei und folgten dem Touristenstrom in Richtung Nordkap-Plateau.

»Zweitausend?«, rief Caroline entsetzt. »Dann dauert unsere Reise ja noch ewig!«

Matty schüttelte den Kopf. »Nicht mit dem Nordpolar-Express.« Caroline blieb schlagartig stehen, sodass

Matty in sie hineinrannte. »Pass doch auf!«, tadelte er sie.

»Du meinst ein Schiff, oder?« Caroline schaute ihn skeptisch an. »Oh je, ich vertrage keine Schifffahrten. Da werde ich immer seekrank.«

»Kein Schiff, Caroline«, meldete sich Nick zu Wort, legte einen Arm um sie und brachte sie dazu, weiterzugehen, da der Touristenstrom hinter ihnen ins Stocken geriet. Er beugte sich ein Stück zu ihr hinab und murmelte ihr ins Ohr: »Wir sprechen von einem Zug.«

Caroline hatte geglaubt, dass sie nichts mehr überraschen könnte. Nicht nach alldem, was sie in den letzten Tagen erfahren hatte. Aber nun war sie sich nicht mehr sicher, ob das alles nicht einfach nur ein ausgeklügelter Streich war. »Euch ist schon bewusst, dass das da vorne das Meer ist und es keine Schienen gibt? Wie zum Teufel sollen wir da rüberkommen?«

»Ich glaube, du hast da etwas falsch verstanden, Carolinchen. Wir überqueren das Nordpolar-Meer mit einem magischen Zug.« Matty strahlte voller Stolz.

»Natürlich. Ein magischer Zug.« Caroline lachte nervös auf und ihre Stimme klang noch schriller als üblich. »Hätte ich mir ja gleich denken können.«

Kapitel 24

Nick

Nick konnte sich nicht einmal ansatzweise vorstellen, wie seltsam das alles für Caroline sein musste. Hatte er anfangs kein bisschen durchschaut, was in ihr vorging, so konnte er sie nun lesen wie ein offenes Buch und ihr Gesicht sprach Bände. Sie zweifelte und hatte Angst. Aber wovor? Enttäuscht zu werden? Oder vor der Wahrheit? Vielleicht war die Tatsache, wer er war und dass sie sich auf dem Weg zum Nordpol befanden, ja noch nicht vollständig zu ihr durchgedrungen? Oder war es die Magie, die ihr den Rest gab? Für einen normalen Menschen musste es beängstigend sein, zu erfahren, dass Wesen wie Elfen und verzauberte Züge existierten, die durch magische Kräfte gesteuert große Distanzen über das Meer hinweg in weniger als zwei Stunden zurücklegen konnten.

Sie erreichten den Globus, das Wahrzeichen des Nordkaps und zeitgleich der Besuchermagnet schlechthin. Doch nicht die Skulptur war ihr Ziel, sondern die geheime Treppe an der Spitze des Plateaus.

Nick umfasste Carolines Hand und drückte sie leicht. Dann drängten sie sich an den Touristen vorbei, bis sie die Absperrung erreichten.

»Das ist einfach unglaublich.« Caroline ließ ihn los und umklammerte das Geländer. Vorsichtig beugte sie sich nach vorn und schaute hinab. »Wie tief geht es hier runter?«

»Dreihundertsieben Meter, und genau da müssen wir auch hin.«

Caroline riss den Kopf hoch und starrte Nick schockiert an. »Das ist nicht dein Ernst.«

Nick stellte Carolines Tasche ab und warf Matty einen Blick zu, woraufhin dieser sich daran machte, die verborgene Tür zu finden. Ein paar Meter neben Caroline wurde er schließlich fündig. Er zog sein grünes Smartphone hervor, an dem der kitschige Zuckerstangenanhänger baumelte, und steckte diesen wie einen Schlüssel in eine winzige Öffnung an der Metallbrüstung. Es ertönte ein leises Klicken und Matty öffnete einen schmalen Durchgang.

Caroline starrte ihn unsicher an. »Und jetzt? Sollen wir uns etwa in die Tiefe stürzen?«

»Natürlich nicht.« Matty verdrehte die Augen. »Hier führt eine Treppe nach unten bis zur Haltestelle.«

»Matty, Caroline hat noch nie im Leben mit Magie zu tun gehabt«, rügte Nick ihn.

»Das stimmt so nicht«, murmelte Matty und schnaubte beleidigt. »Da gab es mehr als genug Situationen.«

Nick verstand nicht, was der Elf meinte, beschloss jedoch, später nachzuhaken. Er nahm die Brille ab und war sogleich von bunten Schleiern der Magie umgeben. Vorsichtig, damit es nicht wieder auseinanderbrach, ließ er das aufgeklappte Gestell in seiner Manteltasche verschwinden, trat näher an Caroline heran und zog sie an sich. Sie zitterte am ganzen Körper. »Ist dir kalt?«

Nervös schüttelte sie den Kopf und zwang sich zu einem optimistischen Lächeln. »Ich kann leider keine Treppe sehen und bin mir deshalb nicht sicher, ob ich Matty folgen möchte.« Ihre Stimme bebte nun vor Angst.

Nick konnte es ihr nicht verübeln. Liebevoll strich er ihr über die Wange und beugte sich zu ihr hinab, sodass sie auf Augenhöhe waren. »Vertraust du mir?«

»Ja«, antwortete sie, ohne zu zögern.

»Dann schließ die Augen.«

Caroline schluckte und folgte seiner Anweisung.

Seine Lippen streiften sanft die ihren. »Hab keine Angst. Ich pass auf dich auf«, flüsterte er, dann legte er einen Arm an ihren Rücken und den anderen unter ihre Beine und hob sie kurzerhand hoch.

Caroline kreischte überrascht und riss automatisch die Augen auf.

»Zulassen«, ermahnte Nick sie und lachte. »Auf geht's, Matty. Nimm bitte ihre Reisetasche mit.«

Matty tat, wie ihm geheißen war, und durchschritt dann das Tor. Er drehte sich zur Seite und wurde kurz darauf immer kleiner. Anschließend traten auch Nick und Caroline hindurch. Mit der Fußspitze zog er die Tür zu, die sofort wieder mit dem restlichen Geländer verschmolz. Unter seinen Füßen bildeten sich Eisplatten, die in Treppenform an der Klippe entlang in die Tiefe führten.

»Hast du das schon mal gemacht?«, fragte Caroline und klammerte sich panisch an seinem Hals fest.

»Nein, das ist das erste Mal. Du solltest wirklich die Augen schließen, wenn du nicht schwindelfrei bist.«

»Wie bitte?«

Aus dem Augenwinkel erkannte Nick, dass sie die Augenlider trotzdem öffnete. Doch er musste sich darauf konzentrieren, sorgfältig einen Schritt nach dem anderen zu machen, um nicht auszurutschen oder gar ins Leere zu treten.

»Nick?«, keuchte Caroline und krallte sich noch fester an ihm fest. »Du läufst in der Luft!«

»Nein, hier ist eine magische Eistreppe. Du kannst sie bloß nicht sehen.«

»Eine Treppe aus Eis?«, quiekte sie panisch. »Warum muss es ausgerechnet Eis sein?«

»Keiner hat je behauptet, der Weg zum Nordpol wäre einfach zu beschreiten«, antwortete Matty, der erstaunlich leichtfüßig eine Stufe nach der anderen nahm. »Wäre schlimm, wenn wir genauso von Touristen überfallen werden würden wie die Elchfarmen.«

Als sie endlich den Fuß der Klippen erreichten, stellte Nick Caroline behutsam auf der Eisscholle ab, die als Bahnsteig diente. Die junge Frau war ein bisschen wackelig auf den Beinen, sodass er sicherheitshalber einen Arm um ihre Hüfte schlang.

»Unter uns befindet sich das Meer«, stammelte sie und klopfte vorsichtig mit dem Fuß auf das Eis. »Wie kann es sein, dass wir auf dem Wasser stehen?«

»Das liegt daran, dass du die Magie und ihre Auswirkung nicht sehen kannst«, erklärte Nick. »Sie ist für normale Menschen unsichtbar. Es sei denn, der Ausführende will, dass sie sichtbar ist.«

»So wie Molly und ihre Elfenohren?«

»So ähnlich. Sie benutzt einen Verschleierungszauber, damit du die Ohren nicht sehen kannst. Sie gehören genauso zu ihrem Körper wie deine Nase.« Er stupste diese mit dem Zeigefinger an, woraufhin Caroline leise kicherte.

Matty marschierte zur Klippenwand und läutete eine darin eingelassene Glocke.

»Ich frage mich allmählich, ob es eine gute Idee war, mitzukommen.« Caroline presste ihren Körper enger an Nicks. »Die ganze Magie ist beängstigend und es fühlt sich an, als sei ich eine Außenseiterin.«

»Das bist du nicht«, tröstete er sie und strich ihr liebevoll über den Kopf. »Es gibt einen Weg, damit du ...«

»Er kommt!«, unterbrach Matty Nick lautstark und deutete auf den schwarzen Zug, der gerade in den provisorischen Eisbahnhof einfuhr. Die blau leuchtenden Gleise wurden durch Magie erzeugt und tauchten immer erst kurz vor der Lok auf.

»Wer?«, wollte Caroline verwirrt wissen.

»Der Nordpolar-Express.« Matty schwenkte die Arme über dem Kopf hin und her. »Lokky, hier sind wir!«

»Lokky? Der ... Lokführer?«

Nick grinste. »Die Elfen haben allesamt sehr lustige Namen. Gewöhn dich besser dran.«

Der Zug hielt genau neben ihnen an.

»Yo, Matty, was geht?« Der alte, faltige Elf winkte ihnen aus dem Führerstand heraus zu. Auf der Nase trug er eine Nickelbrille und in seinem Mundwinkel hing eine Pfeife. Sein graues Strubbelhaar lugte gemeinsam mit seinen langen, spitzen Elfenohren unter der Uniformmütze hervor. Lokky war der älteste Elf, dem Nick je begegnet war. Soweit er sich entsann, war dieser ebenso lange im Amt wie der Weihnachtsmann, und er hatte eine Schwäche für den Straßenslang der

Jugendlichen, was Nick schon immer sehr befremdlich gefunden hatte.

»Hallo Lokky!« Matty strahlte über das ganze Gesicht. »Lange nicht gesehen.«

»Na, wenn das nicht unser junger Mr. Claus ist.«

Nick nickte ihm zum Gruß zu. »Hast du zufällig magischen Schnee dabei?«

»Mit wem redet ihr da?«, tuschelte Caroline ihm in seinen Armen zu.

»Ein Säckchen müsste ich noch haben«, entgegnete der alte Elf und kramte in seinem Führerhaus herum. »Ist sie etwa ein Mensch? Ihr wisst, dass ich sie nicht mitnehmen darf, wenn sie kein magisches Artefakt besitzt.«

»Mist, ich habe dir ja gesagt, dass das eine dumme Idee ist, Nick«, schimpfte Matty. »Woher soll sie so etwas denn haben? Nun ist sie ganz umsonst mit hergekommen!«

»Worum geht es?«, wollte Caroline wissen.

Nachdenklich betrachtete Nick Caroline. »Du brauchst ein magisches Artefakt«, murmelte er. »Mist, daran habe ich gar nicht ...« Plötzlich riss er die Augen auf, als es ihm dämmerte. »Hast du die Schneekugel noch?«

Caroline nickte und zog sie aus ihrer Manteltasche. »Seit du sie mir geschenkt hast, trage ich sie immer bei mir.« Sie hielt die Kugel in die Höhe. »Was ist denn damit passiert? Sie hat sich verändert.« Der Mistelzweig war nun nicht mehr länger goldfarben, sondern erstrahlte in einem kräftigen Grünton. Die weißen Früchte schimmerten silbern und der Zweig wurde von einer roten Schleife umsäumt. »Ist das etwa ... Magie?«, hauchte Caroline fasziniert.

»Ja.« Nick lächelte und nahm ihr die Kugel ab. »Zählt das als Artefakt?«, fragte er Lokky und trat gemeinsam mit Caroline an den Führerstand heran.

Lokky streckte die knochige Hand aus und nahm ihm die Kugel ab, um sie näher zu untersuchen. »Ein Mistelzweig für die Liebenden.« Zufrieden gab er Nick die Schneekugel zurück. »Yo, das reicht aus.« Zusätzlich drückte er ihm ein rotes Säckchen in die Hand. »Da hast du deinen Schnee.«

»Danke.« Nick öffnete den Beutel und füllte den Inhalt in seine flache Hand. »Schau mich an, Caroline.«

»In Ordnung.« Sie sah ihm direkt in die Augen, während er ihr den magischen Schnee mitten ins Gesicht pustete. Caroline blinzelte ein paar Mal überrascht und schreckte dann zurück. »Was ... wie ... woher ...? Hä?«

»Tut mir leid, ich hätte dich vorwarnen sollen.«

Caroline starrte mit offenem Mund zuerst Lokky an, der sie wohlwollend anlächelte und dabei ein paar Zahnlücken offenbarte, dann den Zug und zu guter Letzt den Eisboden. »Was hast du mit mir gemacht, Nick?«

»Durch den magischen Schnee bekommst du die Fähigkeit zum *Sehen.* Das heißt, du erkennst nun auch, wenn Magie im Spiel ist. Bei den Elfen und mir ist diese Fähigkeit angeboren.«

»Das ist ja fantastisch.« Sie legte die rechte Hand auf seine Wange und schaute ihn liebevoll an, was ihm ein zustimmendes Lächeln entlockte. »Danke.«

»Willst du uns nicht miteinander bekannt machen? Wenn du schon so eine attraktive Lady mitbringst, möchte ich wenigstens wissen, mit wem ich es zu tun habe«, rügte Lokky Nick und blickte ihn und Caroline erwartend an.

Zu Nicks Überraschung hatte Caroline sich erstaunlich schnell von ihrem Schrecken erholt und trat nun selbst nach vorn. »Mein Name ist Caroline Roberts. Freut mich, Sie kennenzulernen.«

»Spar dir die Höflichkeiten. Am Nordpol wird niemand gesiezt. Die meisten Elfen haben nicht einmal einen Nachnamen.« Er lachte schallend auf und zeigte dann auf den Waggon hinter dem Führerstand. »Ich bin Lokky, der Lokführer, und jetzt rein mit euch oder wollt ihr hier Wurzeln schlagen? Ich habe gehört, am Nordpol gibt's mächtig Probleme.«

Nick, Caroline und Matty gehorchten aufs Wort und beeilten sich, ins Warme zu kommen.

KAPITEL 25

CAROLINE

Die zweistündige Zugfahrt stellte sich als der qualvollste Teil ihrer Reise heraus. Die Landschaft flog regelrecht an ihnen vorbei und Caroline wurde schon vom Zuschauen ganz schwindelig. Außerdem verursachte der permanente Einsatz von Magie bei ihr höllische Kopfschmerzen.

»Du bist es nicht gewohnt, in einem magiebetriebenen Gefährt unterwegs zu sein«, erklärte Matty mitfühlend. »So in etwa ging es mir im Flugzeug.«

»Nur dass das Flugzeug von Menschenhand betrieben wird und du einfach kein Vertrauen in die Fähigkeiten der Piloten hast«, neckte Nick ihn und massierte Caroline währenddessen sanft die Schläfen.

Sie lag auf einer alten, klapprigen Sitzbank und hatte den Kopf auf Nicks Schoß gebettet. »Wird es irgendwann besser?«

»Mit Sicherheit. Halte durch, wir sind fast da.« Nick lächelte sie ermutigend an.

»Wie kommt es, dass es hier drin so kuschelig warm ist?«

»Der ganze Zug wird mit Magie gesteuert, damit er sich fortbewegt und nicht im Meer versinkt. Die Wärme gehört zu Lokkys Service, weil er es nicht leiden kann, erfrorene Elfen entsorgen zu müssen.« Als

Caroline ihn entsetzt anstarrte, lachte Nick. »Nur ein kleiner Scherz.«

»Nicht witzig«, grummelte sie und legte den Arm über die Augen. Sie schwiegen eine Weile und Caroline versuchte, das schmerzhafte Pochen in ihrem Kopf weg zu atmen. Dabei zog es sie immer mehr in einen nebeligen Dämmerzustand, in dem sie bis zum Ende der Fahrt blieb.

»Nächster Halt: Weihnachtsdorf«, ertönte plötzlich Lokkys Stimme aus einem Sprachrohr im vorderen Bereich des Waggons.

»Caroline ...«, wisperte Nick und streichelte ihr sanft über die Stirn.

Seufzend erhob sie sich. Matty reichte ihr ihren Mantel und sie schlüpfte hinein.

Der Zug gab ein ratterndes Geräusch von sich. Er wurde immer langsamer und fuhr schon bald in einen Bahnhof ein. Sofort fiel Caroline auf, dass sämtliche Pfeiler Zuckerstangenfarben waren und überall Weihnachtsbeleuchtung hing. Sie stürzte zum Fenster. Ihr Atem beschlug die Scheibe, als sie ihre Nase dagegen presste. Von draußen erklang Musik. »Das ist ... das Weihnachtswunderland«, rief sie begeistert.

»Nein, das ist das Weihnachtsdorf«, berichtigte Matty sie neunmalklug. »Das hier ist aber nur der Bahnhof. Pass auf, bis du den Rest siehst.«

Je langsamer der Zug wurde, desto mehr ließen die Kopfschmerzen nach. Stattdessen brachen Vorfreude und Neugier über Caroline hinein. Doch da war auch Nervosität, weil sie bald Santa Claus treffen würde. Sie war gespannt, ob er tatsächlich ein so grausamer Mann war, wie Nick ihn beschrieben hatte. Es war für

Caroline schwer vorstellbar und sie wollte ihn ohne Vorbehalte kennenlernen, auch wenn sich die Erinnerung an Nicks Eisbär-Narben nicht ganz zurückdrängen ließ.

»Bist du aufgeregt?«, wollte Nick wissen und legte seine rechte Hand auf ihren Rücken. »Dein Körper bebt ja.«

»Ein bisschen«, gab sie zu. »Mein ganzes Leben lang habe ich Weihnachten geliebt und nun bin ich hier, im Weihnachtsdorf.« Sie schaute zu ihm auf und lächelte. »Mit dir! Es fühlt sich an wie ein wunderschöner Traum.«

»Freu dich nicht zu früh«, meinte Nick nüchtern. »Das Leben hier kann sehr beengend und einsam sein.«

»Bist du denn einsam?«

Er lächelte sie sanft an. »Jetzt nicht mehr.«

Der Zug hielt an und Lokky öffnete ihnen per Kurbel die Tür. Hintereinander traten die drei aus dem Waggon. Lokky lehnte sich aus dem Führerstand und grinste. »Yo, wir sind da! Ich hoffe, ihr hattet eine angenehme Reise.«

»Danke für deine Hilfe«, rief Nick und winkte dem alten Elfen zu. Matty und Caroline taten es ihm gleich und folgten Nick danach in Richtung Ausgang.

Das Weihnachtsdorf sah genauso aus, wie Caroline es sich vorgestellt hatte. Gepflegte weiße Fachwerkhäuser mit roten und braunen Balken ... Eiszapfen, die von den Dächern und Fensterbänken hingen ... Wunderschöne Wandbemalungen, zwischen den Häusern gespannte Weihnachtsbeleuchtung ... geschmückte Tannebäume ... und zu allem Überfluss der herrliche Duft nach Bratäpfeln, Zimt und gebrannten Mandeln.

Caroline blieb stehen und kam aus dem Staunen gar nicht mehr heraus. An jedem der Häuser war ein Holzschild angebracht, das beschrieb, um was für eine Werkstatt es sich handelte. Zu ihrer Rechten befand sich die Zuckerstangen-Manufaktur, links die Puppenwagen-Fabrik, und um sie herum eilten die Elfen hin und her und waren so in ihre Arbeit vertieft, dass sie die Neuankömmlinge gar nicht beachteten. »Das ist einfach unglaublich.« Caroline drehte sich im Kreis, damit ihr bloß nichts entging.

»Unglaublich kitschig.« Nick grinste und führte sie weiter. »Aber ich muss dir recht geben. Es hat seinen Charme.«

»Es hat mehr als das, Nick. Spürst du es nicht? Die Atmosphäre? Den Zauber der Weihnacht? Dafür brauche ich nicht mal dieses magische Pulver, um das zu sehen.« Sie verschränkte ihre Hand mit seiner und ließ das Szenario auf sich wirken. Es war atemberaubend und sie konnte sich niemand besseren vorstellen, mit dem sie dieses Abenteuer lieber erleben würde. »Danke, dass du mich mitgenommen hast«, sagte sie ehrfürchtig. »Es ist, als würden all meine Kindheitsträume plötzlich wahr werden.«

»Genug getrödelt. Wir müssen sofort zu Santa!«, ermahnte sie Matty und stürmte an ihnen vorbei. »Jetzt kommt schon!«

Nick seufzte schwer. »Den Rundgang müssen wir offenbar leider auf später verschieben. Aber ich verspreche dir, dass ich dir jeden Winkel zeigen werde.«

»Ich werde dich daran erinnern.«

Je näher sie der Dorfmitte kamen, desto hektischer wurde es, und Matty ließ sich vollkommen davon mitreißen. Mit dem Handy in der Hand hetzte er im Zickzack zwischen den wild umherrennenden Elfen hindurch und machte Nick und Caroline auf diese Weise den Weg frei.

»Ist Matty immer so?«, fragte Caroline verwundert und zwang sich, den Blick von dem riesigen Tannenbaum abzuwenden, der auf dem Hauptplatz stand.

»Nein, meistens ist er noch schlimmer.« Nick zeigte auf ein Gebäude, das viel höher war als all die anderen. »Das ist das Haupthaus. Von hier aus wird alles gesteuert. Dort müssen wir hin.«

Fasziniert betrachtete Caroline das im Gegensatz zum Rest des Dorfes modern aussehende Bauwerk. Über der silbernen Eingangstür, die von zwei gegenüberstehenden Zuckerstangen umrahmt war, befand sich eine gigantische Glasfront, die eine Einsicht in das wilde Treiben im Inneren gewährte. Auf mehreren Ebenen verteilt saßen Elfen vor schwarzen Bildschirmen. Einige rüttelten frustriert an ihnen herum, andere wiederum sahen so aus, als hätten sie längst aufgegeben, und schlugen verzweifelt die Arme über den Köpfen zusammen.

Matty riss die Tür auf und bedeutete ihnen, sich zu beeilen. Anschließend lief er hastig weiter.

»Wollen wir?« Nick verzog widerwillig das Gesicht und hielt Caroline den Arm hin. »Der alte Mann wartet bestimmt schon auf uns.«

Caroline hakte sich bei ihm ein. »Ich bin bereit.«

Kaum hatten sie die Tür passiert, wurden wilde Rufe laut.

»Nick ist wieder da!«

»Endlich! Unsere Rettung!«

»Wer ist die denn?«

»Etwa ein Mensch?«

»Santa! Er ist wieder da!«

Caroline ignorierte all die Schreie. Ihr Blick war fest nach vorne gerichtet. Matty eilte auf sie zu. Dicht gefolgt von einem alten Mann mit weißem Haar, dichtem Bart und buschigen Augenbrauen. Er trug ein cremefarbenes Leinenhemd und eine dunkelbraune Hose samt Hosenträgern, die sich über seinem gewaltigen Bauch wölbten. An den Füßen trug er schwarze Stiefel, in denen die Hose verschwand. In einer Hand hielt er einen Stab mit einer Glocke am oberen Ende.

Seltsamerweise kamen ihr sowohl Santa als auch der Stab bekannt vor. Sie riss erstaunt die Augen auf, als es ihr dämmerte, und umklammerte Nicks Arm noch fester. »Das ist doch nicht etwa der Santa, dem wir in Snow Falls begegnet sind, oder?«

»Jap, das ist er«, bestätigte Nick und dachte mit Schrecken an sein letztes Aufeinandertreffen mit seinem Vater zurück. »Tut mir leid, dass ich damals nichts gesagt habe.«

»Schön, dass du den Weg zurück nach Hause gefunden hast, mein Sohn«, brummte Santa und wirkte ziemlich unausgeglichen. »Wir haben nämlich ein großes Problem.«

Nick lächelte schief. »Hab schon gehört. Ich bringe die Lösung dafür mit.«

Santas Blick wanderte zu Caroline. »Sie? Wie soll sie uns bitte schön helfen?«

»Ich hatte gehofft, du kannst mir das sagen.«

Die Stimmung zwischen den beiden lud sich merklich auf und Caroline fühlte sich zunehmend unwohler. Dass sie nicht in seine magische Welt passte, hatte ihr Unterbewusstsein ihr bereits während der Zugfahrt entgegengeschrien, doch die offene Ablehnung des Weihnachtsmannes erschreckte sie dennoch.

»Santa! Santa! Es ist einfach furchtbar!« Ein blonder Elf im dunkelblauen Anzug mitsamt Krawatte kam auf sie zugeeilt. Er rückte seine Brille zurecht und wedelte aufgeregt mit einem Tablet herum. »Eine absolute Katastrophe!«

»Das ist Cordy vom Controlling«, raunte Nick Caroline zu, nachdem sie ihm einen irritierten Blick zugeworfen hatte.

»Was ist jetzt wieder passiert?«, fragte Santa zynisch und fuhr sich durch den Bart. »Ist der Schlitten abgebrannt? Die Rentiere ausgebüxt? Passt mein Kostüm nicht mehr?«

»Desy ist weg!«, quiekte der Elf panisch.

»Was meinst du mit weg?«, hakte Santa nach.

Cordy war vollkommen außer Atem und seine Wangen und Augen waren gerötet. »Er hat einfach gekündigt.« Seine Stimme überschlug sich und er wischte sich den Schweiß von der Stirn. »Hat eine neue Stelle im Ausland angenommen, seine Sachen gepackt und ist gegangen. Dieser treulose Elf! Wie kann er uns das so kurz vor Weihnachten nur antun?« Seine Finger flogen über sein Tablet, als er irgendwelche Tabellen aufrief.

»Glühwein!«, krächzte Santa bestürzt. »Jemand soll mir sofort einen Glühwein bringen!«

»Scheint so, als sei Molly nicht die Einzige, die getürmt ist«, meinte Nick und sagte dann lauter: »Alkohol ist auch keine Lösung, Dad.«

»Molly hat auch hier gearbeitet?«, fragte Caroline erstaunt.

»Ja, in der Buchhaltung. Sie hat erwähnt, dass hier eine große Unzufriedenheit herrscht, aber ich habe nicht mit so einer Fluktuation gerechnet.«

»Das ist ja schrecklich.«

Santa hatte ihren leisen Wortwechsel schweigend verfolgt und schnaubte. »Cordy, wie ist der Stand von Desys Arbeit?«

»Er war im Verzug und hat alles stehen und liegen gelassen, als er verschwunden ist.«

Santa stöhnte auf und fuhr sich mit beiden Händen über das Gesicht. »Seit du abgehauen bist, geht es hier drunter und drüber«, erklärte er an Nick gewandt. Ihm war die Verzweiflung deutlich anzusehen. Ebenso wie der Schlafmangel, der sich als dunkle Schatten unter seinen müden Augen abzeichnete.

Caroline verspürte plötzlich Mitleid mit ihm.

»Soll das heißen, ich bin an allem schuld?«, fragte Nick empört.

»Darüber reden wir später.« Santa nahm einen tiefen Atemzug und sammelte sich. »Wurden die finalen Designs schon geprüft und abgenommen?«

Cordy schüttelte unglücklich den Kopf. »Desy war immer noch mit den Skizzen beschäftigt. Laut eigener Aussage hatte er eine künstlerische Blockade.« Er verdrehte die Augen. »Das Geschenkpapier muss spätestens morgen bedruckt werden, damit wir es noch pünktlich bis Heiligabend schaffen.« Er tippte auf seinem Tablet herum und hielt es Santa entgegen. »Zur Not können wir auch neutrales Papier nehmen, aber das ist nun mal nicht dasselbe.«

»Hm«, machte Santa und fuhr sich nachdenklich durch den Bart. »Haben wir hier niemand anderen, der sich um die Zeichnungen kümmern kann?«

Cordy schüttelte den Kopf. »Alle Elfen sind voll ausgelastet, da sie wegen des Systemausfalls mehr manuelle Arbeiten als sonst verrichten müssen. Einige der Geschenke sind noch nicht fertig und müssen händisch bemalt werden.«

»Das ist schlecht. Wo bleibt bloß mein Glühwein?«

Niedergeschlagen ließ Cordy das Tablet sinken und war den Tränen nahe. »Erst verschwindet Nick spurlos, dann der Technik-Crash, und nun das ... dieses Jahr ist anscheinend verflucht. Ein Desaster. Ein absoluter GAU. Das schrecklichste Weihnachtsfest aller Zeiten.«

»Jetzt lass mal die Socke am Kamin hängen. Ich bin ja wieder da«, warf Nick ein.

Es hatte eine Weile gedauert, bis Cordy Nicks und Carolines Anwesenheit bemerkte. »Oh, dem Weihnachtsstern sei Dank! Du bist zurückgekehrt!« Tränen schwammen in seinen Augen.

»Na na na, übertreib mal nicht. Wir werden das Rentier schon schaukeln«, versuchte Santa, Cordy zu trösten, und klopfte ihm aufmunternd auf die Schulter.

»Für was genau war Desy zuständig?«, wollte Caroline wissen.

»Desy ist unser Illustrator. Er entwirft jedes Jahr die individuellen Designs für das Geschenkpapier«, erklärte Nick.

Caroline dachte kurz nach, gab sich einen Ruck und flüsterte Nick zu: »Ich habe da eine Idee ...«

Nick grinste, als ahnte er, was sie vorhatte. »Nur zu.«

»Vielleicht kann ich euch helfen«, meldete sich Caroline zu Wort, woraufhin sie sich sofort die Aufmerksamkeit aller Umstehenden sicherte. Sie schluckte nervös, richtete sich aber dennoch gerade auf. »Ich studiere Grafikdesign und zeichne gerne.« Sie schaute unsicher zu Nick, der ihr aufmunternd zulächelte. »Wenn ich mir die Skizzen also mal anschauen dürfte ...«

Santa öffnete erstaunt den Mund.

»Kennst du dich auch mit Bildbearbeitung aus?«, erkundigte sich Cordy.

»Aber sicher«, antwortete sie.

»Und du traust dir das wirklich zu?«

»Natürlich tut sie das«, meldete sich Nick zu Wort. »Ich glaube fest daran, dass sie es schafft, weil sie sehr talentiert ist.«

Caroline lief rot an und senkte beschämt den Blick. Nick übte einen leichten Druck auf ihre Schulter aus, woraufhin sie sich zusammenriss und wieder aufsah. Er glaubte an sie, und wenn sie sich dieser Herausforderung stellen und ihren Teil zur Rettung des Weihnachtsfestes beisteuern wollte, durfte sie jetzt nicht einknicken.

Santa musterte sie einen Moment lang nachdenklich, dann sagte er: »Na schön. Zeig ihr ihren Arbeitsplatz, Cordy.«

Erleichtert sackte Caroline in sich zusammen und lächelte glücklich.

»Jetzt, wo das geklärt ist, kümmere ich mich mal um dein mittelalterliches Computerproblem.« Nicks schnippischer Unterton entging auch seinem Vater nicht, der daraufhin allerdings nur etwas Unverständliches grummelte. »Wir sehen uns später«, murmelte er Caroline ins Ohr und küsste sie auf den Scheitel. »Matty passt auf, dass dich niemand wie ein kleines Robbenbaby in der Wildnis aussetzt. Die Schwertwale hier in der Gegend sind nämlich sehr unfreundlich.«

Matty erschauderte, woraufhin Caroline nervös auflachte. Mit ihm an ihrer Seite konnte ihr schließlich nichts geschehen ... oder?

Kapitel 26

Nick

»Wie schlimm ist es?«

Nick schaute von seiner Arbeit am Hauptcomputer auf. Sein Vater stand mit hängenden Schultern vor ihm und wirkte noch älter als sonst. Seine Wangen waren eingefallen und sein Blick müde. »Hättest du auf mich gehört, wäre der Vorfall vermeidbar gewesen«, teilte Nick seinem Vater mitleidslos mit. »Einige Daten sind verloren gegangen und mehrere Rechner starten nicht mehr.« Santas Augen wurden glasig, als würde er kein Wort verstehen. »Ich erspare dir die technischen Details. Fakt ist, dass ich mich darum kümmern werde, dass alle Geräte durch neue ersetzt werden.«

Santa nickte ergeben. »Mach das.«

»Wenn wir eine weitere Technik-Apokalypse vermeiden wollen, dürfen wir das gesamte System nicht nur von mir abhängig machen. Wir brauchen Unterstützung und sollten daher ein paar Elfen für den technischen Support ausbilden.«

»In Ordnung. Was für Daten haben wir verloren?«

»Unter anderem die Liste der artigen und unartigen Kinder.« Nick zog sein Smartphone hervor, öffnete ein Programm und hielt das Gerät in die Höhe. »Glücklicherweise habe ich vor meiner Abreise die Daten auf meinen Laptop gezogen und in dieser App verarbeitet.«

Santa zog die Stirn kraus und beugte sich vor, um Nicks Handy in Augenschein zu nehmen. »Was ist eine App?«

»Eine Anwendung auf dem Smartphone. Ich habe sämtliche Daten darin eingepflegt, sodass wir die Liste nicht länger in Excel führen und ausdrucken müssen.«

»Oho, das ist aber praktisch.«

»Weißt du, wie man ein Smartphone benutzt?«

Santa schüttelte wortlos den Kopf. »So etwas besitze ich nicht.«

Nick seufzte. »Ich werde es dir beibringen. Bis Weihnachten kriegen wir das schon hin.«

»Meinetwegen.«

Nick betrachtete seinen Vater skeptisch. »Geht es dir gut?«

»Natürlich. Warum fragst du?«

»Du verhältst dich irgendwie seltsam.«

Nun war es Santa, der leise seufzte.

»Du siehst außerdem erschöpft aus«, stellte Nick fest.

»Die letzten Tage waren nicht einfach. Wir mussten viel improvisieren und regeln, damit der Ablauf nicht noch weiter gestört wird. Die Elfen arbeiten ununterbrochen und geben ihr Bestes. Aber manche von ihnen sind natürlich unzufrieden. So wie Desy oder Molly.« Er kniff resigniert die Lippen zusammen. »Vielleicht hast du recht gehabt. Einige Abläufe müssen optimiert und die Elfen entlastet werden, wenn uns nicht noch mehr von ihnen verlassen sollen.«

»Und das ausgerechnet aus deinem Mund«, entgegnete Nick, verspürte aber sofort den Hauch eines schlechten Gewissens, weil er sich einfach aus dem Staub gemacht hatte. Doch wenn er sich nicht auf die

Reise begeben hätte, wäre er Caroline niemals begegnet. Sein persönliches Glück hatte allerdings Opfer gefordert. Das wurde ihm nun klar. Der Zustand seines Vaters und der gestressten Elfen sprach Bände. Er fuhr sich durch die Haare und lächelte traurig. »Ich bin so egoistisch gewesen.«

»Wie bitte?«

»Schon gut. Wir müssen uns ernsthaft unterhalten, Dad, aber nicht heute. Wir sind jetzt seit zwei Tagen hier und ich will unbedingt zu Caroline.« Er schluckte schwer. »Sie ... fehlt mir.« Er spürte den Blick seines Vaters auf sich ruhen und wagte es kaum, zu ihm aufzusehen.

»Ich glaube, Matty hat Caroline auf ihren Wunsch hin zu den Rentieren gebracht.«

»Zu den Rentieren?«, wiederholte Nick irritiert.

Santa zuckte mit den Schultern. »Sie hat übrigens gute Arbeit geleistet. Ihre Grafiken gefallen mir. Vor allem der Lebkuchen-Mann. Ich glaube, er hat dein Lächeln.« Er grinste seinen Sohn schelmisch an. »Na los, mein Junge. Geh zu ihr. Du hast dir den Feierabend redlich verdient.« Mit diesen Worten drehte Santa sich um und lief zu Cordy vom Controlling hinüber, um sich dort nach dem aktuellen Stand zu erkundigen.

Nick schaute ihm verwundert hinterher, weil er es nicht gewohnt war, dass sein Vater sich ihm gegenüber so wohlwollend verhielt.

Nick betrat den Rentier-Wellnesstempel und fand Caroline inmitten eines Heuhaufens mit einem seltenen, weißen Rentierkalb kuschelnd vor.

Eines der großen Tiere schnaubte leise und kam aus seiner Box heraus auf Nick zu getrabt. »Hallo, Cupid«, begrüßte er den Renhirsch und tätschelte ihm sanft den Kopf. »Tut mir leid, Kumpel, aber ich habe nichts zu futtern für dich dabei.«

Der Renhirsch schnaubte enttäuscht und verteilte ein bisschen Sabber auf Nicks Arm.

Caroline schaute auf. »Nick!«, rief sie erfreut. »Schau mal, wie süß der kleine Kerl ist.« Sie kraulte dem Rentierkalb, das zufrieden den Kopf in ihrem Schoß gebettet hatte, das Fell.

»Da wird man ja neidisch«, meinte Nick und gesellte sich zu ihr.

»Willst du auch mal?«

»So habe ich das nicht gemeint.« Er setzte sich auf den Boden. »Ich habe gerade mit meinem Dad gesprochen. Er hat deine Arbeit in den höchsten Tönen gelobt. Gut gemacht, Caroline.«

Eine sanfte Röte überzog ihre Wangen. »Hör auf zu übertreiben.«

»Das ist mein voller Ernst.« Vorsichtig beugte er sich zu ihr vor und legte die linke Hand in ihren Nacken. »Genauso, wie ich das hier ernst meine.« Er zog sie an sich heran und küsste sie. Es war schon viel zu lange her, seit er das das letzte Mal getan hatte. Die mühsame Reise, Mattys ständige Anwesenheit und ihre chaotische Ankunft im Weihnachtsdorf hatten es ihnen unmöglich gemacht, Zeit zu zweit zu verbringen.

»Du hast mir gefehlt.«

»Du mir auch.«

»Ich bin dir noch eine Antwort schuldig.«

»Auf was denn?«

»Darauf, was ich für dich empfinde.«

Caroline schnappte überrascht nach Luft und blinzelte ein paar Mal, dann stammelte sie: »Ist schon in Ordnung. Du brauchst dich nicht dazu zwingen.«

Nick schüttelte den Kopf und lächelte. »Das tue ich nicht. Ich wollte bloß auf den richtigen Zeitpunkt warten.«

»Und der ist jetzt?«

»Ich denke schon.« Nick räusperte sich. »Weißt du, ich bin nicht gut darin, meine Gefühle in Worte zu verpacken und es hat eine Weile gedauert, bis ich verstanden habe, was all das bedeutet. Ich will mit dir zusammen sein, Caroline! Allein der Gedanke daran, dich verlieren zu können, tut unglaublich weh.« Seine rechte Hand wanderte zu seinem Herzen.

Caroline schmunzelte und legte ihre Hand auf seine. »Dann pass gut auf mich auf, damit ich nicht verloren gehe.«

»Das schwöre ich. Du sollst nie wieder einsam sein.«

»Danke, Nick.« Nun war Caroline diejenige, die ihm entgegenkam, um ihn zu küssen.

Hitze durchströmte seinen Körper und das Verlangen nach ihr wurde immer stärker. Er wollte sie berühren, sie nie wieder loslassen und für immer bei ihr bleiben. Wenn das bedeutete, für sie mit einer Horde Eisbären ringen zu müssen, dann würde er das, ohne zu zögern, tun.

Caroline schaute ihn glücklich an. »Ich liebe es, wie wunderschön deine Augen sind, wenn du aufgeregt bist.«

»Vielleicht sollte ich wieder die Brille tragen. Es ist gruselig, wie intensiv ich auf dich reagiere und dass du das immer sofort mitbekommst.«

Ihr Blick wanderte tiefer und sie grinste neckisch. »Glaub mir, dein Körper sendet noch viele andere Signale.«

Nick schnaubte und wollte sich über sie beugen, als ihm plötzlich einfiel, dass sie nicht allein waren, und im Moment der Erkenntnis bekam er genau das auch zu spüren, denn ein scharfer Schmerz fuhr auf einmal durch seinen Oberschenkel. »Verfluchte Rentierkacke!«, stieß er hervor.

»Oh nein, Pixie!« Caroline zerrte das Rentierkalb vorsichtig von Nick weg und redete beruhigend darauf ein. »Hör auf damit, Kleiner.« Doch das Jungtier wollte erneut zubeißen. Caroline umklammerte es und zog es an ihren Körper heran. »Schon gut, Pixie, alles in Ordnung. Hat der böse Nick dir deinen Platz streitig gemacht?«, fragte sie mit Singsangstimme. »Oh, du armes, süßes Baby.«

Bei diesem Anblick vergaß Nick beinahe den Schmerz in seinem Bein. Stattdessen flammte Eifersucht in ihm auf.

»Nick? Deine Augenfarbe hat sich wieder verändert. Sie sieht aus wie …« Caroline schaute genauer hin und kniff die Augen konzentriert zusammen. »… ein sehr übler Eissturm.«

»Hör auf damit.«

»Hat dein Vater auch solche Augen?«

Nick schüttelte den Kopf. »Ich bin der Einzige. Keiner kann sich erklären, warum das so ist. Muss wohl irgendeine magische Wucherung sein.«

»Dann ist es aber eine hübsche Wucherung.« Caroline kicherte und legte das Rentierkalb, das in ihren Armen eingeschlafen war, vorsichtig ab.

Nick verfolgte jede ihrer Bewegungen und seufzte leise. »Morgen läuft die Frist ab und ich habe keine Ahnung, was dann geschehen wird.«

»Du weißt also immer noch nicht, worum es in der Prüfung ging?«

»Nein.«

»Was, wenn der Technik-Crash dazugehört hat?«, überlegte Caroline laut.

»Das bezweifle ich.« Nick strich über den feuchten Zahnabdruck auf seiner Hose und wischte die Sabberspuren weg. Ebenso die auf seinem Arm. »Das Risiko, dass es hätte schiefgehen können, war viel zu groß, und eine Inszenierung ist außerdem ausgeschlossen, weil sehr wichtige Daten verloren und ein paar Geräte kaputtgegangen sind.«

»Verstehe ...« Caroline begann, mit ihrem Pferdeschwanz zu spielen. Eine Geste, die Nick schon öfter aufgefallen war, wenn sie über etwas nachdachte. Erst jetzt bemerkte er die Schatten unter ihren Augen.

»Du bist müde«, stellte er fest.

»Nur ein bisschen. Es war viel Arbeit.«

»Wo hast du übernachtet?«

»In einem Gästezimmer im Haupthaus«, antwortete Caroline. »Aber ich konnte nicht gut schlafen, weil ...« Sie hielt inne und biss sich auf die Unterlippe. Dann sagte sie leiser: »Alles hat sich so fremd angefühlt und du warst nicht da.«

Nick erhob sich vorsichtig und half ihr, ebenfalls aufzustehen. Kaum hielt er ihre Hände in seinen, zog er sie an sich. »Du hättest mich anrufen können«, raunte er ihr ins Ohr. »Dann wäre ich sofort zu dir gekommen.« Er überlegte kurz und murmelte dann: »Soll ich dir mein Zimmer zeigen? Dann bist du heute Nacht nicht allein.«

Sie ließ sich zufrieden gegen ihn sinken und legte ihren Kopf an seine Schulter. »Es gibt nichts, was ich lieber täte.«

Es war noch früh am Morgen, als Nick die Augen öffnete. Er lag auf dem Bauch, die Arme unter dem Kopf verschränkt und schaute verschlafen auf das Kopfende des Bettes. Es hätte ein ganz normaler Morgen sein können, wären da nicht die zarten Finger gewesen, die über seinen Rücken wanderten. Ein Schauder durchlief seinen Körper.

»Möchtest du mir davon erzählen, wie es zu dem Kampf mit dem Eisbären kam?«, fragte Caroline leise an sein Ohr und küsste sich einen Weg über seinen Hals entlang bis zu seiner Schulter. Dabei strichen ihre langen Haare über seine Haut und er stöhnte leise auf.

»Du machst solche Dinge mit mir und ich soll dir so eine alte Kamelle erzählen?«

»Es gibt vieles, das ich nicht über dich weiß.«

»Dasselbe könnte ich von dir behaupten.«

Caroline hielt inne. »Frag mich, was du willst, und ich werde dir antworten, doch zuallererst will ich wissen, was damals passiert ist. Mir scheint, die Sache lastet immer noch schwer auf dir.«

»So spektakulär ist das nicht. Matty und ich waren in der Wildnis unterwegs, dann kam der Eisbär und ich habe ihn abgelenkt, damit Matty fliehen kann. Ende der Geschichte.«

»Der beste Geschichten-Erzähler bist du nicht gerade.«

»Meine Talente liegen eben woanders«, merkte er an und wackelte mit den Augenbrauen.

»Hm, das stimmt.«

Nick wurde wieder ernst. »Weißt du ...« Vorsichtig drehte er sich um, sodass er Caroline ansehen konnte. Wie ein Engel schaute sie auf ihn herab und Nick dachte für einen Augenblick daran, dass er im Himmel war. »Ich war so unfassbar wütend auf meinen Dad. Darauf, dass er dich als Werkzeug benutzt, um mich nach Hause zu holen, aber als ich ihn bei unserer Ankunft gesehen habe ...«

»Da hast du gemerkt, dass er nicht der furchtbare Mann ist, zu dem du ihn gemacht hast?«, beendete Caroline seinen Satz.

Er nickte. »Vielleicht, ja. Ich will heute mit ihm sprechen, um seine Beweggründe zu erfahren, und ihm in Ruhe erklären, warum ich gegangen bin.« Traurig lächelte er Caroline an. »Ich bereue es keine Sekunde, dass ich nach Snow Falls gekommen bin und dich getroffen habe. Trotzdem war es falsch, meine Leute kurz vor Weihnachten einfach im Stich zu lassen, nur um meinen eigenen, egoistischen Wünschen nachzugehen.«

»Ich denke nicht, dass du egoistisch gehandelt hast«, sagte Caroline nachdenklich, drehte sich um und lehnte sich gegen die Wand. Die Decke zog sie hoch, um ihre Blöße zu bedecken. »Du hast viel gelernt und die

App rechtzeitig fertiggestellt. Du hast dein Ziel erreicht, nicht wahr?«

»Ich habe sogar viel mehr als das bekommen.« Schmunzelnd nahm er ihre Hand und hauchte einen Kuss auf ihren Handrücken. »Ich habe dich. Das wohl größte Geschenk, das die Menschen mir machen konnten.«

»Siehst du? Dann war deine Reise auch nicht umsonst.«

Sie wurden von einem Klopfen unterbrochen. »Caroline? Bist du da drin?« Der unsichere Tonfall verriet Matty sofort.

»Guten Morgen, Matty«, rief Caroline belustigt.

»Hast du was an?«

Sie kicherte leise. »Na du gehst ja ran.«

»*Was*? Ich ... ich ... oh weh!« Obwohl seine Stimme durch die Tür gedämpft wurde, konnten Caroline und Nick deutlich hören, wie schrill und panisch Matty klang.

Caroline schnappte sich ein T-Shirt von Nick und schlüpfte hinein. »Ich bin bekleidet ... und du?« Sie trat an die Tür und öffnete sie.

Matty stand vor ihr, sein Gesicht und seine Ohren glühten. Er trug seine übliche Uniform bestehend aus der Zipfelmütze, der tannengrünen Jacke, dem schwarzen Gürtel und der braunen Hose, die in ebenfalls schwarzen Stiefeln steckte. Der Anblick war seltsam ungewohnt, nachdem Nick ihn in den letzten Tagen immerzu in zivilen Klamotten gesehen hatte ... oder als Schneemann.

»Ich habe dir etwas mitgebracht«, stammelte der Elf und streckte Caroline einen Stapel Kleidung entgegen.

Nick erkannte sofort, dass es sich dabei um ein ähnliches Kostüm wie das handelte, das Caroline bei ihrem ersten Treffen getragen hatte.

»Das ist ja ...« Caroline strich über den Stoff.

»Du solltest es tragen. Schließlich gehörst du jetzt zu uns«, sagte Matty im versöhnlichen Tonfall. »Santa wartet schon auf euch.«

Caroline drehte sich strahlend zu Nick um. »Siehst du? Es wird sich alles klären. Da bin ich mir sicher.«

Auch Nick verspürte eine gewisse Zuversicht. Mit Caroline an seiner Seite könnte er alles schaffen. Dazu gehörte es auch, ein Weihnachtsmann zu werden, der seines Amtes würdig war. »Sag meinem Vater, dass wir in einer Stunde vorbeikommen.«

Matty senkte ergeben den Kopf. »Wie du wünschst.«

KAPITEL 27

CAROLINE

Caroline saß in Nicks Zimmer und kämmte sich ihre langen, welligen Haare. Nick besaß leider keinen Spiegel, doch die Fensterscheibe reflektierte ihr Bildnis. Sie beugte sich vor und betrachtete sich genauer. Es war seltsam. Sie hatte den Eindruck, dass sie sich verändert hatte. Ihre Haut war rosiger, die Augen lebendiger und das Haar glänzender. Sie trug das grüne Samtkleid und fühlte sich ganz und gar wohl in ihrer Haut. Sie war zufrieden mit ihrem Leben, auch wenn es in den letzten Wochen ein paar verrückte Wendungen genommen hatte. Endlich wurde sie geliebt, akzeptiert und so hingenommen, wie sie war. Das war das schönste Geschenk, das sie je bekommen hatte.

Ihr Blick fiel auf Nicks Laptop, der auf dem Schreibtisch lag. Sie überlegte nicht lange und stand auf. Nachdem sie es sich auf dem Bürostuhl bequem gemacht hatte, öffnete sie den Deckel und fuhr das Gerät hoch, dann loggte sie sich auf einer Internetseite ein. Sofort sprang die Kamerafunktion an und ein tutendes Geräusch ertönte. Nach ein paar Sekunden wurde ihr Anruf angenommen.

»Caroline, ist dir klar, wie spät es hier ist?« Ihre Mutter sah müde aus. Dennoch saß sie im Büro und hackte auf ihre Tastatur ein.

»Ups, den Zeitunterschied habe ich komplett vergessen. Tut mir leid, Mom.«

»Was faselst du da? Wo bist du?«

»Am Nordpol«, antwortete Caroline wahrheitsgemäß. »Ich bin im Weihnachtsdorf.«

Ihre Mutter hielt inne und schaute zum ersten Mal in die Kamera. »Hast du getrunken? Was hast du da bloß an?«

»Ein Kleid. So etwas trägt man hier.«

Missbilligend schnalzte ihre Mutter mit der Zunge.

»Ich wollte euch ein paar schöne Feiertage wünschen. Es geht mir gut hier und ich habe jemanden gefunden, der auf mich aufpasst.« Caroline lächelte. »Ich bin endlich glücklich, Mom.«

»Warum erzählst du mir das?«, fragte sie kalt.

»Na, weil du meine Mutter bist.«

Hinter Caroline ging die Tür auf und Nick trat herein. Sie blickte über die Schulter und war vollkommen überwältigt. Sein schwarzes Hemd stand offen und entblößte einen flachen, durchtrainierten Bauch, die Bluejeans saß locker auf seinen schmalen Hüften. Das nasse Haar fiel ihm in die Stirn und er starrte Caroline mit seinen intensiven, blauen Augen an, als wäre sie das Wertvollste, das er besaß. Es war ein ungewohnter Anblick abseits seiner üblichen Pullover.

Zufrieden lächelnd wandte sich Caroline wieder der Kamera zu. »Ich wollte nur, dass du weißt, dass ich dort bin, wo ich hingehöre, und dass es jemanden gibt, dem mein Dasein wichtig ist. Das ist alles.«

Ihre Mutter starrte schweigend in die Kamera und presste die Lippen zusammen, während Nick hinter Caroline trat und sich vorbeugte.

»Hallo, Mrs. Roberts.« Er winkte fröhlich in die Kamera. »Freut mich, Sie kennenzulernen. Ich bin Nick.«

Carolines Mutter öffnete den Mund, als wolle sie etwas sagen, ließ es dann jedoch bleiben.

»Ich muss jetzt Schluss machen. Bis dann!« Ohne eine Antwort abzuwarten, beendete Caroline das Gespräch und lehnte sich zurück.

»Bitte entschuldige, wenn ich euch unterbrochen habe.«

»Das hast du nicht.« Caroline lachte auf. »Du kamst genau richtig. Ich hatte sowieso nichts mehr zu sagen.«

Nick sah sie lange und nachdenklich an, dann streckte er die Hände aus und berührte ihr Haar. Zentimeter für Zentimeter fuhren seine Finger durch die weichen Wellen hindurch. »Weißt du eigentlich, wie wunderschön du bist?«

Er sagte das glasklar und ohne einen Unterton in der Stimme. Es war keine Frage, sondern vielmehr eine Feststellung, und zu Carolines eigener Überraschung gelang es ihr, ihm zu glauben.

»Bist du bereit? Der Weihnachtsmann wartet auf uns.«

Caroline stand auf und nickte. »Gehen wir.«

Sie hatte mit allem gerechnet. Ein Iglu, ein Lebkuchenhaus, ein Eispalast, aber ganz bestimmt nicht mit einer verstaubten Bastelkammer im Dachgeschoss eines alten Fachwerkhauses im hintersten Eck des Weihnachtsdorfes.

»Bist du dir sicher, dass wir hier richtig sind?«, raunte Caroline Nick zu, als sie das Zimmer betraten. Santa war nirgendwo zu sehen.

»Du bist enttäuscht, nicht wahr?«

Caroline runzelte die Stirn und schaute sich um. Der Raum war düster und ungemütlich. Staub hatte sich in jeder Ritze niedergelassen und bei jedem Schritt, den sie auf den knarrenden Dielen taten, wurde noch mehr aufgewirbelt. Sie musste ein paar Mal herzhaft niesen und fühlte sich schon ganz benommen. »Ich dachte, es wäre ein wenig ... weihnachtlicher«, näselte sie.

»Dad liebt das Chaos. Hierher zieht er sich immer zurück, wenn er an neuen Spielsachen bastelt oder nachdenken will«, antwortete Nick und reichte Caroline ein Taschentuch, das sie dankend annahm. »Ich glaube, er hat meine gesamte Kindheit hier verbracht.«

»Kaum zu glauben.« Caroline schnäuzte sich die Nase, doch das unangenehme Kribbeln wollte einfach nicht verschwinden. Das hielt sie aber nicht davon ab, sich weiter umzusehen. Auf den Werkbänken entdeckte sie zahlreiche Holzspielzeuge, eine Vorrichtung, die sie als Seilbahn erkannte und zu ihrer großen Verwunderung einige leere Schneekugeln. »Nick!«, rief sie und lief auf die Kugeln zu. Sie beugte sich über den mit Skizzen und Kleinteilen übersäten Tisch und wurde tatsächlich fündig. »Sieh nur, die Zeichnung hier sieht aus wie meine Kugel.« Sie zog die eigene Schneekugel hervor und hielt sie daneben. Auf dem Papier war ein genaues Abbild davon zu sehen.

Nick trat neben sie und betrachtete interessiert die Arbeit seines Vaters. »Ich hatte keine Ahnung, dass er magische Schneekugeln baut.« Sichtlich beeindruckt blätterte er durch die Skizzen.

»Das passt doch nicht zusammen«, schloss Caroline. »Einerseits fertigt er so wunderschöne, filigrane Dinge an, andererseits hat das Zimmer mit Sicherheit seit über hundert Jahren keinen Putzlappen mehr gesehen. Meinst du, der Schnee in der Kugel ist in Wirklichkeit Staub?«

»Um genau zu sein, ist es erst zwei Wochen her, dass Conny hier geputzt hat, und um deine Frage zu beantworten: Nein, es handelt sich um magischen Schnee, sonst könntest du die Veränderung in der Kugel gar nicht sehen.«

Caroline fuhr erschrocken herum. Nick lehnte sich entspannt gegen den Tisch und verschränkte die Arme vor der Brust.

»Es tut mir leid, ich wollte nicht unverschämt sein«, stammelte Caroline.

»Ha ha ha, nicht doch! Danke, dass ihr hergekommen seid«, begrüßte Santa sie gut gelaunt. »Setzt euch.«

Caroline entdeckte ein uraltes Sofa, das an der Wand stand. Zögernd machte sie sich auf den Weg dorthin und folgte seiner Bitte.

Nick hingegen rührte sich nicht vom Fleck. »Du wolltest uns sprechen, Dad?«

Santa warf Caroline einen Blick zu und lächelte zufrieden. »Wie ich sehe, hast du deine Eintrittskarte zum Nordpol gefunden.«

»Meine Eintrittskarte?« Caroline hob die Schneekugel in die Höhe. »Diese Kugel?«

»Du hast sie also absichtlich in der Rentier-Werkstatt platziert«, stellte Nick nüchtern fest. »Hätte ich mir gleich denken können.«

Bübisch lachte Santa in seinen Bart hinein. »Ohne die Kugel wärt ihr nicht über das Nordkap hinausgekommen. Ich habe Lokky gebeten, Caroline nicht ohne sie herzulassen. Scheint so, als meinte das Schicksal es gut mit euch.«

»Ganz schön hinterhältig«, grummelte Nick, dessen Miene sich verdüstert hatte. »Wenn ich die Kugel nicht zufällig gefunden hätte, wären wir also aufgeschmissen gewesen.«

»Es ist doch alles gut gegangen«, warf Caroline ein, um Nick zu beschwichtigen. »Es war wie ein kleines Weihnachtswunder.«

»Womit wir auch schon beim Thema wären«, verkündete Santa und legte einen dicken Stapel Papiere auf den Tisch. »Ich hatte eine sehr unterhaltsame Nacht mit Mattys Aufzeichnungen. Sie waren sehr ... umfangreich.«

»Was für Aufzeichnungen?«, fragte Nick verblüfft.

»Heute ist die Wintersonnenwende, das heißt, deine Prüfung ist beendet. Matty hat mir das Ergebnis auf ...«, er warf einen Blick auf das letzte Blatt, »... einhundertvierundzwanzig Seiten niedergeschrieben. Wusstest du, dass er aufgrund eures Gesprächs im Park eine waschechte Sinneskrise gehabt hat? Er fühlte sich verstreut und rastlos.«

»Das könnte daran liegen, dass seine Schneemannfassade zu bröckeln begonnen hatte«, meinte Nick.

Caroline verstand kein einziges Wort, traute sich aber nicht, nachzufragen. Dazu hatte sie später bestimmt noch genügend Zeit.

»Jedenfalls«, fuhr Santa fort, »bin ich nun bestens über Snow Falls, seine Gastronomie und die Umgebung informiert. Hätte ich mich nicht selbst bereits von der Schönheit dieser Kleinstadt überzeugt, wäre sie mein nächstes Reiseziel.«

Nick wurde merklich unruhiger. Er wusste immer noch nicht, woraus die Prüfung seines Vaters bestanden hatte, und nun redete dieser ewig um den heißen Brei herum. Caroline konnte gut verstehen, dass sein Geduldsfaden so kurz war.

»Außerdem hat Matty mir berichtet, dass ich dich laut deiner Aussage am Arsch lecken könne.«

Nick verlor prompt seine lockere Haltung und stieß sich entrüstet vom Tisch ab. »Das hab ich so nicht gesagt!«

»Was denn dann?«

»Dass du mich mal gernhaben kannst.«

Santa runzelte die Stirn. »Ist das nicht dasselbe?«

»Ich habe es freundlich umschrieben«, murmelte Nick griesgrämig.

Caroline hielt sich die Hand vor den Mund, damit die beiden ihr amüsiertes Lachen nicht bemerkten.

»Um eure Reise zum Nordkap beneide ich euch nicht. Wahrscheinlich hätte ich mir im Flugzeug den Hintern plattgesessen.«

»Könntest du bitte endlich zum Punkt kommen, Dad?«

»Du hast bestanden!«

»*Was?*«, riefen Nick und Caroline wie aus einem Mund.

»Ihr habt richtig gehört: bestanden.«

Nick warf Caroline einen erleichterten, aber dennoch irritierten Blick zu. »Wie jetzt? Was habe ich denn gemacht?«

»Nichts«, antwortete Santa schlicht. »Du hast seit unserem Deal kein einziges Mal deine Magie verwendet. Dabei hat Matty dir genügend Streiche gespielt, um dich auf die Probe zu stellen. Selbst sein kleiner Unfall hat dich nicht aus der Ruhe gebracht.«

»Was für ein Unfall?«

»Der elektromagnetische Impuls, den er durch ein Missgeschick ausgelöst hat. Frag mich bitte nicht, wie er das geschafft hat. Ich verstehe es immer noch nicht.«

Nick klappte die Kinnlade herunter und Caroline sank erleichtert auf das durchgesessene Sofa zurück. Die ganze Zeit über hatte Nick also umsonst auf seinen Vater geschimpft, weil er geglaubt hatte, Caroline sei ein Teil der Prüfung. Dabei war es so …

»So einfach?«, sprach Nick Carolines Gedanken laut aus. »Es war tatsächlich so einfach? Caroline hatte nie etwas mit der Prüfung zu tun?«

»Caroline? Wie kommst du darauf, dass ich sie in unsere Angelegenheiten mit hineinziehen würde?« Santa winkte ab. »Mach dich nicht lächerlich, Junge. Als ob ich einer unbeteiligten jungen Frau so eine Last aufbürden würde. Caroline hat sich ganz allein in dein Leben gemogelt.«

»Dad …« Nick taumelte und streckte die Hand aus, um sich an der Tischkante festzuhalten. »Ich … es war also alles umsonst?«

»Nichts war umsonst, Nick. Du hast dich wunderbar geschlagen und ich könnte wetten, dass du einiges gelernt hast.«

»Ich war so wütend auf dich. Ich dachte, du würdest sie nur benutzen.«

Caroline stand auf und ging zu Nick hinüber, um seine Hand zu ergreifen. »Ist schon gut, Nick. Jeder macht mal einen Fehler, und es kam niemand zu schaden. Nicht wahr?« Sie schaute hilfesuchend zu Santa.

Dieser nickte zustimmend, doch seine Miene wurde nun trauriger. »Ich war nicht immer ein guter Vater. Das ist mir klar geworden, als du weg warst. Ich habe viel mit meinen Beratern gesprochen und Conny war letzten Endes diejenige, die mich auf die richtige Spur geführt hat.«

»Und die wäre?«

»Liebe, Zuneigung und Geborgenheit. All das, was ich dir in all den Jahren, in denen ich dich habe ausbilden lassen, verwehrt habe, weil ich mich immerzu auf deine Mutter verlassen habe. Leider ist Daphne nicht mehr da.«

»Darf ich fragen, wo sie ist?« Caroline hoffte inständig, nicht mit Anlauf in ein Fettnäpfchen gehopst zu sein. Überraschenderweise drehte Nick sich entspannt zu ihr um.

»Die ist vor ein paar Jahren mit Cusy, dem Chef der Spielzeugküchen-Abteilung, durchgebrannt«, erklärte er. Auf Carolines entsetzten Blick hin, ergänzte er: »Nicht der Rede wert.«

»Baky hat vorgeschlagen, dass wir dir eine Frau backen könnten«, fuhr Santa unbeirrt fort. »Aber ich habe darauf vertraut, dass du dir von ganz allein eine suchen wirst. Als ich Caroline in Snow Falls gesehen habe«, er grinste sie vielsagend an, »da wusste ich, dass du erfolgreich warst.«

»Woher wusstest du das?«, fragte Caroline erstaunt. »Nick und ich haben uns erst kurz vorher kennengelernt.«

»Intuition.« Santa ging um eine der Werkbänke herum und zog eine Schublade auf. Diese knarzte ohrenbetäubend, woraufhin Caroline gequält das Gesicht verzog.

»Da Nick die Prüfung bestanden hat, möchte ich euch beiden gern ein Angebot machen«, sagte sein Vater.

»Ach ja? Schieß los.«

»Ich gewähre dir drei Jahre Aufschub«, erklärte Santa. »Diese kannst du nutzen, wie es dir beliebt. Allerdings würde ich dich bitten, die Infrastruktur im Weihnachtsdorf bis dahin aufzupolieren.«

Nick wirkte zufrieden. »Das Konzept dafür ist so gut wie fertig. Außerdem habe ich schon eine Idee, wie wir die Weihnachtsnacht revolutionieren können.« Er grinste diabolisch, zog sein Smartphone heraus und hielt es seinem Vater entgegen. Darauf waren Entwurfsskizzen eines technischen Geräts zu sehen. »Wie wäre es mit Weihnachtsdrohnen? So spare ich mir die Drecksarbeit und wir können viel effektiver arbeiten.«

»Aber sonst geht's dir gut, ja?«, schnauzte Santa ihn an.

Nick brach in schallendes Gelächter aus. »Reg dich ab, Dad. Das war nur ein Scherz. Die Technik ist zwar mächtig, aber eine jahrhundertealte Tradition wird sie niemals verdrängen können.«

»Das will ich auch hoffen«, brummte Santa und griff nebenbei in eine Schublade. »Was dich betrifft, Caroline«, er holte einen Stapel Papiere hervor und reichte ihn ihr. »Dir möchte ich gerne eine Frage stellen.«

»Ja?« Caroline nahm den Stapel entgegen und warf einen Blick auf die erste Seite. Ihr stockte der Atem. »Ist das ein Arbeitsvertrag?«

Santa strahlte sie an. »Deine Arbeit hat mir sehr gut gefallen und ich würde mich freuen, wenn du Desy aus der Designabteilung ab sofort ersetzen würdest. Neben dem Geschenkpapier wärst du auch für die Gestaltung der neuen Spielsachen zuständig. Ein sehr abwechslungsreicher Job innerhalb eines außergewöhnlichen Teams. Hast du Lust darauf?«

Überwältigt und gerührt starrte Caroline auf das Papier. »Ich ... ich weiß gar nicht, was ich sagen soll.«

»Die Entscheidung liegt ganz bei dir. Dein größter Wunsch ist es, eine Familie zu haben. Diesen kann ich dir erfüllen. Zumindest im übertragenen Sinne. Für den Rest ist mein Sohn verantwortlich.« Er zwinkerte Nick zu.

»Dad!«, ermahnte Nick ihn gereizt. »Hör auf damit.«

Caroline fühlte sich ertappt und zugleich geschmeichelt. Tränen traten in ihre Augen und sie lächelte überglücklich. »Ich habe nie darüber gesprochen. Woher weißt du ...?«

»Ha ha ha, ich bin der Weihnachtsmann! Ich weiß mehr als so mancher denkt.«

Nick schaute liebevoll zu ihr hinab. »Was hältst du davon?«

Ihr entging die Aufregung, die Santas Angebot bei Nick ausgelöst hatte, nicht. Seine blauen Augen erstrahlten und sie verlor sich in deren grenzenloser Tiefe und Schönheit. Allmählich fing sie an, seine Emotionen immer besser daraus lesen zu können. Sie schmunzelte und wischte sich die Tränen aus den Augenwinkeln. »Ich habe aber eine Bedingung.«

»Und die wäre?«

»Nick muss ebenfalls damit einverstanden sein, weil das bedeuten würde, dass wir uns ab und an sehen und

...« Sie senkte den Blick. »Falls er das nicht möchte, will ich ihm das nicht zumuten.«

»Was redest du denn da für einen Rentiermist?«, stieß Nick aus und zog Caroline aufgeregt in seine Arme. »Ich hatte nicht vor, dich gehen zu lassen. Warum also sollte ich etwas dagegen haben?« Er bettete sein Kinn auf ihrem Kopf. »Das ist eine tolle Karriere-Chance und außerdem die einzige Möglichkeit, hierbleiben zu dürfen. Nicht wahr, Dad?«

Santa verzog ertappt den Mund. »So sind nun mal die Regeln. Keine Menschen am Nordpol.«

»Es sei denn, sie haben einen Pakt mit dem Weihnachtsmann geschlossen«, führte Nick die Erklärung fort. »Hab keine Angst«, hauchte er Caroline ins Ohr. »Solltest du dich dagegen entscheiden, dann komme ich einfach mit dir.«

»Mir war von Anfang an bewusst, dass ich nicht hierher gehöre und dass ich womöglich Opfer bringen muss«, antwortete Caroline und stieß sich leicht von Nick ab, um ihm und Santa, soweit es ihr möglich war, auf Augenhöhe zu begegnen. »Aber ihr wisst genauso gut wie ich, dass es nicht viel gibt, das ich zurücklassen muss. Da bist nur du, Nick.« Sie schaute ihn intensiv an. »Ich würde dir überall hin folgen und wenn es bedeutet, mit dir am Nordpol zu leben, dann ist das für mich vollkommen in Ordnung.«

»Caroline ...«

»Außerdem gibt es wesentlich schlimmere Orte als das Weihnachtsdorf«, fügte sie hinzu und grinste. »Wenn ich noch dazu einen Traumjob angeboten bekomme, kann ich ja wohl schlecht nein sagen, oder?«

»Das heißt, du sagst ja?«, fragte Santa aufgeregt.

Sie nickte. »Es wäre mir ein Vergnügen, für dich arbeiten zu dürfen, Santa.«

»Ha!« Triumphierend klatschte Santa in die Hände. »Wunderbar! Das heißt, du wirst die neue Misses Claus?«

»Äh ...«

»Du bist zwar ein bisschen zu dünn, aber das wird schon noch. Matty wird sich um die Keksversorgung kümmern.«

»Dad!«, rief Nick entrüstet.

Caroline kicherte. »Mir hat mal jemand gesagt, ich sei zu fett für eine Elfe.«

»Pff, dass ich nicht lache«, erwiderte Santa. »Die Menschen haben im Laufe der Zeit ein sehr ungesundes Verständnis von Idealen entwickelt. Jeder will das sein, was er nicht ist, und anstatt zu akzeptieren, wie sie sind, streben sie lieber nach dem Unmöglichen.«

»Da muss ich Dad recht geben«, warf Nick ein. »Du, Caroline, bist perfekt so, wie du bist.«

Nun gelang es Caroline nicht mehr, die Tränen zurückzuhalten. »Ich weiß gar nicht, wie ich euch danken soll«, schluchzte sie glücklich auf. »Vor allem dir, Nick. Danke, dass du mir geholfen hast, ein Zuhause zu finden.«

Nick strich ihr liebevoll übers Haar. »Zuhause ist überall dort, wo du bist, Caroline. Der Ort ist dabei vollkommen egal.« Plötzlich drehte er sich weg und nieste in die Armbeuge. »Es sei denn«, näselte er, »es handelt sich um diese Abstellkammer. Können wir bitte endlich gehen?«

Santa brach in schallendes Gelächter aus, dem sich Nick und Caroline kurz darauf anschlossen. Ebenso wie der Großteil der Elfen, die vor der Tür standen und die ganze Zeit über gelauscht hatten.

Kapitel 28

Caroline

Hand in Hand traten Nick und Caroline aus der Buchhandlung heraus. Snow Falls, das kleine, idyllische Städtchen inmitten der Rocky Mountains, lag friedlich vor ihnen. Der Schnee fiel wie immer in großen Flocken vom Himmel, die Weihnachtsbeleuchtung ließ die Hauptstraße erstrahlen. Niemand außer ihnen war an diesem Abend auf der Straße.

»Diese Ruhe ist beängstigend«, sagte Nick und schaute zum Himmel auf.

»Aber auch wunderschön«, antwortete Caroline. »Ich habe die Gesellschaft der vielen Elfen zwar sehr genossen, aber es war schon ziemlich viel Trubel in den letzten Tagen.«

»Gewöhn dich besser dran. Es wird nicht ruhiger dort werden.«

»Ich war lang genug von Stille umgeben. Ich werde lernen, damit umzugehen.« Sie kicherte leise. »Gehen wir nach Hause?«

Nick lächelte und nickte.

Es war schon dunkel und die meisten Familien hatten sich an diesem Weihnachtsabend in ihren Wohnungen und Häusern zum gemeinsamen Abendessen versammelt. So, wie es überall duftete, verspeisten sie mit Sicherheit das traditionelle Weihnachtsessen: Roasted

Turkey und Plum Pudding. Caroline seufzte genüsslich und schloss die Augen.

»Schon praktisch, dass wir ein Portal in der Buchhandlung einrichten durften«, meinte Nick. »Das macht das Reisen so viel einfacher.«

Caroline stimmte ihm zu. »Trotzdem war der Umweg zum Nordkap eine tolle Erfahrung. Vielleicht können wir das irgendwann wiederholen und uns ein bisschen mehr Zeit nehmen, die Gegend anzuschauen.«

»Lass uns in den nächsten drei Jahren die Welt erkunden«, schlug Nick vor. »Sobald ich Vaters Erbe übernommen habe, werden wir außerhalb der Weihnachtszeit auch nicht so viel zu tun haben. Ein kleiner Abstecher hier und da ist auf jeden Fall drin. Schließlich habe ich kein großes Interesse daran, die diplomatischen Beziehungen mit dem Osterhasen so stark zu vertiefen, wie mein Vater es tut.«

»Du meinst, du möchtest nicht so tief ins Eierlikörglas schauen wie er.«

»Zumindest nicht so tief wie du«, neckte Nick sie.

»Ich hoffe, dass das nicht zur Gewohnheit wird«, murmelte sie beschämt.

»Du bist der erste Mensch, der jemals einen Arbeitsvertrag im Weihnachtsdorf unterschrieben hat. Das musste gefeiert werden«, verteidigte Nick die Taten seines Vaters. »Ist doch nichts dabei. Es ist ja nicht das erste Mal, dass ich deine Haare halten musste.«

»Du Fiesling!« Sie boxte ihn gegen den Arm. »Außerdem rechtfertigt das noch lange nicht, dass ihr mich ständig mit Eggnog abfüllt.«

»Du hättest ja ablehnen können«, erwiderte Nick mit Unschuldsmiene.

Caroline schnaubte beleidigt. »Wie denn, wenn das Zeug so lecker ist?« Sie erinnerte sich vage an Santas Erzählung, dass das Rezept vom Osterhasen stammte, nachdem dieser es perfektioniert hatte. »Außerdem hat dein Dad immer wieder nachgefüllt ...«

»Beim nächsten Mal werde ich dich vor deinen eigenen Gelüsten beschützen«, versprach Nick und legte den Arm um sie.

Caroline lachte leise in sich hinein. »Und wer beschützt mich vor dir?«

»Tja ... gute Frage.«

»Meinst du, er kommt heute Nacht klar?«

»Wer?«

»Dein Vater.« Caroline verzog besorgt das Gesicht. »Es ist schließlich das erste Mal, dass er mit einem Smartphone zu tun hat.«

Nick sog scharf die Luft ein. Auch er schien seine Zweifel zu haben. »Du hast es ihm mit so einer Engelsgeduld erklärt. Wenn er das nicht verstanden hat, dann weiß ich auch nicht.« Er strich Caroline sanft über den Rücken. »Aber mach dir keine Sorgen. Wenn es hart auf hart kommt, kann er mich jederzeit anrufen. Ich habe ihm zur Sicherheit eine weitere App aufgespielt, mit der ich mich per Remote-Verbindung aufschalten und ihm helfen kann.«

Sie kamen an dem Haus an, in dem sich Nicks Wohnung befand, und stiegen die Treppe hinauf. Noch bevor er die Wohnungstür öffnete, drehte Nick sich zu Caroline um und wurde ernster. »Ich muss dir noch eine Frage stellen.«

Caroline schluckte nervös. »Okay?«

»Möchtest du immer noch ausziehen?«

Sie überlegte nicht lange und antwortete amüsiert: »Nein. Ich finde es schön hier. Nur über die Gestaltung der Wohnung sollten wir uns mal unterhalten. Das wird immerhin in den nächsten drei Jahren unser Arbeitsplatz.«

»Ich bin mir sicher, das lässt sich einrichten.« Er grinste, ging in die Knie und hob Caroline hoch.

Überrascht quiekte sie auf und lachte. »Nick, bitte nicht! Lass mich runter!«

Sie strampelte wild mit den Beinen, doch Nick ließ sich nicht beirren. Mit dem Fuß stieß er die Tür auf, hielt dann aber erstaunt inne. Caroline folgte seinem Blick und riss die Augen auf.

Das Innere der Wohnung erstrahlte in einem wunderschönen Lichterglanz. In den Fenstern waren Lichterbögen aufgestellt, auf den Schränken stand überall bunte Weihnachtsdekoration verteilt und an dem Regal über dem Röhrenfernseher hingen zwei Weihnachtssocken, auf denen die Namen der beiden aufgestickt waren. Der größte Blickfang war jedoch der riesige Weihnachtsbaum inmitten des Raumes, der prächtig geschmückt war und bis zur Decke reichte. Aus einem Lautsprecher ertönte *Last Christmas* von Wham!.

»Das ist ja wunderschön.« Caroline kam aus dem Strahlen gar nicht mehr heraus. »Ein paar der Dekoartikel erkenne ich aus der Rentier-Werkstatt wieder. Bist du dafür verantwortlich?«

»Wann hätte ich das denn machen sollen? Ich tippe da eher auf Matty«, antwortete Nick, der nicht weniger beeindruckt schien. Er stellte Caroline vorsichtig auf dem Boden ab. Seine rechte Hand ruhte weiterhin auf ihrer Taille. »Schau mal dort, unter dem Baum. Nur

Matty kommt auf die kitschige Idee, Pärchen-Pyjamas auszusuchen, und die Musikauswahl hat ebenfalls eindeutig seine Note.«

Caroline lachte und drehte sich im Kreis. »Es ist toll. Danke, Matty!«, rief sie.

»Gern geschehen«, tönte es von draußen.

Damit hatte sie nicht gerechnet. Caroline eilte zum Fenster und starrte hinaus. Im Hof war niemand zu sehen – bis auf einen Schneemann, der mit einem Ast-Arm winkte. Caroline öffnete den Mund, schloss ihn kurz darauf wieder und schüttelte den Kopf. »Nein, mich wundert gar nichts mehr.«

Nick trat an ihre Seite. »Mich schon.«

»Hm?«

»Du bist diejenige, die mich immer wieder überrascht.«

»Warum denn?«, fragte Caroline verblüfft.

Nick lächelte und nickte Matty zum Gruß zu. »Es ist noch nicht lange her, dass du von der Existenz des Weihnachtsmannes und der Magie erfahren hast, und du nimmst das alles schon als selbstverständlich hin.«

Caroline drehte sich um und lehnte sich gegen die Fensterbank. »Natürlich war das seltsam für mich. Aber ich habe schon immer an den Weihnachtszauber geglaubt. Vielleicht ist es mir deshalb leichter gefallen.«

Nick beugte sich vor und stützte sich an der Wand ab. »Nicht Weihnachten an sich ist bezaubernd, sondern du, Caroline.« Er küsste sie sanft und lächelte dabei.

»Danke«, hauchte sie an seine Lippen. »Für alles. Du hast dieses Weihnachtsfest zu etwas ganz Besonderem gemacht.«

»Das werde ich immer wieder tun. Frohe Weihnachten, Caroline.«

»Frohe Weihnachten, Nick, und alles Gute zum Geburtstag.«

DANKSAGUNG

Lebkuchenmänner küssen besser ist meine persönliche Liebeserklärung an das Weihnachtsfest und all den Zauber, den es umgibt. Schon als kleines Kind habe ich diese besondere Magie sehr geliebt, und auch heute noch verbringe ich die schönste Zeit des Jahres am liebsten damit, massenhaft kitschige Weihnachtsfilme anzuschauen, mit meinen Jungs Plätzchen zu backen, immerzu Weihnachtslieder zu hören und meine Kolleg*innen mit *Last Christmas* zu nerven (liebe Grüße an dieser Stelle an Julia – dein „MACH DAS AUS!" fehlt mir!).

Doch ohne meinen Mann und unseren kleinen Sohn würde es dieses Buch gar nicht geben. Ich weiß, dass unsere Familienzeit dadurch oft zu kurz kam, und das tut mir wirklich leid. Die beiden haben mir immer wieder Gelegenheiten zum Schreiben verschafft, damit ich meine Deadline einhalten konnte, und tapfer meine Schreibkrisen ertragen.

Danke an meine fantastische Betaleserin Yvonne, die mit mir gemeinsam den Wortwiederholungen den Kampf angesagt hat. An Stefanie Bender für unsere motivierenden Schreibdates. An Katharina, Hassina und Chrissy, die mir regelmäßig in den Hintern treten. An meine Eltern, die immerzu gespannt auf meine neuesten Geschichten warten.

Und zu guter Letzt vielen Dank an Alisha Bionda, meine Agentin, und das Team von dp Verlag, die mir geholfen haben, dieses Buch verwirklichen zu dürfen.